星と風のこよみ

青木陽子 著

光陽出版社

星と風のこよみ・目次

星と風のこよみ

第一章　定時制高校

日本はＧＮＰがドイツを抜いてアメリカに次ぐ世界第二位になった。つまり世界第二位の経済大国なのだと教えられたのは大学二年の時。子どもの頃周囲は戦後の貧しい雰囲気を濃厚に残していた。それから十数年、自分は奨学金とアルバイトで辛うじて大学生としての生活を保っている。これで世界第二位なのか。ならば「経済指標」とは、庶民の暮らしとは無関係にあるものらしいと、その時道子は思っていた。

1

母親から電話で知らされたのは、Ｔ市にあるという定時制高校だった。ちょっと驚いていた。

一九七一年三月の大学卒業間近、A県立高校の教師採用試験に合格していた道子は、赴任先の通知を、四年間の大学生活を過ごした北陸のK市で待っていた。連絡は道子自身にではなく、当人の住む日本海側の地からいくつかの県を飛び越えた太平洋側の生家に届いた。それで、母親が夜遅く――道子が下宿へ帰ったのが遅かったということだが――電話をしてきた。

「もう、こんな大事な話なのに、ちっとも下宿におらへんのやから」

二度、まだ帰っていないという返事を下宿の主から聞かされたと母親の声は道子を非難しつつ普段よりは弾んでいたが、その中にかすかな不安を秘めているようにも聞こえた。

「いつあるか分からない電話をじっと待ってなんかいられません。こっちにも、まだいろいろ用事があるんだから」

いつものように軽く口応えをしながら、定時制か――と道子も胸の内で反芻していた。全日制の高校しか思い描いていなかったからちょっと戸惑っていた。それはそれで面白いかもしれないと思い直したりもしながら。

その時道子が思い描いていた定時制のイメージは、中学卒業後に高校進学を望んでも果たせなかった人たちが、時間と経済的な余裕を持った時、仕事を終えた夜の時間帯に通う、社会の隅にひっそりと存在する、だがこつこつと真面目に勉学がなされる場所で、だから相当の年齢に達している人も多い、というより年配者が多数を占める学校の筈だった。

A県はいずれ結婚するつもりの村岡憲吾の出身地だった。憲吾の母親がそこにいる。彼女はずっと以前に離婚し、憲吾を育てるために少しでも給料のいいところを求めていろいろな場所て働いてきた。憲吾の就職が決まった今は、彼の姉である長女のもとに身を寄せて卒業を待っている。憲吾と一緒に暮らすことを目標に一途に生きてきた母のためにA県に帰る彼に合わせて、結婚するならば自分もそこに職を求めるしかないという単純な動機で、A県の教員採用試験を受けたのだった。

Ａ県は道子の出身地の隣県で、知らない土地ではなかった——どころではなくて、実は父母がそもそも暮らしていた場所だった。空襲で焼け出されて疎開して住み着いてしまった先が隣県で、道子はそこで生まれたが、家族の中には、自分たちはもともとAの人間という意識が残っていた。だから、A県の試験を受けると告げた時、父も母も喜んだ。

Ａは小さな県ではないのに、道子の赴任地T市は、憲吾の姉の住居に近かった。憲吾もその地域にアパートを借りたところで、偶然だったが、生活範囲が小ぢんまりとまとまって見通しが立てやすくなった出発だった。

四年間学生として生活した北陸の、一年の三分の一くらいは雪に埋もれていた街を引き払い、僅かな荷物とともにいったん生家に身を寄せた。父母との最後の暮らし、と思っていた。

父と母が結婚したのは太平洋戦争が始まる少し前、母が十九歳の時だと聞いている。二人は一回り歳が違って同じ干支、三十代と十代の結婚で、父は婿養子だった。母親は自身の両親と半ばはそれまでと同じ暮らしを続け、造船所に徴用されていた父親は、終戦まで海外はおろか内地でも兵役に就かずに済んで、これは道子の想像に過ぎないけれど、戦争中で何かと不自由があったとはいえ、母親の結婚生活は両親に甘え、年上の夫に甘え、さほど苦労のないものだったのではないか。

そう思うのは、子どもの道子の目に、母親は夫に頼りきっている可愛い妻と映っていたからで、高校の授業参観でも、若いお母さんでいいわねえ、姉妹みたいねと、友人たちから羨ましがられた。が、子どもにとって頼りになる母親ではなかった。親の判断が必要とされる時は、その役はいつも父が担った。

その母も、両親を看取り、四人の子どもが全員家を出て、いつの間にか五十という歳になっている。一年前、道子の弟が大学に入学して家を離れ、父と母は二人暮らしになった。四半世紀前――その時は、夫婦とまだ小さい姉と兄、そして道子の祖父母という六人家族だった筈だ――遠縁を頼って疎開したこの地に住み着いてから、母は初めての夫婦二人だけの暮らしを経験しているのだった。

七〇年安保とひとくくりにされる運動の、担い手と言えたかどうか、けれども間違いなくその傍で、目を見開いて様々な出来事を見つめ、翻弄されながらも生きる指針を摑んだ大学の四年間。その生活をたたんで家に帰って見ると、白髪などないよと言っていた母の、額の生え際にそれが随分目立つようになって、伸びていた背筋も丸くなっている。親は歳を取るのだと道子は改めて思っていた。

2

赴任前に一度出向くようにとの連絡があってT高校に出かけて行った。定時制に対する道子のイメージを大きく裏切って、数年前に新設されたというT高校は一学年七クラスもあった。定時制と通信制のみで昼間の授業はなかった。普通科よりも工業関係の課程が多く、自動車科などというのもあった。自動車関連産業についてはこの地方は日本の中でも突出している。校長の説明によると、その地域産業を支えるための大きな使命を持った学校なのだった。

教頭も二人いたし、事務員もたくさんいるようだったのに、訪ねると、校長室に呼ばれ、校長が直に応接した。

校長は背が高く横幅もあって、大きな声で豪快に笑う人間で、顔が赤いのは大酒でも飲むのだろうか、人も呑み込みそうだと緊張していたが、向こうは随分と気さくな調子で、大きな体を大義そうでもなく動かして、手ずから茶を淹れた。学校の紹介をはじめ、あれこれの話をする。理路整然とではなく、ぽんぽんと話題が飛ぶ。

「これこれ、見てください。どうです」

突然、茶を飲んだ後の大ぶりの湯呑みを持ち上げて道子の前に突き出した。何の変哲もない茶器、と思ったが、

「私、その方面のことは、全然分からないんです」

おずおずとそう言うと、いやいや、そんなことじゃなくて、と笑いながら、見てほしいのは

この模様です、と言う。薄い鼠色の地にあやめか菖蒲かと迷う花が描かれている。

「杜若《かきつばた》です」

こちらが口を開く前に告げて、

「国語の先生だから、八橋《やつはし》の杜若の歌は知ってますね」

突然口頭試問か、と思ったが、

「唐衣きつつなれにしつましあれば、という伊勢物語のあれですか」

在原業平《ありわらのなりひら》が「かきつばた」の五文字を頭に置いてこの歌を詠んだ杜若の名所八橋は確かに近い。

「そうそう、それ。はるばる来ぬる旅をしぞ思う。私、杜若にこだわってるんです。いろいろ集めてるんですよ」

いつの間にか自分の杜若関連コレクションの話をしている。皿でも手拭いでも、もし杜若を描くか染め抜いたようなのがあったら是非寄贈してくださいと図々しいことまで言う。業平の歌を話題にしたのも道子が国語の教師だから思いついただけのようで、それから暫くコレクションの自慢が続いた。


学校が用意してくれた下宿は新築の一戸建てで、同じ新任の数学の教師槙田奈美子と二人で住むのだとか。定時制高校は夕方まず給食の時間から始まるのだと教えられたが、その給食の調理員の一人Gさんが新婚の息子夫婦のために家を建てた。ところが息子が転勤先から当分帰ってこられそうもないので、安く貸してもらえることになったのだと、その時校長は嬉しそうに語った。奈美子はすでに引っ越してきているから、帰りに部屋を見がてら会ってくればいいと。

その家は学校から歩いて五分のところにあった。帰りは夜になる訳だから、その辺りは配慮して探してくれたようだ。玄関は南に面していて、入って左手に六畳と八畳の和室、右手には同じような広さの洋室が二間あった。

和室は六畳の間に押し入れ、八畳には床の間があり、香炉が置かれ、水墨画のような軸がかかっていた。細工の凝った欄間があり、違い棚も設えられていて、部屋の真ん中に大きな座卓が置かれていた。

挨拶を交わし、家の中を案内した後、差し支えなければ私がこちらを使いたいんだけど、と奈美子が洋室を示した。そちらにはベッドと机が、もう生活を始めた人間の家具としてそれらしく収まっていた。

台所、風呂場、トイレなど基本的な生活のエリアに近い、つまり生活空間として考えられていたのは洋室のようだった。和室はどちらかといえば古風な客間と控えの間という感じだ。憲吾とそう遠くない時期に結婚するからここでの暮らしは長くないと思っていた道子は奈美子の意向を了承した。ベッドも持っていなかったし、学生時代に使っていた机や本棚は、寮を出て下宿に移った時に古道具屋で安く買い求めたもので、後輩に譲ってきた。家具らしいものと言えば北陸では必需品だった炬燵くらいで、それは食卓も机も兼ねている。後はこまごまとしたものばかりで、いくつかの段ボール箱の中に納まっている。結婚に向けて少しでも貯金をしようと思っていたから、新しい家具を買うつもりはなかった。学生時代の下宿の気分で、その下宿より広い六畳にひっそりと住んで、八畳は使うこともないだろうと思っていた。

新任教師として赴任したのは道子と奈美子のほかに男性が三人の計五人だった。オリエンテーションともいうべき様々な説明を受けた初日が終わって、これから毎日、こんな暗い中を帰るんだねと言いながら、奈美子と二人校門を出かかった時、後ろから、槙田さあん、生駒さあん、と大きな声で呼ぶ声がする。振り向くと、音楽の教師だと紹介された鷲見が駆けて来た。とても覚えきれない教師たちの中で、あまり歳の違わなそうな若手教師、と今日心にとめた一人だった。胸の辺りでピンで留めてないのかネクタイが揺れているのが、門燈からのかすかな光の中でも分かった。

「ああ、追いついた。間に合って良かった」

鷲見は肩で息をしながら、

「別に明日でもいいんだけどね、こういう話は早い方がいいと思って」

黒くボリュームのある前髪をかきあげる。それが彼の癖らしい。今日のオリエンテーションでも、何度もその仕種を見た。

「こういう話って何ですか」

奈美子が訊ねた。

「労働組合に入ってくださいじゃなくて入りましょうというお誘いです。A県高等学校教職員組合、通称A高教です」

門燈の光の中で、笑顔で胸を張ってから、

「あ、労働組合、ってわかりますよね」

急に真面目な顔になった。

「必要なら資料はいっぱいあります。説明もします。でも、労働者は自分たちの権利を守るために、そして教師としていい教育をするために、労働組合に入るのが当然と僕は思っているので、何も持たずに追いかけてきてしまいました。どうですか」

性急にそんなことを喋る鷲見を見ていて、道子は何だかおかしく、というより嬉しくなって笑ってしまった。

「どうですか」

畳みかける鷲見に、入ります、と道子は応えた。私も労働組合は必要だと思います。よし、やった、と鷲見は小さく右の拳を握ってから、槙田さんは？　と奈美子に向き直る。

「生駒さんが入るなら私も入ります」

奈美子は道子の顔を見ながら、そう言った。本当はよくわからないけど、と付け加えたが、鷲見は気にする様子もなく、

「大丈夫、大丈夫、いろんなことやります。楽しいよ。ちなみに僕は青年部長。男性三人も、君たちが入ったら入るって言ってるから、すぐに歓迎会の準備をするからね。楽しみにして

て」

そう言うと、ではまた明日、とくるりと踵を返した。

二人並んで歩き出して、

「面白そうな人だね」

道子がそう言うと、

「良く響くいい声だった。テナーだね。さすが音楽の教師。あの声で言われたら断れない」

奈美子が応じる。頷きながら、労働組合に入るのが当然——か、社会人初日に嬉しい歓迎の辞、と道子は鷲見の言葉を反芻していた。

「ねえ、星の名前って、わかる?」

奈美子が突然立ち止まって言う。坂を少し上って、夜空が見渡せる場所に来ていた。

「星? ううん、全然」

「しし座とか、おとめ座とか、知らない?」

「名前だけは、何とか」

K市でも、冬の夜に、星がきれいだと思ったことはある。けれども、星の名前を知ろうとか、星座について調べようとか、そんなゆったりとした気持ちにはならなかったと、奈美子の言葉を聞きながら思っていた。

「春は、星はあんまりきれいには見えないんだけどね、でも、あそこに北斗七星があるのはわ

奈美子の星についての話が好きだった。春の大曲線、春のダイヤモンド、春の大三角形、三角を作るのはしし座のデネボラと、うしかい座のアルクトゥルスと、おとめ座のスピカ。

「アルクトゥルスは赤いでしょ。スピカは白い。表面温度が違うの」

「温度？　どっちが高いの？」

「スピカ、白い方が温度が高いの。二万度だったかな、アルクトゥルスは四千度くらい」

ふうん、と思う。人の興味や関心の持ちどころは様々だ。

「あの二つは一対で夫婦星と言われる」

「それにしては離れてない？」

「赤白で一対ということなんだろうけど」

でもね、と奈美子の声がちょっと高くなった。暗くて表情はわからないけれど、もしかしたら、悪戯っ子のような顔をしているのかもしれない。

「アルクトゥルスはどんどんスピカに近づいているんだって」

「どんどん？」

「そう、だから、本当に二つ並んで夫婦星の名に恥じないようになるかもしれない」

「星って、今見えてる形のまま全体が動くんでしょ」

「それとは別の動き、星ってみんなそれぞれ動いているのよ」

「じゃ、星座の形も変わってしまうの？」

「そう、変わる」

そんなことは初めて聞いた。

「どれくらいで、あの二つは並ぶの？」

「そうね、五、六万年くらい後かな」

絶句した。赤い星と白い星が並ぶ日を思い描ける奈美子に驚き、その果てしないスケールに呆然としながら、今までじっくり見たことがなかったけれど、星を見るのも悪くないと思っていた。


労働組合の歓迎会より先、学校がまだ春休みで授業が開始される前に、他校に異動した教師たちと一緒の歓送迎会が開かれた。

和室をぶち抜いた広い部屋に襖を背にしてぐるりと高膳が並べられている。異動していった人物は勿論、これから同僚として仕事をする教師たちの名前も覚えきれないまま、席に着いた。校長の乾杯の音頭で始まり、出て行った教師が一人一人挨拶した後、道子たちは五人まとめて並んで立って教科と名前を紹介されただけで済んだ。ほっとしていた。

人数が多いせいだろう、それ以降は全体で何かに集中するということもなく、いくつかのグループに分かれて様々な話し声が響き、銚子やビール瓶を持った人間がそれらの間を縫って回っていた。奈美子と並んで座った道子は最初の緊張感もなくなって、たまに注がれるビールを受けるほかは、ひたすら料理を口に運んだ。

矢美子が道子を見てそう言った時だった。座の一角が何やらざわめいた。顔を上げると、先の労働組合加入時の顔合わせで、僕は組合の裏方ですとニコニコ笑いながら自己紹介した、これもまだ若いけれど鷲見よりは線の太そうな井田が立ち上がって、さあ行くぞ、と大声で叫んでから、座の中央に向かってずかずかと進んでいく。目を瞠っていると、すっくと立って左手を腰に当て右手で拳を作って調子を取りながら、道子が大学祭のファイアストームや大学での様々な活動時に何度となく歌って良く知っている労働歌を歌い出した。

驚いたことに誰もが笑顔で見ている。拍手をする者もいる。井田は正式に歌唱法を学んだのではないかと思うくらい、朗々とした声で歌った。心の内を全て解き放つような明るい声で、おまけに笑顔だ。一曲が終わると、何人かが飛び出して行って――鷲見もいた。同じ国語科と紹介された、やはり若い西条もいた――一緒になってスクラムを組んで声を張り上げた。座ったままで、首を動かして拍子をとりながら唱和している者もいる。まるで、学生時代のコンパのようだと道子は驚いていた。職場とはこんな雰囲気なのか。社会とはそういうところなのか。

もっとも、道子をはじめ、新任教師たちをもっと驚かせたのは、これも突然二人いる教頭の一人が立ち上がり、お前たちは、またあ、と、自分の敷いていた座布団をいきなり井田たちのスクラムめがけて投げつけたことで、それをまた一人が器用に受け止めて教頭めがけて投げ返したのだった。一瞬道子はかつて何度も目にした学生運動の派閥の乱闘シーンを思い出して身を固くした。が、その場はなぜかみんな笑顔で、まるでよく言われる修学旅行の枕投げの――

道子自身は経験がないが、多分こんな風なのではないかと思うような――雰囲気なのだ。

「いつものことなの、お膳ひっくり返されないように気をつけてね、さっさと食べた方がいい、じきにお開きになるから」

奈美子とは反対側の道子の隣に座っていた一回り年上の同じ国語教師の梶田律子が真面目な顔で言った。その向こうの主任の安藤も少し薄くなった額を上下させて頷いたが、顔をしかめる風でもない。

気がつくと校長は退席していた。最初に座布団を投げた教頭は隅で横になって眠っている。井田たちの歌はまだ続いていたが、その他の教師たちも、さあそろそろかという風に、残った膳の上の物を片づけ始めた。


「井田さんの声は素晴らしいの一言ね」

二人下宿に向かう夜道で、奈美子は何度も同じことを言った。

「鷲見さんの声もいいけど、今日の井田さんには圧倒されたなあ。私、正直言って組合って胡散臭いと思っていたけど、あんなに歌が上手いって言うか、あんなに楽しそうに歌を歌うだけで、認めたくなるわ」

「歌が上手いのと組合活動は関係ないと思うけど」

そう言いながらも、自分のような音楽が苦手な人間でさえ、学生時代、集会や、ちょっとした学習会の始まる前、寮生活に関わる学生部との団交の際などでも、何かと言えば歌が提起され、みんなと一緒に歌っていたことを思っていた。確かに歌は人を元気づける。心を広く平らかに、そして前向きにする。

後から律子から聞いた話だと、あの日は井田たちが教頭を家まで送って行った。二人いる教頭のもう一人は、物腰も柔らかく人当たりが良いのだがあれは食わせ者と律子は言った。それに比べて今回座布団を投げた彼は普段は謹厳実直という感じで真面目なのだと。

そう思うでしょ？　律子はにこりと笑って言う。確かに彼はいつも黙々と仕事をこなしているように道子も思う。赴任以来彼の笑顔を見たことがなかった。そして、年に数回、ああした飲み会で狼藉に及ぶのか。最後彼を家に送り届けるのも決まって井田とそのグループで、教頭自身は飲み会の席でのことを――本当かどうか道子は疑っているが――全く覚えていないらしく、いつもむっつりと井田たちに対しているのだった。

3

統一地方選挙が行われていた。憲吾のアパートに来ていた道子は、それらしいスピーカーの音に反応して窓を開けた。アパートの前をまっすぐ走っている道の、右と左の両側から別々の選挙カーがゆっくりと近づいてくる。一台は共産党、もう一台は保守系無所属の町議会議員選挙の候補者カーだ。小さな町だからこんな風に狭い道ですれ違うことも起こるのだと思いながら二階から見ていると、ちょうど真下で向かい合って両方の車が停まった。

「○○さん、ご苦労様です。どうぞ頑張ってください」

「××さんもご苦労様です。お互い頑張りましょう」

ちょっとびっくりしていた。政治的には対立している二派の選挙カーが、お互いを激励してゆっくりすれ違って行った。

「なんか平和だね」

振り返って、後ろから同じように下を覗いていた憲吾に声をかける。

「町議会だからな。対立してばっかりじゃやれないのだろう」

「そうか」

選挙というのは政治的思想信条で厳しく対立し、相手に論戦で勝つことで選挙民の支持を得ていくのだと思っていた。実際、二週間前の東京都知事選や大阪府知事選は、両方とも憲吾の下宿で読む「赤旗」では、社共両党を含む革新統一側と自民党を中心とする保守陣営との対決が日々報道されていた。

二知事の当選は心底嬉しかった。東京の美濃部亮吉は二期目で、圧勝と言える票差での勝利だった。四年の実績で都民の信頼は大きい、母親は美濃部ファンだと奈美子からも聞いていた。政治にはあまり関心がなさそうな奈美子が言うのだから東京はまず大丈夫なのだろうと安心していたが、大阪の黒田了一の、現職を破っての初当選は、半ばの驚きを伴ったというのが正直なところで、驚きながら、道子は自身の生き方への確信を新たにした。

も学んだように思った。

「私も、『赤旗』、やっぱりとろう」

憲吾が頷く。数日前T市議選に立っている共産党のI候補のビラを駅前で手渡された。それを捨てずに持っている。大学四年間で培ったものに通じる一枚だった。

「あそこにあった連絡先に、電話してみる」

憲吾がそうしろと言うように頷いた。


労組の会議でメーデーの参加について話し合われた。

「基本的には全員参加」

井田が大きな声でそう言う。

「と言いたいところだけど、まあ、そうもいかない訳ですが、なるべく参加しましょう。行ける人は挙手をお願いします」

そう引き取ったのは、分会長の山路で、威勢のいい井田と好対照に、いつも穏やかにまとめる。二人の掛け合いが場を和ませていることが道子には分かってきていた。日曜日でもないのに、昼間の高校だったら全員参加と声をかけること自体無謀な話だけれど、夜間定時制だからそれは可能なのだ。多くが参加の意思表示をした。道子も手を挙げた。

大学三年生の時、思いがけなくメーデーに参加した。学生は学部終了までに単位を揃えなくてはならないが、すべてが専門科目という訳ではなくて、いろいろ選択の幅があった。国文学専攻の道子も、いくつかの他学科の講義を聴講したが、憲吾が受けるという法制史の講義を一単位分として選んだ。法律など学びたいとも思わなかったが、歴史ならばそれなりに面白いかもしれないと思ったのだ。

週に一回の講義の、その三回目が五月一日で、憲吾と待ち合わせて校舎に向かうと、入口の掲示板の前に人だかりがあった。

「おう、法制史、休講だぞ」

憲吾の友人の一人が、振り向きざまに憲吾と道子を見つけて言う。

「メーデーだとさ、せっかくだから俺らも行くか、メーデー」

法制史を教えている教官は、教授になって労組を抜けたけれど、ずっと組合活動を続けてきた所謂闘士だったらしい。メーデーの日に講義どころではないということだったか、貼紙には「メーデーのため休講」と、堂々と書かれていた。

まだ三回目だぞ、全くあいつは、と、半ば親しみを込め半ば呆れながら、およそ教官に対するとは思えない言葉を吐きつつ、メーデー会場の公園が大学のすぐ傍だったこともあって、何人かがメーデーに参加したのだった。行ってみると、設えられた舞台の上での演説は終わりに近かったらしく、じきにデモが始まった。労組の名前を記した大小様々、色とりどりの幟や旗が天を突き、風船を持った小さな子どもの姿もある。いつもの学生だけのものよりずっと明るく賑やかな行進に、思いがけない解放感を胸の内に湧き立たせて、道子はそのデモを楽しんだ。

社会人として初めて参加したメーデーは、その時よりも小規模だった。それほど大きくない公園の広場に舞台が設置されていたが、陽射しが強かったせいもあってか、あちこちの木陰に人影はあるのに、舞台に向かって立っているのは五十人もいない。何とも頼りない感じだった。生駒さん、こっちこっちと呼ぶ鷲見の声に、端の木立の陰に行ってみると、見知った顔も含めて十数人がA高教の旗を囲んでたむろしていた。

挨拶や演説が済んで、ずっとバックで音楽を流していた人たちが舞台に上がって歌い始め、その歌に誘われるようにデモが始まった。舞台の前で演説を聞いていなかったことなど全然問題ではないというように、広場の隅から人々が湧き出してきて、それなりの人数のデモ行進になった。シュプレヒコールの声を上げる一団。ずっと喋り続けている人たち。何をしているのか、隊列の前後を行ったり来たりしている人たち。道子が一度だけの経験から思い描いていたのよりは、スケールは小さいのに、勝手気ままで散漫という印象を拭えなかったが、片方で学生だけの整然としたデモとは違う猥雑さが、いかにも社会人の運動を思わせた。

道子たちの集団は井田を先頭に、伴走する車から流れる音楽に合わせて歌を歌い続けた。大学で多くの労働歌を覚えた道子には、馴染みの歌ばかりだった。

4

古典の副教材を作るために印刷室のドアを開けた。輪転機を据えた側には誰もいなかったが、使いたい方のトーシャファックスの前には井田が立って作業中だった。

「あ、生駒さん、ファックス使うの」

井田がこちらを向いた。

「ええ、先生、後、どれぐらいですか。時間かかるなら出直します」

うん、いや、もう終わった、と井田はちょうど停止したドラムから製版された原紙を外し始めた。

学生時代、ビラにしろ文集にしろ、印刷物を一定枚数作る手段は、ガリ版と言われた謄写版印刷が主だった。ヤスリの上に蝋原紙を置いて鉄筆で文字を書く——字の形に蝋を削っていく訳だが、これはなかなか技術が要った。筆圧が強すぎると原紙を破ってしまうし、弱いとうまく孔が穿かない。

T高校に赴任して、基本的にここではガリ版でなくこれを使っていますと、トーシャファックスの説明を受けた時は感激してしまった。原稿をそのまま原紙に写してくれる製版機。大きなドラムが二つ並んだ機械の片側に、自筆の文章や資料のコピー、イラストなどを貼りつけた用紙をセットし、もう片側にビニール原紙をセットする。スイッチを入れるとドラムが回る。回りながら、機械が原稿を読み取って原紙を作成していく。その原紙を輪転機で印刷すれば資料は出来上がる。これが学生時代の自治会室やサークルの部室にあったらどんなに楽だっただろうと思わずにはいられなかった。

輪転機に原紙をセットし、軽快な音を立てて印刷が始まるのを見届けた井田が、こちらを
ちょうどドラムに原稿の用紙を張りつけ終えた道子に声をかけた。

はい、と応えながら、もう一度ぐるりと点検した上で、道子はスタートボタンを押した。ドラムがスムーズに回り始めるのを確認して、井田に向き直った。

「はい、何ですか」

「生駒さんさ、党員なんでしょ」

え、と自身でも瞼周囲の筋肉が動くのが分かるくらい目を見開いて、小さい声をあげた。道子の背中側の窓から入る明るい初夏の午後の陽射しが、向き合う井田の笑顔をまともに照射している。屈託のない顔だ。ただ見つめた。

「そうなんでしょ、だって」

道子が返事をしないので、今度は井田の声はいくらかトーンが落ちたが、笑顔はそのままだ。

「自由ベトナム行進曲なんて歌を知ってるし」

その歌は、メーデーの隊列の中で歌われた。道子はその歌を大学で覚えたが、外の社会ではあまり歌われていなかったのか、あるいはたまたま道子が加わった教員グループがその歌に馴染んでいなかったのか、スピーカーの流す音楽に合わせてそれまでと同じように道子は声を出したのだが、周囲からこんな歌知らないというざわめきが聞こえ、その瞬間、歌い続けていた道子は目立ってしまったのだ。

「それに『赤旗』を自分から申し込んだでしょ。Ｉさんから聞いた。転籍の手続きができてないんだろうから、ちゃんと対応しろって言われて――」

なるほど、そういうことか、と合点がいった。

ずっと――大学一年生の終わり頃から――「赤旗」を読んでいた。最初はサークルの先輩に「民青新聞」を、次いで「赤旗」日曜版を勧められた。大学では新しいものをどんどん吸収しようと思っていたから抵抗なく購読し、それらには目を見開かされることも多々あって、日刊紙も読むようになった。道子は所謂活動家ではなかったけれど、「赤旗」に書かれていることは日々の指針になっていた。

Ｋ市から生家に移り、そしてここＴ市での生活が順調に滑り出すまでのほぼ一ヵ月、様々の新しい事柄に対処したが、「赤旗」だけは時々憲吾のアパートを訪れて読むことにしていた。奈美子への遠慮のようなものがあった。だが、だんだんとやはり手元に置いて読みたいと思うようになって、統一地方選挙をきっかけに、自分から購読を申し込んだ。配達の体制がないから、毎日事務所に取りに来てほしいと言われたが、大学でもそうしていたので苦にならなかった。むしろ、そうか、一般社会では各戸に配達されるのが筋なのだと感心したくらいだった。

その「赤旗」を自分から申し込んだということで、転籍手続きができていない共産党員だと思われた――。

「違います。私、共産党員ではありません」

「共産党員ではないけど、民青に入っています。この間、県の事務所に行って転籍の手続きはしてきました。でも、その後何の連絡もないけど」

民青？　井田は間の抜けたような声を出した。それから一転、破顔した。

「高校では、民青は生徒がやる活動だよ。教師になったら民青は卒業。よし、じゃあ、党員になろう。申込用紙を持ってくる。手続き進めていいね」

道子の顔は多少強張っていただろうか、それともあっけにとられたという表情だっただろうか。え？　何か、問題ある？　と井田はほんの少しだけ眉をひそめた。

「問題って――」

「共産党に導かれて活動するという民青の転籍の手続きを自分からするくらいだもの、考え方というか、思想的な問題はないんでしょ」

頷いた――思想的な問題は多分、ない。

「じゃあ、いいね。やあ、嬉しいなあ、やっぱりそうだったか。どうして大学で入党しなかったのかは知らないけど、そういう匂いはしていたんだよね。みんなも喜ぶぞ」

一人ではしゃぎながら、印刷の終わった資料をまとめて、じゃあね、と部屋を出かかったところで足を止めて、

「あ、勿論、他の人には内緒だよ。分かってると思うけど。ここで党員は僕一人だから」

え？　と今度は道子が怪訝な声を出してしまった。

「じゃあ、山路さんも、鷲見さんも、西条さんも、Kさんも、Iさんも違うんですか」

いつも井田と一緒に行動していて、もしかしたらと道子が見当をつけていた人たちの名前を出すと、残念ながら、と井田は少し歪んだ笑顔で応じた。それはそれで、難しい問題だから。でも、みんな大事な仲間だよ。

「但し、党内のことは党内だけの話。大丈夫だよね」

ちょっと真面目な顔で念を押す。

「それは、分かっているつもりです」

井田はもう一度笑顔になって、頷きながら後ろ手でドアを閉めて出ていった。ドアの向こうからかすかに井田の歌う自由ベトナム行進曲が聞こえ、遠ざかった。

どうして大学で入党しなかったのかは知らないけど、と井田は言った。

どうして自分は誘われなかったのだろう、と改めて道子も思う。

道子が民青に入ったのは遅かった。大学一年の最初からずっと傍に民青はあった。サークルの多くの先輩がそうだったから。寮自治会の役員の多くもそうだったのだと思う。そのどちらにも、道子はいつも様々な疑問や意見をぶつけていた。批判もした。「その杜撰さ、曖昧さ、それが民青のやり方なんですか」といった具合に辛辣に。いつの間にか可愛くない後輩になっていたのだろうということは分かる。

それでも、道子は「民青新聞」を読み、「赤旗」日曜版や日刊紙も読むようになった。そこ

勧誘のタイミングもあったのだろう。道子は結局、民青に入るのさえずいぶん遅くなった。それでも、卒業する前に民青同盟員を共産党に入党させる動きがあるのだと、不思議なことだが、そんな話が誰からともなく伝わってきた時、きっと自分も誘われると道子は思っていた。

だが、誰も来なかった。

ある時、道子は寮を訪ねた。道子は二年も前に寮を出ていたが、多くの友人が寮で暮らしていた。目当ての友人がもし不在でも、用件を他の人に委ねることができたし、とにかく談笑できる友人たちが多くいた。寮は気の置けない場所だった。

ところが、その日、玄関口の在寮か否かを示す木札で、外出していないことを確認した何人かの友人の、どの部屋を訪れてもいないのだ。どこかで会議でもやっているのだろうか、と思いながらいくつ目かのドアをノックした時、応答があった。ドアを押し開けると、Mが机に向かっていて、顔だけこちらに向けたが、机の上に本が開かれている訳でもなく、どことなく所在なげだった。

「Mさん、いた。良かった。誰もいないんだもの、会議でもやっているのかと思った」

ああ、とMは頷いた。それから、やってるんだよ、会議、と小さい声で言う。

「やってるの？　じゃあ」

じゃあ、あなたはいいの？　と道子が続ける前に、

「生駒さん、共産党に入った？」

Mが突然そう言う。驚いて、息を呑んでいると、返事も待たずに、会議やってる、今、共産党の会議、と、一言一言区切りながら小さい声で言った。

「生駒さんは？」

もう一度訊ねられて、静かに首を振った。

「誰も来ないもの」

Mがかすかに笑う。

「生駒さんも、本当は素直な人なのにねえ」

「Mさんのところにも来ないのか」

Mが頷く。

「私も本当は結構ちゃんとした人間だと思うんだけど、ちゃらんぽらんだと思われてるんだねえ、きっと」

Mは、またちょっと寂しそうに笑った。

「あなたが、ちゃらんぽらんなら、私はひねくれものだね」

ははは、と、Mは初めて声をあげて笑った。

「まあ、今、慌てて入らなくても、社会に出れば必要とされる、その時もう一度よく考えて、やっぱりこの道が間違いないと再確認出来たら入るかなって、整理しつつある」

笑顔に寂しそうな表情の片鱗は残っていたけれど、Mはきっぱりとそう言った。

て、Mに会えて良かったと思っていた。

Mも自分も少し悔しい思いをした。こんなまっすぐな思いを受け止めない共産党なんか、とは、けれども思わなかった。一生の問題なのだから、一年二年を焦らずじっくり考えよう、どうして誘われなかったのか、自分の何が問題なのか、よく考えて自己変革に挑んで、そしていつか闘いの隊列に加わるのだと。

なのに、今の井田の対応は何だ。あの時の、Mと執行猶予期間を確認し合った、薄い寂しさにくるまれた未来への強い思いを、何の障壁もないが如く、こっちこっちと自分の方に引き寄せた。なぜ共産党に入っていなかったのかとすら訊かなかった。ハードルは思っていたより低かった？　いや、そもそもハードルなんかなかったのだろうか。

ドラムはとっくに止まっていて、仕上がった原紙を輪転機にセットしなければならないと思いながら、道子はぼんやりと井田の去ったドアを見つめ続けていた。自身の一生に関わる問題が、こんな雑然とした小部屋で、こんなに簡単に決まってしまったと戸惑いながら、何かしら新しい力が体の芯から沸々と湧いてくる気がするのが不思議だった。

5

昔、男初冠して、平城《なら》の京、春日の里に、しるよしして、狩りに往にけり。その里に、いとなまめいたる女はらから住みけり。この男かいま見てけり――

一年生の古典の時間、教科書は「伊勢物語」を扱っている。

「初冠」は、男子の元服の儀式で冠をつけることを言います。ういこうぶり、と読みますと言った途端に、えー、冠かぶるんなら、はつかんむり、でいいじゃん、と文句が出る。漢字はそうやって書いてあるのに。そう言うのはいつも男子生徒だ。そのうちに、もう、うるさい、まじめに聞いてるのもおるんよ、と制する声が上がる。これは女子とほぼ決まっている。

教室の席の配置は学校側では決めない。勤務の関係で遅れて入ってくる者もいるし、欠席も全日制に比べるとはるかに多い。そうした事情ゆえだろう、席は自由にどこに座ってもいいことになっている。そうは言っても、大体いつもの席というものが自然に決まっている。たまに意外なところにいつもと違う顔を見出すこともあるが、まずそれらは例外といったところだ。そして、男女が入り交じることはまずない。普通科は男女がほぼ半々だが、教壇から見ると右京左京と分かれるように縦半分に男と女が別々に座っている。戦後二十数年経っても、こういうところは進歩がないようだが、男子、女子でかたまっているから、意見を出しやすいということもあるようだった。

に付き合っているとちっとも進まないが、黙って下を向いているよりはずっといい。

「言葉は変わっていくからね」

毎回古典の時間に同じことを言う。

黒板に「初孫」と大きく書いた。

「何と読みますか」

はつまご！　と何人かが声を出す。俺んとこ、兄貴に子ども生まれて、親がめちゃめちゃ嬉しそうなの――などの声は無視して、

「ほかの読み方は」

ういまご！　と声が上がった。

「正解。よく知ってるね」

そう言ったら、どっと笑い崩れる。ういこうぶり、からの類推は誰にもできる訳だ。勝ったねと、ういまご、と言った生徒が、両手で拳を作って周囲に笑顔を向けている。

「ういういしい、って言うでしょ」

初々しい、と板書する。

「これは誰もはつはつしいなんて言わない」

だって、そんな字書くなんて知らないよ、なあ。すかさず声が上がった。そうか、と思うが無視して、今度は「初産」と板書する。これは、見ての通り初めてのお産のことだけど――男

子生徒が騒ぎ始める。しまった、例が悪かったと思うが、後に引けない。これも、最近はしょざんと読む人増えたけど――。

まだ教科書の一行目だが、とにかく今日は生徒は乗ってくれている。最初の頃は品定めをするようにじっと上目遣いにこちらを見ている生徒が多くて閉口した。いや実際新任教師の品定めをしていたのだ。それは仕方のないことではある。初めは生徒がこちらの話すことをどこまで受け止めてくれているのか分からなくて、ひたすら喋っていた。ある時、先生、そんなにたくさん頭に入らないと言われた。それで、分からないときはそう言ってください、私も頑張ってみんなに分かってもらえるように努力しますと返した。次から収拾がつかないくらい、「分からない」が増えたけれど、不思議なことに、その頃から授業の展開の糸口になるような質問も出るようになった。適当に乗ったり無視したり、時には真正面から受け止めて、一緒に考えたり、今度までに調べてくるねと、素直に言うこともできるようになった。

何とか、予定していた箇所まで進むことができた。そろそろ終了のチャイムが鳴る頃だと思いながら、

「じゃあ、ほかに質問はないですか。あんまり時間ないけど、何か言いたいことがあったら、何でもいいですよ」

そう言うと、はいっと大きな声で手を挙げた男子生徒がいる。去年の入学だけれど、出席日数が足りなくて、もう一度一年生をやり直している生徒だ。頷きながら発言を促すと、

「先生、今度、デートしてください」

一瞬の沈黙の後、教室中が笑い崩れた。机の上をバンバンと音を立てて掌でたたいて喜んでいる男子生徒もいる。あっけに取られていたら、それでもその内に静かになった。

「どうもありがとう。光栄だけれど」

静まったところで、声を出した。

「私には結婚を約束してる人がいるの」

わあっと歓声が、これは女子の方から上がった。

「バッカだなあ。そんなストレートな言葉じゃなくて、お前の服をちぎって、切れっぱしに、歌を書いてささげるんだよ」

笑いながら、そう言う生徒がいる。

「しのぶの乱れ、限り知られず」

今日習ったばかりの和歌を朗々と読み上げる者も。

春日野に美しい姉妹を見つけた男は、自分の着ていた狩衣の裾を切って、そこに歌を書きつけて姉妹に贈ったのだ。

　春日野の若紫のすり衣
　しのぶの乱れ限り知られず

今日彼らが学んだのは、古代の雅な恋愛の世界。一緒になって笑っていたさっきの生徒が、野暮ですみません、と声を出した。現代人なもんで。またひとしきり、笑い声が起こった時、授業終了のチャイムが鳴った。

6

初めての共産党の会議に出席して、無事終わった。向かう時もそうだったが、終わってからもまだ道子の心は弾んでいた。

会議のメンバーは、この地域にいくつかある夜間定時制の教師たちだった。昼過ぎから二時間ほど、それからそれぞれの職場に出勤する。

キャップと紹介のあった一回り年上の坂本の車に、それよりいくらか若そうな金子と、会議の場所を提供した独身の宮崎と一緒に乗り込んだ。坂本以外は電車で勤務先に行くので駅まで送ってもらう。車で来た井田は自分の車に道子を乗せていくつもりだったようだが、一緒に出勤するのはまずいと周りが言ってやめた。

会議では、畳敷きの広くない部屋に、みな思い思いに壁にもたれたり、膝を崩したりして座っていた。道子以外は男性、それまで紅一点だった女性は、今日は事情があって欠席だけど、生駒さんが加わってくれて喜んでいたよと言われた。

坂本は道子の真向かいに胡坐をかいていた。上背がある訳でもない丸っこい体つきが、実家

せた。川べりに座らせて釣竿を持たせればあの人形そっくりだ、但し、こちらの太公望は黒縁眼鏡をかけている。穏やかな人柄が想像できる静かな話しぶりの理科の教師。後の人たちは、今ここにいる金子も宮崎も含めて、殆どが工業関連の教師だった。

「来るときはバスだったの？」

運転席から、後ろの席に座っている道子に坂本が話しかけた。

「はい、井田さんに乗せて来て貰えば楽なんですけど、井田さんの家は、ここを挟んで私の下宿とは正反対の位置ですから」

それでも井田は最初だから車で迎えに行くと言ったのだが、同じ下宿の奈美子の手前もあるので断り、この辺りの土地に早く馴染みたいという思いもあったからバスで行くことにした。本屋で地図を買って井田に教えられた地名のバス停を探した。井田がバス停から宮崎の下宿までの地図を描いてくれた。

バス停の名は「中山路」だと井田は言った。見当をつけて探した辺りにあったのは「中路山」。井田さん間違えてる、いつも車だからバス停なんかには詳しくないんだと決めつけていた。目的地に近づいたら、ワンマンバスの運転手が「次はナカヤマジ、お降りの方は――」と案内した。間違っていたのは地図の方らしいと一人で笑っていた。そんなことまで道子の気持ちを弾ませていた。

共産党の会議――小説などで、共産党の基礎組織は細胞と呼ぶのだと思っていたが、一年前の大会で規約が変わって今は支部と言うのだと井田が言った。会議の日時を知らせてきた時だ。

「支部ですか、組合と同じですね。それじゃあ区別がつかない」

そう言うと、

「いや、それは、名前は同じでも、全然別のものだから」

それはまあ、そうだけど、と道子は口を濁した。そういえば、以前「赤旗」にそんなことが書いてあったような気もする。きちんと紙面を受け止める真面目な読者のつもりでいたが、党の組織活動にかかわる部分は、自分には関係ないといつも読み飛ばしていたことを思った。細胞から支部か——少しスマートになったようで、ちょっと歴史の重みが減ったようで——現代的になったということなのだろうか、一度くらい細胞と呼ばれるところの会議に参加したかったなと、馬鹿なことを思ったりしていた。

会議の最初に、参加者を紹介され、道子自身も自己紹介を兼ねて、新任教師として赴任してきた感想を話すように言われた。

「定時制のイメージが変わってしまったし、何もかもが驚きの連続です」

道子はそう切り出した。

「昼間は全日制の授業をしている大きな学校の校舎の片隅の、そこだけ灯りがついている教室で、昼間の高校生よりはるかに人数の少ないクラス——そこで年配の人達に教えるのだと思っ

坂本の反応に力づけられて、初めての場所、初めて会う人たちなのに、道子はこのところ思っていることを口にし続けた。

「でも、T高は全然違った。規模も大きくて、生徒は一般の高校生の年齢だし」

T高校の生徒は、殆どが中学卒業後の普通の高校生の年齢で、就職した企業から集団で入学してきた。全日制高校と違うのは、一年長く在校すること、仕事を終えてそのまま登校するから学校での最初のカリキュラムが給食であること、そして道子が聞いた話では、最初は会社のバスでみんな一斉に登下校をしていても、いつの間にかバイクや車で通学する者が出始めること、年度ごとにクラスの人数が少しずつ欠けていくこと――などだ。

「普通科の高校と銘打ってるのに、明らかに工業関連が主で普通科は添え物みたいです。工業科に授業に行くと、何だか生徒は正規の授業じゃない遊びの時間と思ってるみたいな態度だし――県立高校なのに、まるで自動車会社の内部の学校みたいな気がします」

笑い声が上がった。井田も細い目を一層細くして笑っている。その井田も自動車科の主任だ。この地域に工業高校が多いのは分かっていたが、それで工業関連の教師がこの党支部には集まっているということか。普通科の教師は坂本と今日欠席の女教師に自分が加わるだけのようだった。

「まさに。県を挙げて自動車産業を応援、どころか推進している。だからこの県は、そうした産業を抱えていない他県と比べて裕福で、県と自動車会社は持ちつ持たれつの関係という訳です」

坂本がゆっくりとそう言った。

地域の産業に依存して県政が成り立っている。日本の経済を動かすくらいの大きな企業があって、その利益のおこぼれで人々は生活し、人々を統べる政治もその企業活動に左右され、政治の仕事の一端である公教育も、多分そのほかの自分の知らないいろいろな分野も、そこを中心に動いているのだろう。

資本主義はそんな風に現れるのだと思っていた。これまで、学生時代、マルクスの経済学の本も少しは読んだ筈なのに、具体的な場面に遭遇して、自分はこんなに驚愕していると思っていた。

「そうそう、ミヤさん、来る時も気になったんだけど、あれ何やってるの。雑木林だったよね、整備して公園にでもすればいいのにと思っていたんだけど、そうでもないね」

助手席の金子が後ろを向いて、道子の隣の宮崎に声をかけた。車の右手奥の方に大きな囲いがあって、クレーン車の頭が見える。

「ダイエーです」

カタカナ語を宮崎が口にした。ひえー！　と金子が素っ頓狂な声を上げた。坂本が、ほう、と唸ったのが分かった。

「でも、確かに便利になりますよ。やっぱり歓迎してしまうな。僕は現代っ子です」

と、金子が言い、

「安いし、ここからなら近い。大方は車で来るんだろうけど」

坂本も応じた。

「ダイエー、って、それ、何ですか」

道子はちょっと引け目を感じながら訊ねた。

「ダイエー、知らない？」

横で宮崎が怪訝そうな顔をした。

「聞いたことないかな、最近全国に急速に拡大している大型スーパーマーケット」

助手席から金子が説明してくれる。

大型。そう言われても、道子の故郷、鉄道の駅のある街に小学生のころ誕生したスーパーマーケットだって、大学時代の下宿近くのそれだって、日常生活に必要なものは大体揃っていた、結構大きかったような気がするけど、とぼんやりしていると、

「今までのラーメン買ったり、大根買ったりするだけのイメージじゃだめだよ」

金子が振り向きながら、道子の心の中を覗き込んだようなことを言う。

「流通革命の最先端を行く新しい商業形態だから」

説明してくれたが、

「流通革命って何ですか」

その言葉も聞いたことはあるが意味を知らなかった。自分は何にも知らないと思っていた。おやおやという雰囲気だが、金子は嫌な顔はせずに、

「大量生産したものを安く大量販売するための大量流通体制ということかな。これまでの卸売りだとか小さな小売店が排除される。大きく変化するという意味で革命。社会全体が大量消費構造に変化していくという意味もあるんだろう。我々の言う革命とは大分違うが、大きな変化が起こりつつあることは間違いないと思うね」

坂本と違って、細面で陽に焼けて精悍な面差しなのに、その話しぶりは諄々と優しく、道子にもよく分かった。

金子の説明を聞いていて、思い出したことがある。小学校の四年生の時の担任の話。まだ若い男の先生だった。

アメリカでは、と彼は言った。日本みたいに小さな店でちまちました買い物なんかしない。郊外にドカーンと大きな何でも売っている店があって、みんな週末に車で買い物に行く。一週間分の食料をドカーンと買い込む。肉だって、こーんな大きな塊を買う、と若い彼は両手をいっぱいに広げてから、ちょっと大きすぎると思ったか、両腕の間を少し狭めて、体の前で樽でも抱えるような恰好をした。それでも、それが肉の塊を示すのだとしたら、子どもの目にもオーバーだと思うくらい大きかったが。アメリカ人はみんな大型冷蔵庫を持ってるから、そこにしまっておけば毎日買い物に行く必要はないのだと彼は得意気に説明した。冷蔵庫など、都

ドカーン、を連発しながら何とも大袈裟な表現をする教師だったが、そんな国と戦争したって敗けるに決まってるのに、それが分からなかったなんて、昔の大人は馬鹿だねえと付け加えたその話は子どもにも説得力があった。日本も頑張って、いつかアメリカみたいになるのだとも彼は言って、それは田舎の子どもたちにとって希望に感じられるものでもあった。

そんな大型店が日本にもできるのだろうか。大学では、ベトナムはじめ世界で戦争する「帝国主義国アメリカ」として糾弾するばかりだったけれど、小学校の頃は、確かに文化的生活の先進国として憧れの対象であった国。日本はその国の真似をして後を追い続けているのだろうか。

「今話しているダイエーも、雑木林のあった広い敷地にできる。建物も大きいけど、駐車場が広い。みな遠くから車で買い物に来る。宮崎君は例外だ」

はい、と宮崎が金子の言葉に素直に頷いた。歩いて行って、ちょこっとだけ買い物する僕は、例外です。

「車もここ十年で十倍くらい売れてる筈だよ。人々はその車に乗って買い物にも行くが、休日はドライブをするだろう。そのためには道路を整備しなければならないから大型ゼネコンの仕事も増えるし、道路網が完備すれば、もっと自動車は売れる、いや売ろうとするだろうから、我々の教え子たちの仕事も安泰」

金子が最後は冗談っぽく笑いながら説明した。

「A県はそれを県を挙げて応援・推進する」

坂本が締めくくった。さっきの話と結びついた。そろそろ僕も車を買おうかなあ、と宮崎が呟いた。

7

どうして共産党に入ったのかと西条に聞かれた。

夏休みが近づいていた。二人で電車に乗って、労組青年部企画のデイキャンプの下見に山に向かっていた。これまでこういうのは男ばかりでやっていたから、今回は生駒さんにも行ってもらおう、女性の目も必要だと鷲見が言って、西条と二人で行くことになった。女性の目ってよく分からない、と奈美子にこぼしたら、どこにトイレがあるかとか、そういうの見てくるのよと言われて、成程と納得した。

大分丈の伸びた青い稲田の上を吹き渡った風が、開け放った車窓から、道子と西条の間をすり抜けていった。涼しい、と道子が首を伸ばすように窓側に捩じってそう呟いた時、四人がけのボックス席の向かい側に座っていた西条が口を開いた。

「生駒さん――は、どうして」

自分の名が呼ばれたのに気づいて、道子は姿勢を戻して西条を見つめた。黒縁眼鏡の奥の目

ボックス席は二人だけだったけれど、周囲を気にして、「共産党」と言う時、西条は少し声を潜めた。道子は思わず、まじまじと西条を見つめてしまった。

共産党員であることを隠さず活動している井田に誘われるまま、道子は高教組の活動を中心に様々な場所に顔を出した。新規採用の教師に向けて県が行った新任研修の内容を組合の研究会にレポートする役も引き受けたし、集会や学習会などへの動員、あるいは動員でなくとも参加しないかという誘いを断ったことはなかった。日本のあちこちに革新自治体が生まれ、労働組合運動も住民運動も文化運動も盛んだった。その流れに進んで乗って、道子は毎日を誇りをもって生きていた。

学生時代はそういう訳にはいかなかった。革マルが牛耳っているような研究室で、日共・民青と罵倒され、それだけで人間としての全ての能力において劣っているかのように貶められた。なぜそんな風に扱われなければならないのか、心の中で反発しながら、だんだん本当に自分は駄目な人間、能力のない人間なのかもしれないと、自信をなくすこともたびたびあった。

道子が大学に入学する七年前に、六〇年安保闘争があった。サンフランシスコ講和条約と同時に締結された日米安保条約に、日米共同防衛を盛り込んで日本の軍事化を進めようとすることの条約改定への反対運動は多くの国民のものになったのだが、学生運動は実力行使を主張する全学連主流派とそれを批判する反主流派に分かれた。それでもまだ当時は、特にどちらにつくという訳でもない学生が、平等にあっちの集会にも、こっちのデモにも参加するのだと平気で言える時代だったと聞いたことがある。

だが、道子が大学に入った頃は、その二つの流れが激しく対立していた。かつての全学連反主流派は全学連を「再建」したが、元の主流派は「全学連」を踏襲しつつ分裂もして、全学連を名乗る集団はいくつもあった。実力闘争を主張する学生たちは、ヘルメットをかぶり角材や鉄パイプを担いだ。実際に暴力行為もあった。

目の前で自治会活動家だったサークルの先輩が釘を打ち込んだ角材を振り下ろされて血を流して倒れた時、道子は我を忘れて、角材を持ったまま震えていた学生――ヘルメットの下の顔を見て驚いた。クラスメートだった――を罵倒したが、後になってから恐怖感が悪寒のように背筋を走った。以来、ヘルメットは常に道子の恐怖心を呼び覚ますようになったのだが、当時は実に多くの学生が、道子から見れば何とも気軽にヘルメットをかぶった。

彼らは、何かにつけて道子に、いや道子たち再建全学連支持派に向かって「ナンセンス!」と叫んだ。ナンセンス。直訳すれば「無意味」。存在を全否定する、お前には存在価値がかけらもないのだと言われているようなそんな言葉が常に突き付けられていた。委縮すまいと固く心を防御しながら、その分自分自身も荒んでいくような気がしていた。

けれども、社会に出たら、一人前に扱われている。仕事をする人間としても、労働組合員としても通用している。

組合主催の学習会のレポーターやハイキングやスポーツ大会の実行委員など、やれることは

では、大学でのあの扱い、あの屈辱は何だったのか――時々、その思いが脳裏をよぎったが、道子はそれを深く考えることをやめた。異常な環境だったのだ、悪夢だったのだ、忘れてしまえばいいのだ、と。

共産党に入ったことは、勿論触れ回った訳ではないが、同じ教科の一年上で、組合活動をはじめ、様々な場で先輩らしく導いてくれていた西条には、すぐ分かってしまったようだった。

西条も鷲見と同じようにいつも井田の傍にいる。組合は勿論、共産党の働きかけで行われる様々な集会や会合にも顔を出す。それでも、共産党には入っていない。

「誘わないんですか」

井田に訊いたことがある。鷲見だって、西条だって真剣に考えてくれるのではないか、もしかしたらあっさりと入ってくれるかもしれない。

「そうでもないんだ」

井田は笑顔のままで応える。

「日本はまだまだ難しい社会なんだね。入党さえ勧めなければ、もしかしたら共産党員以上の活動をしているかもと思うような人でも、入党することで家族や様々なしがらみで、身動き取れなくなってしまう人もいるんだよ」

道子にはよく分からない。が、井田に反論する何ものをも持ち合わせていなかった。きっと、一度も勧めてみたことがないという訳ではないのだろう、様々なしがらみ――については、ゆっくり考えていこうと思った。

「あの、鷲見さんや西条さんたち、革マルとか中核とか、そういうことではないんですよね」

一度だけ、井田にそう訊いたことがある。井田はきょとんとした表情を見せてから、高笑いした。

「何、馬鹿なこと言ってる。行動見てれば分かるだろう」

確かに彼らは井田や道子以上に穏やかで慎重だと言えなくもなかった。

「革マル？　中核？　あんなのが現実社会で通用する訳ないんだよ。その勢力が牛耳っている組合もあるようだから、そう軽く考えてはいけないのかもしれないが、少なくとも僕たちの周囲にはいない」

頷きながら、ほっとしていた。井田に近い所にいて真面目に日々を送っている鷲見や西条に、後輩の自分ができることは知れているが、自分らしく誠実に向き合っていこうと思っていた。

その西条が、どうして共産党に入ったの？　と道子に訊く。やっぱり気にはなっているのだ。

道子は西条に笑顔を向けた。

「今、日本は、私がこうなってほしいと思う方向にどんどん変わっているという気がするの」

胸を張った。

西条が静かに頷く。

緩いカーブにかかった。車体を傾けて電車が走る。涼しい風がまた二人の間を抜けて行った。

「日本はまだまだ遅れた国だけど、これからどんどん良くなっていく、いえ、良くしていかなければならないんだと思う。いろんなことがあるだろうし、そんなに単純にはいかないかもしれないけど、私は、この方向に自分の生き方を沿わせようと思ったの」

七〇年代の遅くない時期に民主連合政府を作る。日本の政治を根本から変える――。声にはしなかったけれど、その思いで西条を見つめる。西条がまたかすかに頷いた。

「後戻りをさせる訳にはいかないと思うの。ちょっときざな言い方をすれば、私も歴史を推し進める一員になって積極的な生き方をしたい、というところかな」

そうか。西条は呟くように言うと、

「確かになあ。本当にそうかもしれない」

表情は変えないまま、何度も頷いた。

その彼の言葉が、日本が望ましい方向に変化していきつつあるということへの共感だったのか、歴史を推進する立場に立つということへの納得だったのかは分からなかったが、当時の道子にとっては、その二つは殆ど同じことを意味していた。

「着いた」

アナウンスで分かっていたのに、今気づいたというように西条が声を出した。電車が停まり、目的地に到着していた。

8

車には五人が乗っていた。運転手が鷲見、助手席に西条、後部座席に山路と井田と道子がちょっと窮屈な感じで座っていた。

定時制高校に勤務する教師たちが横につながって定時制教育研究会と称して様々な学習会を月に一度開催していた。教育実践に関する悩みやアドバイスなどを交換することが多いのだが、戦前の教育について学習したり、教科書裁判について話し合ったり、時には教育問題を離れて歴史の勉強などをすることもある。今日のテーマは「中国問題」だった。

国連で中華人民共和国の国連加盟についての論議がなされていた。一九四九年に成立してから二十年余、いまだ国連に中国として加盟しているのは中華民国――台湾であり、広大な領土を持つ中華人民共和国が加盟を承認されていないことの不自然さは子どもにだって分かる。しかしまた、文化大革命を遂行中の中国については、首を傾げざるを得ないようなニュースも聞こえてくる。今中国で何が起きているのか、国連でどんな論議がなされているのか、それぞれが考えるための基本的な知識をまずは勉強しようというのが今日の趣旨だった。

していた鷲見は心得たとばかりに車を道の端に寄せ、ラジオの音を大きくした。みなが息を止めたような車の中にアナウンサーの声が流れ、中華人民共和国が国連安全保障理事会の常任理事国となり中華民国が追放されたことを淡々と告げた。誰からともなく吐息が漏れ、それがだんだん大きな歓声になった。

「やったな、ついに」

「歴史が一歩前に進んだ」

「乾杯——という訳にはいかないが、よし、昼は豪勢にいくぞ」

会場に着く前に早めの昼食をとるいつものうどん屋が近かった。あそこで豪勢と言ったって知れている、と思いながら、道子も大きく頷いて賛意を示した。

敢えて田舎風を誇示するような藁葺き屋根と土間のある店の広い駐車場の端に鷲見が車を停めた。車を降りて鷲見と山路、続いて西条が元気な足取りで入り口に向かう。道子はその後ろに続いた。店の暖簾をくぐるとき、西条がふいに振り向いて道子に声をかけた。

「君の言ったことは本当だね」

何のことかと、一瞬足を止めた。西条は道子を見つめ、

「本当に、世界はこうなってほしいと思う方向に動いていているみたいだ」

笑顔を見せてから、山路たちの後を追った。ああ、とデイキャンプの下見の日の彼との会話を思い出し、うん、と小さく一人頷いた。

「西条君、何？」

近づいてきた井田が訊く。以前の電車の中での西条との会話のことは話してあったから、小さい声で、それにつながる先ほどの西条の言葉を告げた。ああ、と井田が頷いた。それから、ただ、単純に諸手を挙げて喜べない要素があるからなあ、と呟く。

「四つの敵論とか。今日の学習だって、そこに触れないわけにはいかない」

井田は今日レポーターを引き受けていた。

日本共産党と中国共産党との間が決して友好的ではないらしいと道子が知ったのは大学に入ってからだ。民青系と言われたサークルにいたから、様々な政治問題が先輩たちの会話から、かなり曖昧であるにしても耳に入ってくる。適当に受け止めて、ふうん、そんなものかと思えば済むことが多かったのだが、この問題は耳を澄ませば澄ますほど、分からなくなった。

それで日中友好協会の支部であるサークルにも入っていた先輩のOが、たまたま一人だけ部室にいたときに質問をした。

「俺もよう分からんがやちゃ」

Oは顔をしかめながら故郷の言葉でそう言った。それからぼそぼそと話し始めたが、中国批判をするかと思えば日本共産党を批判したりと、何とも言うことに筋が通っていなくて道子は驚いていた。もう一つのサークル内部で、毎日激論が戦わされている。時には暴力沙汰にもなると言う。

「でも、そんな具合だったら、Oさんも態度を決めろと詰められるんじゃないんですか。どっちが正しいのか言えとは言わないけど、Oさんはどういう態度を取ろうとしているんですか」

今日の様子だけを見ても、彼の態度がはっきりしていないのは明らかだった。

「生駒さんまで詰めんでほしいな」

すみません、と謝って上目遣いに彼を見ると、ゆっくりかぶりを振って、本当に困っとるがやちゃ、と呟いた。

紅衛兵が文化人たちをつるし上げているらしい「文化大革命」を考えるだけでもやっぱり中国はおかしいと思う。その時道子はOにそう言い、彼は、生駒さんはそれでいいがやと静かに笑っていた。

Oは結局サークルをやめ、いつの間にか、ヘルメットをかぶり角材を担いで気勢を上げるデモで見かけるようになった。あんなに優しくて、突きつけられた問題に困り果てていたOがどうしてそういう結論を出したのか道子には分からない。あの頃は周囲に突然過激な党派に飛び込んでいく人間が多くいたから、それ以上考えることをしなかったが、今はもう少し考えなければならないのかもしれない。日中国交が正常化した時、日本共産党と中国共産党の対立がどんな形で突きつけられるのか、考えておくべきなのだろう。何しろ、日本共産党は、中国にとって、アメリカ帝国主義、ソ連修正主義、日本反動派と並ぶ「四つの敵」の一つなのだから。

「複雑ですよね」

そう言ってから、でも、それはそれとして、きちんと学習し討論しなくてはならないけど、とりあえず国連加盟は純粋にお祝いするべきじゃないですか。そう言うと、井田も、そうだ、うん、そうなんだ、と何度も頷きながら、先に暖簾をかき分けた。


会場には二十人程が集まっていた。細長い机をロの字に並べて、みなが向かい合う。

——とにかく、今日は記念すべき日です。中華人民共和国ができて二十二年、やっと国際的に承認されたことになりました。そんな知らせを受けた日に中国問題の学習会を開くことになったというのも——

いつも司会を担当するD高校の男性教諭は一回りくらいは上だろうか、細い目がきつい感じを与えるけれど、笑うと何とも人の良い笑顔になる。だが、今は生真面目な表情だ。

——私たちはこのことを心から祝いたいと思います。しかし、同時に、今の中国のありようをも、真剣に考えねばならないと思います。今中国で何が起こっているのか、そして今後の日本と中国の関係はどうなるのか等々学び合いたいと思います。今日はT高校の井田先生に報告をお願いしています——

司会の横に陣取っていた井田が軽く頭を下げる。レジメが行き渡ったら始めます、という声が普段より緊張している。レジメが横から回ってきた。一枚とって目をやって、思わず息を呑

少し大きめの太い字で、タイトルはそう書かれていた。

「造反有理、この言葉を、初めて見る、初めて聞くという人いますか？」

井田が喋り始めている。道子の頭の中は嫌でも学生時代に引き戻されていく。

「毛沢東盲従」と言われていた。「毛トロ」と、毛沢東盲従にトロツキストという言葉をくっつけてさらに省略した言い方で侮蔑的に呼ぶ学生も多かった。毛沢東への絶対服従を最高の規律としているところからそうした言葉が生まれたらしい。「造反有理」というのが彼らのスローガンで、謀反には道理があるという、反動権力を倒して革命を成就することを目指す者たちにとっては当然の理念が、民主化運動や平和運動を進める「既成勢力」への批判の意味合いを帯び、それまでの運動との違いを際立たせる表現として声高に叫ばれていた。

大学に、法科や経済学科の学生のサークルの部室にあてられていた陸軍の古い建物があった。大学は城跡の中にあって、戦争中は陸軍の駐屯地として使われていたから、そういう建物がいくつか残っていた。その中の一番広い部屋は卓球台やベンチが置かれていて、誰もが自由に使えるスペースになっていたが、ある日、その部屋の白い壁いっぱいに赤のスプレーを吹き付けながら書いたらしい「造反有理」の文字が忽然と現れた。

「ここにも盲従分子、おるんけ？」

話を聞いて道子が見に行った時も、同じように見物に来たらしい学生の間からそんな声が聞こえた。この建物に入っているサークルは、学習・研究を主とする割合に地味なサークルで、集会やおとなしいデモには出ても、ヘルメットをかぶった学生が出入りするのは見たことがない。建物は学内の中心的な建物群から少し外れた位置にあって、林立する立て看板や声高なアジテーションの喧騒からも遠かった。夜にでも入りこんで書いていったのだろうという結論になった。

「そういう訳で、彼らは毛沢東思想こそが、現代の革命理論の最高峰であり、世界の革命運動の指導理論であるとしている訳です」

井田の声がひときわ大きくなって、道子は現実に引き戻された。

「私たちは労働組合運動をしているのであって、革命運動をしている訳ではないけれど、かつての帝国主義日本が犯した戦争への道を再び突き進ませないために、あるいは労働者の権利を前進させていくために、世界の反帝民主勢力の運動に学ぶ必要がある。国際共産主義運動や社会主義国の動静にも注目しなければいけない。そうした中で、中国の今の動きをどう見るか、です」

井田はそこで言葉を切って、会場を見渡した。少し緊張しているようで、声が枯れている。傍の席にいた西条が立ち上がって、井田の湯呑みに大きな薬缶から茶を注いだ。湯呑みはとっくに空になっていたらしい。

質問と討論の時間になって、司会が促すと、ほんの少しの間があって、一人が手を挙げた。

「本当のところは知りえないことも多いのではないかという気もしますが、どう考えたって、

立って両手を机に付いて、体重をそれに預けるように前のめりの格好で発言する彼の視線はまっすぐ井田を見据えている。

「少し前というのがいつごろか、はっきりしたことは言えませんが、中国は、自分たちがとってきた武装革命戦術は、民主主義的制度のない半封建的な国だったからこその選択であって、それを世界に敷衍することはないと、自らそう言っていたと、僕はそんな記憶があります。それは正しいと僕は思います。なぜ、それを投げ捨てるようなことに、結果的に個人崇拝という次元の低い状況を、しかも他国にまで及ぼそうとするように、なったのでしょう」

うなだれるように、俯き加減の姿勢で発言を聴いていた井田が、ゆっくりと背筋を伸ばした。

「私もそれが知りたいのです。ロシア革命の後で、不幸にもレーニンが早くこの世を去ってスターリンの独裁が始まった。中国では毛沢東、北朝鮮では金日成が個人崇拝の対象になる」

「フランス革命の後はナポレオンだし」

誰かがヤジのような声を上げた。井田は声の方にちらと視線を投げてから、

「だけど、それらをひとえに独裁者になった個人の責に帰していいのかといえば、そうではないという気が私はしています。そうなったのには、周囲の人々の責任が大きい。それは結局、民主主義の問題なのではないか――と」

周囲がざわりとどよめいて、そして静まった。民主主義か。道子は心の中で何度もその言葉

を反芻していた。

9

二月のはじめ、霙の降る日曜日、N市の会館の大会議室で会費制の結婚式を挙げた。山路を実行委員長にT高校の教員仲間、憲吾の職場からこの一年の間に憲吾が親しくなった若い友人たち、そしてA県に就職した学生時代の友人も何人か加わって実行委員会をつくり準備をしてくれた。会場は結婚式場や宴会場、大小の会議室もあるできたばかりの新しい会館を借りた。

会場へ憲吾と二人で申し込みに行った。使用目的の欄に結婚式と記して大会議室を申請すると、結婚式なら式場がありますよ、神式もキリスト教の教会式の部屋も。そう言って年配の男性職員は怪訝な顔をした。が、もう一人の若い女性は、人前結婚式ですねと、にこやかに応対した。そうか、会費制の結婚式も珍しくなくなって、そういう言葉が業界で生まれているのかと感心していた。

学生時代にサークルの先輩同士の結婚式に出席したことがあった。公民館の一室を借りて行われたそれは、出席者の多くが学生だったこともあって普段のコンパと変わらない雰囲気だった。その時よりはずっと大きな会場で、憲吾の母親さわを納得させる一つの材料にはなりそう

歯を食いしばるようにして、いくら貧乏だからと言ってひとさまから金を集めて式を挙げるなんて、と言った。二人とも一人前の社会人なのに、少しくらいなら自分だって貯えがない訳ではないと。そうではなくて——と、二人であれこれ説明を試みたが、会費制の結婚式をさわに理解してもらうのは難しそうだった。

衣裳についても同じことが言えた。先輩の結婚式では、新婦は手作りの白いワンピースで、会費制の結婚式は大体そんなものらしかった。だが、さわは、道子さんには着物を着てほしいと言った。白い打掛に角隠し、それがさわにとっては理想の花嫁の姿であるようだったが、どう転んでもそれは無理だと思っていた。

だが、ともかく、今日の結婚式に道子は、ウエディングドレスではあるが、花嫁衣裳を身にまとっている。

「衣裳はどうする？」

案内状や当日のプログラムの作成、二人の子ども時代からここに至るまでのスライドの写真選びなど、具体的な準備に見通しが立ってきた頃、実行委員会で井田がそう言った。

「どうすればいいですか」

山路が井田の言葉を引き取った。

「少し前なら、普段着より少し上等な服、くらいで収めたけど——今の時代、ウエディングドレスくらいは着てもいいと思うんですけどねえ。ご本人としてはどうなの？」

見つめられて、道子が首を傾げかけた時、

「ダメダメ、衣裳はちゃんとしないと。知らないの？　女生徒連中、何を着ていくかで盛り上がってますよ。あの子たちにしたら初めての憧れの結婚式への出席で、本当に特別なことなんだから、最高に着飾ってきますよ。その時肝心の花嫁が普段着だったら――」

奈美子が真剣な顔で言う。

みんな一瞬虚を突かれた顔をしたが、すぐにうんうんと頷き合った。

「これは、生徒の為にも、最高に美しい花嫁にならないと、ね。努力しないと」

井田が笑う。生徒もいっぱい来そうだと教えられていたが、そうか、女生徒には花嫁姿への関心もあったか――。

「努力だけでは無理なこともありますけど」

少し心弾ませながら、笑顔で応えた。

そして道子は白いウエディングドレスに身を包んで、憲吾と腕を組んで会場の扉の前に立っている。

劇の開演を知らせるような大きなシンバルの音がして扉が開いた。ウエディングマーチが流れ始めた会場を一目見た瞬間、俯いた頭が上がらなくなった。目に入る範囲だけでも、参加者が総立ちでこちらを向いて拍手をしている様は道子の予想を超えて賑々しかった。昂然と前を見るか、周囲に笑顔を向けながら歩くつもりだったのに、そのどちらもできずに、憲吾に引き

の組み方がおかしい。憲吾の腕はだらりと下に垂れていてそれに道子がしがみついている。憲吾も緊張していたようだ。

一番前の席に参会者に向かい合うように二人並んで座ったが、まだ顔を上げることができなかった。音楽が終わり、司会の山路が話し始めて、その山路の声も上ずっていると思った時、少し落ち着いた。

会費制の結婚式という提案には、実はさわだけでなく道子の両親も面食らっていたのだったが、こちらは、まあ若い者の言うことに従う時代だろうと、割合素直に受け止めてくれた。ただ、叔父は顔をしかめていたとか。自分の娘だったら許さなかっただろうねと、親戚の出席状況を知らせてきた時母は言った。自分たちの方が叔父より頭の中は進んでいるとでも言いたげだった。

その母もそして父も、通常の結婚式では考えられない参加者の数に心を昂らせていたらしいことが、親族の出番として設けられた挨拶の場での、父の普段より甲高く大きい声を聞いてわかった。さわはずっと戸惑ったままのようだったが、それでもすごく嬉しかったんだよ、時々泣いていたよ、と憲吾の姉が後で教えてくれた。

憲吾の職場や定時制教育に携わる道子の仲間の教員たちなど、それぞれのグループが順に寸劇や民謡踊りなどを披露した。生徒たちが一斉に舞台に上がって、その頃結婚式でよく歌われたフォークソングを歌ってくれた。憲吾は学生時代の友人たちとスクラムを組んで、国際学生連盟の歌を歌った。

10

新婚旅行は一番安い四国の周遊券を買った。四国の国鉄の路線と国鉄経営のバスなら乗り放題、どこでも行けるという切符。旅行社に勤めている憲吾の友人が手配してくれた。それを依頼した時、その友人は、新婚旅行に周遊券？　と呆れた。金がないと言うと了解したが、せめて最初の夜だけでも最高級のホテルに泊まれよと言われ、当日はちょっと奢った京都のホテルで一泊した。夕食は街へ出て、居酒屋のカウンターで飲みながら普段と変わらない安い肴をつまんだ。

あくる朝、何の予定も立てていない分気が楽で、目が覚めて、さて動き出そうかと起き上がった時、ドアの向こうにかすかな足音を聞いた。憲吾が、あ、と声を上げて、ほら、と指さす。ドアの下の隙間から新聞が入れられていた。

「そうか、ちゃんとしたホテルには、こういうサービスがあるんだ」

憲吾が感心したように言った。道子も憲吾もそうした社会とは疎く育った。卒業して一年、何かにつけて世間の常識を身につける努力を強いられてきたように思うが、また一つ新しい経験をしたと思った。

に没頭していた。

「これ一冊で日本中の鉄道やバスのことが分かるなんてすごくないか」

それはその通りだと思った。憲吾は列車に乗っても、窓外の景色も見ずに時刻表を繰っていた。珍しいおもちゃを与えられた子どものようだと思っていた。

行き先は何にも決めてなかった。新婚旅行だからと言って、腰を落ちつけて地図や観光案内を調べたりすることは思いつかなかった。旅行に行くことが大事なのであって、どこで何を見るかなどというのは二の次だと二人とも思っていたような気がする。勿論宿泊先も決めてなかったが、シーズンオフだから、まあ何とかなるだろうと旅行社の友人も言った。

いろいろ思わぬ事態に困惑もした。土地の観光パンフレットを見て目的地を決め、バスで次の地に移動して——などと考えていたら、その間を走るバスは一日に何本もなくて思うようには動けないというようなことが何度もあった。四国の周遊券は格安だったけれど、それが使える交通網はかなり貧弱だった。

それでも、いくつかの名所に行った。大歩危《おおぼけ》小歩危《こぼけ》の川下りは、二月というシーズンオフで果たして舟が出るものかどうかと思いながら近づくと、同じようなカップルがもう一組あってこちらの姿を見て手を挙げて喜んでいる。四人なら船を出すと言うのだった。寒風吹きすさぶ中という風情で、さすがにずっと震えていたが贅沢な観光だった。

祖谷のかずら橋にも行った。全国に多い平家落人伝説の一つがここにもあった。攻め手が来襲した時いつでも切って落とせるように蔓で作られたと言われている、渓谷に架けられた吊り橋。観光客はほかには誰もいなかった。こわごわ渡った橋の真ん中で、足が竦んでいるのに、平気な顔つきで写真を撮った。

旅程最後の日の朝、足摺岬を出た。懐が心細かった。宿泊は安い国民宿舎と決めていたし、食べたり飲んだりも最低限にしていたが、現金は思いがけない速さで消えた。

土讃本線に乗っていた。四人掛けのボックス席の向かい側に、まだあどけない感じの若い男が一人で座っていて、大きなカメラを窓外に構えたりしている。

「本格的なカメラみたいだね」

憲吾が話しかけた。彼は嬉しそうに頷いた。働いて金を貯めては撮影旅行に出るのだと言う。もうすぐ二十歳だと。

「そっちは新婚旅行?」

頷いて、それから三人であれこれ話しこんだ。周遊券での新婚旅行を彼は面白がった。行った先の情報を交換し合い、しまった、それは見そびれたなどと笑い合い、カメラの扱いやシャッターチャンスなどを憲吾は教えてもらっていた。

列車はゆっくりと気怠い午後の陽射しの中を走っている。二時を回っていた。

「お金が足りなくなりそうだけど、とにかく大阪まで行った方がいいね」

ふと気になっていることを口にした。今の持ち金では大阪までは行けても、その先の旅費が

通帳と印鑑は持ってきていた。Wは結婚式にも参列してくれた学生時代の友人で、是非帰りに寄るようにと言われていた。電話をすれば気持ちよく泊めてくれそうだった。

「え、あの」

向かいの彼が声を出した。

「お金、足りないの？」

「うん、思ったより使っちゃった。とにかく大阪まで行って、明日郵便局でおろすわ。家までの切符代くらいは貯金の残高あるから」

道子は笑顔を向けたが、彼は目を瞠った。

「明日、休日だよ。郵便局も銀行も休み」

今度は、道子と憲吾が目を見開く番だった。一瞬声を失ってから、

「そうだった」

「建国記念日。こんな時まで気に喰わない」

かつての紀元節、神話の世界の神武天皇の即位を元年として明治の初めに決められたが、道子たちが生まれた頃に廃止されたのに、数年前に名前を変えて復活した悪名高い休日。だが、今はそれを云々している時ではなかった。次の駅で降りよう。そして郵便局を探し金をおろしてそれから宿を探す。四国での旅程を一日増やすしかない。

「お金、貸そうか」

向かいの彼が真剣な顔つきで言う。思わず憲吾と顔を見合わせて、笑顔で首を振った。

「ありがとう、そう言ってくれるのはすごく嬉しいけど。大丈夫、何とかなる」

「郵便局は三時、いや四時までかな、とにかく急がないと」

彼の方が焦っている。

「うん、次の駅はどこで、何時に着く？」

憲吾がすぐに時刻表を繰る。

「土佐山田。直《じき》に着く。降りたらすぐ郵便局に直行すれば大丈夫だろう」

「本当に、大丈夫かなあ。年上のくせに、何か、頼りないよ」

向かいの彼は本当に心配そうだ。

「大丈夫、いざとなれば駅のベンチで寝て、ヒッチハイクで帰る」

憲吾がそう言うと、彼は絶句した。それから、笑った。

「こんな新婚旅行の夫婦、初めて見たよ」

荷物をまとめて予定外の駅で降りた。窓からまだ心配そうに見ている彼に手を振って改札を出た。郵便局は駅前にあって、金を引き出すことができた。

四国に一泊、予定外に増やして、あくる日帰宅した。留守中に住まいを整えて待っていたさわが笑顔で出迎えて、三人の新しい暮らしが始まった。

を回った。決めたのは、昔の大きな農家を三軒分の借家に改造した田圃の中の物件で、八畳二間に四畳の納戸がついていた。広い縁側もあった。

見に行った時はその縁側に陽射しがたっぷり入って、大きな踏み石の向こうに、硬い土と砂のほかには何もない庭が広がっていた。

道子が育った田舎の農業を営む家々にもそうした何もない広い庭があった。かつて、戦火を避けてN市から疎開してそのまま住み着いた道子の生家は勿論農家ではないが、周囲の家では、お天気の良い日に庭に筵を広げて菜種や脱穀した籾などの農作物を干していた。ここもそのように使われていたのだろうと思うと、懐かしいような気持の湧く家だった。

11

胃潰瘍で入院したのは新婚旅行から帰って間もなくだった。

空腹時のどうにも我慢のできない痛みに学校の近くに看板を掲げていた胃腸外科を受診した。名医だから安心だよ、いい医者だよ、それになかなかハンサムだよ、まあ新婚の先生にはどうでもいいことだろうけど、などと賑やかに薦めてくれたのは給食調理員のおばさんたちで、道子は校務分掌で給食担当になりおばさんたちと打ち合わせをすることも多くて仲良くなっていた。

院長は青年と言える年代をとうに過ぎていそうなのに、その雰囲気をまだ周囲にまといつかせている、確かにダンディという言葉の似合いそうな男で、初めて診察室で顔を合わせた時は、つい調理員のおばさんの誰彼の表情を思い浮かべてしまった。

問診に答えて、T高校に赴任して間もなく一年だと言うと、あの坊主どもに悩まされたね、気の毒にと言われた。電話で予約を入れた時に食事は抜いてくるようにと指示されたのは、すぐに胃カメラをするつもりだったとわかった。小さいけど見本みたいにきれいな胃潰瘍ができてるよと、初めての胃カメラ挿入に、のたうち回りたいほどの苦痛を何とかこらえている道子にはお構いなく、道子の喉を通過している管の端を覗き込みながら医師は軽い口調で言った。

え、あそこへ行ったの、あそこはすぐ切るって評判のところだよ、まあ腕はいいらしいけど、などと、受診して胃潰瘍の診断が出たことを伝えた時、周りの教師たちはそう言ったが、実際は、切らずに暫く入院してゆっくり治そうと言われたのだった。若いお嬢さんの腹に傷をつけるのは忍びないと。お嬢さんではないけど、と心の中で呟きながら、助かったと思っていた。

ゆっくりってどれぐらいかと道子も医師に訊ねたし、何人かから訊かれもした。だが、治るまで、ということなのだった。まあ最低一ヵ月――か、二ヵ月。目安はそれだけで、簡単に変わってしまいそうな適当な数字という気もした。

そんな曖昧なことで仕事を休むことができるのだろうかと考えながらおずおずと経緯を校長

を持たない新任教師一人くらい何とでもなる規模の学校ではあったのだ。

個人医院にしてはなかなか大規模な病院で、病室はすべて個室だった。四畳もないくらいの狭い、ベッドと床頭台以外には何もない、部屋と言うより独房と言った方が適切なようなその一室に、受診から数日経って入院した。

治療らしいことは午前中の点滴だけ。何もしない日々だった。何をしてもいいけど、ともかくのんびりと、と医師は言う。胃潰瘍と言われても空腹時以外には痛みもない。のんびりとするのが療養であるなら、何もしないでいることに罪悪感を持たなくてもいいのだと思いつつ、ずる休みをしているような気持を抑えられなかった。だれだって自分くらいの病気は抱えているんじゃないか、だったら自分だけ休んでいるのは申し訳ないと思い、本当は誰もがこの程度の治療を受けられればいいのにと思う。

ベッドに寝ころんだままの読書に飽きると、狭い病室の窓からまだ春の気配には遠い空を眺めた。硝子窓の向こう側で木の枝を揺らす風は冷たそうだったが、室内は穏やかな陽射しに満ちていた。


相沢みゆきが病室に顔を出した。

みゆきは二年生で、道子は国語しか担当していないから他の教科については知らないが、いつも目をキラキラさせて授業に集中していた。

そのみゆきが、お見舞いに来ました、と笑顔で部屋に入ってくると、ハイ、と赤いチューリップの花束を差し出した。

「そんな気を遣わなくてもいいのに」

小柄で、少しくせ毛のおかっぱ頭、制服の白いブラウスと紺のブレザーと襞スカートを休日にも身にまとっているのは、教師の見舞いということだからかもしれないが、あまりこの年頃の洒落っ気を感じさせない生徒だった。

「最初だけです。今日は様子見だから、少しは常識的に。それに一応私もお給料もらってるから、これくらいなら」

「そう、ではありがたくいただくね」

花束を受け取って、着替えやタオルなどの間に入れて持ってきた花瓶に活けたが、独房のような部屋は置く場所がない。少し迷って、床に直《じか》に置くよりはいいかと、床頭台の上に飾った。ちょっと見上げる格好になったが仕方がない。

「チューリップ、もう出てるんだね」

「花屋の花は、本物の季節を先取りしてるみたいですね」

そう言ってから、みゆきは、でも、と道子を見つめた。

「私は本当は真っ赤な薔薇が好きなんです」

思わずみゆきの顔を見つめてしまった。

る椅子に腰を掛けながら、

「先生、一度先生に訊いてみようと思っていたんですけど、私、スカーレット・オハラとナナは似ていると思うんです。そう思いませんか」

いきなりそんなことを言う。

「ナナって、ゾラの『ナナ』のナナ？」

こっくりと頷く。

「似てるっていうのは、自由奔放にみえるところ？　大勢の男を従えているように見えるところかな」

みゆきは嬉しそうに頷いて、

「それで、男を手玉に取ってるみたいなところも」

「そんな風に比べたことはなかったなあ。スカーレット・オハラと、ナナねえ」

マーガレット・ミッチェルの『風と共に去りぬ』とエミール・ゾラの『ナナ』。南北戦争の時代のアメリカ南部の農園主の令嬢と、退廃の色濃いパリという都会で高級娼婦になって貴族の男たちを翻弄する下層民出身の女。描かれている時代は近いが、国の様相があまりに違う。生きている条件が違い、社会で起こっている問題が違う。何より作者の思いが違うだろう。

高校生の時、『風と共に去りぬ』を面白く読んだが、その中で、クー・クラックス・クランという白人至上主義の団体名を知った。それが実際にある団体で、しかも作者がその差別思想を肯定しているようなところに強い違和感を持った記憶がある。その作品と、『居酒屋』や『ジェルミナール』などで庶民――いや、貧民層をその猥雑さとともに克明に描いた自然主義作家ゾラの作品を並べて考えたことなどなかった。

「確かに、女性としての、行動や心の動きに似たところはあるかもねえ」

「ね、先生もそう思うでしょ。私、ああいう女性に憧れる。大胆で、男を振り回して――」

「おっと。真っ赤な薔薇が好きだと言ったり、今日は普段のあなたからは想像もできない言葉を吐くんだ」

ふふ、とみゆきは嬉しそうに道子を見つめる。

「でもねえ、私はやっぱり、スカーレット・オハラとナナは生きていた社会があまりに違うと思うのね。アメリカ南部の農園主の娘でわがままいっぱいに育ったスカーレットと、貧乏の中から這い出てきた、いや娼婦なんだから這い出たとも言えない気もするけど、そのナナを同列に考えるのは難しいんじゃないかな」

「一緒に考えて、比べてはいけないんですか」

「いけなくはないけど」

「私は小説は楽しめばいいと思うんです。農園主の娘だって娼婦だって、女は女だもの」

ふむ、と小さくため息のような声を出して、みゆきを見つめた。

「先生、何人兄弟？」

「みんな仲いい？」

思わずみゆきを見つめた。

「私ね、八人兄弟」

みゆきがまっすぐ道子を見すえて言う。

あなたの年齢としては珍しい、と言おうとしたが、道子の返事を待たずにみゆきは話し始めた。

「私のお母さん、お父さんの四人目の妻なんです。だから、兄弟八人って言ったけど、本当の兄弟は、弟だけ。二人兄弟です」

ああ、この子も、と思っていた。

二日前、野上早苗が来た。半日休みが取れたと言って、学校の始業前に顔を出した。最初は職場の話や教師の誰彼の噂話をしていたが、ふいに黙り込んだ後、突然入院中の兄の話を始めた。

「本当は、今日兄の見舞いに行くつもりで休みを取ったんだけど、行かない方がいいって言われて」

「誰に？　それは、なぜ」

「入院費がかさんで、お金がなくなりかけて兄は荒れてるみたいなんです。絶対、金よこせって言うからって、母が。兄はD社に勤めてるんだけど、休むと給料出ないんです。貯金が底をつき始めたみたいで」

「でも、何か出ないの？　傷病手当とか、会社の見舞金とか」

早苗は首を傾げた。母の話だと、何にも保障がなくて退院しないといけないみたい、よく分からないけど――と言葉尻を濁して、

「先生、貧乏って、悲しい」

ぽつんと言った。こうして入院していても給料が支払われる自分が恥ずかしいような気持になっていた。

その早苗と目の前のみゆきの顔が重なる。

「でも、みんな一生懸命生きてます。私はナナのように貧しい家庭の出身でも、スカーレットのようにお金持ちでも、おんなじ女だと思いたい」

そうね、それはそうに決まってるけど――と口ごもると、

「先生は、いつも書いてある以上に、小説を難しくするんだから」

みゆきはちょっと口を尖らせてからにっこり笑った。

別の日に井上和也と長谷文雄が来た。ノックの後、そうっとドアを開けて、ベッドの上から見つめる道子に恥ずかしそうに小さく笑ったまま入ってこない。

「どうしたの。お見舞いに来てくれたんでしょ。どうぞ」

そう言うと、いくらか逡巡し、二人とも互いに相手を先に室内に押しこむように揉み合いな

和也が長めの髪をうるさそうに振りながら言い訳をする。横で長身の文雄が頷く。

「行くなって？　ここへ？　え、何で？」

「俺らのせいで、先生が病気になったたって」

「いや、俺らって、俺ら二人じゃないよ。学校の男子生徒全員」

「あらら」

道子は声を上げて笑った。

「へえ、そういうことになってるんだ、気の毒に」

「違うよね」

和也が訊く。さあ、と首を傾げると、もう、と二人とも安心したように笑った。椅子が一つしかないからと、掛布団をまくり上げて、ここに座る？　そう言うと二人で押しのけ合って場所を取り合う。まだ何でも遊びになってしまうのだ。二人をベッドに座らせて、道子が椅子を使った。

二人とも、来る前に早苗やみゆきからいろいろ道子の情報を得ていたようだった。俺も本を読みたいと思うこともあるけど、学校の図書館では読みたい本が見つからないと和也は言う。T高校は新設校の部類で、図書室は広いけれど蔵書は充実しているとは言い難かった。

「ドルショックとかニクソン訪中とか、詳しく知りたい」

突然和也の口に上った言葉に驚いた。

「そういうこと、みんな喋ってるじゃん」

T高校の生徒は社会人だ。政治情勢に敏感に反応する会話が生徒間で交わされている。

「わかったようなふりしてるけど、本当は全然わからない。本屋でそれらしい本買っても、難しくって、放り出す」

少し眉をひそめてそう言うと、和也は道子に向き直った。

「先生、教えて。あれは、どういうこと」

そんな——と言いながら、知識をフル動員する。ドルショックか——。

「えっと、アメリカはベトナム戦争なんかでお金を使い過ぎた」

うん、と和也が頷く。

「アメリカのドルが外国に出て行った。ドルはいつでも金に交換できるということでドル中心の経済が成り立っていたから、アメリカは求められたらそのドルを金に交換しなければならない。でも、足りなくなった。それで、ドルと金の交換をやめた」

和也は無表情だ。

昨年夏、ニクソン米大統領がドルの金交換を停止、戦後の資本主義世界を支えてきたドルを基軸とする固定相場制が崩れた。ニクソンはまた輸入商品への大幅課税も発表して、アメリカの経済に頼ってきた各国、とりわけアメリカへの依存度が高かった日本に衝撃を与えた——とされている。けれども、道子も和也と同じだ。言葉は学んでも、もう一つ分かっていない。

「ニクソン訪中は――」

これも昨夏の発表で、アメリカ大統領ニクソンの中国訪問計画が知らされた。アメリカはベトナム侵略をインドシナ全域に拡大して糾弾されていた筈なのに、この発表以後、緊張緩和への第一歩を踏み出したと、その勇気と決断が突然称賛され始めた。ニクソン美化論まであらわれている。

「こっちは何が起こってるのか、分からないなりに気になるよねえ。アメリカはベトナム侵略批判の矛先をかわしたいんだろうと思うけど、そのことより、私はこんなにアメリカやニクソンを美化する報道が出てくることにちょっと驚いているけど」

「アメリカはベトナム戦争で追い詰められてるから、少しいい子ぶって、この辺りで中国と仲良くしておいた方がいいと思ったのかなあ、と思うけど」

和也が真面目な顔つきで話し出す。

「でも、ニクソンはソ連にも行くみたいだし、中国とソ連って対立してるんだよね。その両方に行くなんて、何か無節操――」

「あれだよ、ほら、この間漢文で習ったやつ。鷸《しぎ》と蚌《はまぐり》が喧嘩してたら、両方とも漁師につかまったっての、ね、先生」

文雄がとぼけた調子で口を挟んだ。

「漁夫の利？」

「そう、それ。鷸と蚌がソ連と中国で、漁夫がアメリカ。アメリカは社会主義国の不和に付け込んで漁夫の利を狙っている」

「お前、頭いいなあ」

驚く和也に、文雄は澄まして、――と、誰かが言っていた、と付け加えた。

「話変えようや。俺はそんな話より、文学がいい。先生とは文学の話だよ。やっぱ」

政治や経済の話はダメだと見限られたのかもしれない。文学かあ、とため息と一緒に呟く和也をよそに、

「相沢から聞いて、ゾラの『ジェルミナール』を探したけど、図書室にはなかった」

文雄は首を横に大きく振ってそう言った。前回の見舞いの時、みゆきと『ナナ』の話をする中で、同じ作者の、炭鉱労働者の生活とストライキを描いたその本の名も出していた。

「じゃあ、私のを貸してあげる。井上君にもなんか探しておくから」

三日くらいしたら登校前でも下校時でもいいから寄るようにと告げた。和也には、井田に頼んで、読みやすい経済の学習資料を探してもらおうと思っていた。

憲吾に家の本棚の『ジェルミナール』を届けてもらうついでに、思いついて、和也のために和也たちのような青年労働者が描かれている早乙女勝元の『青春の歯車』を頼んだ。三日後に文雄は約束通り本を取りに来た。和也は来なかったので文雄に託した。

何日か経って、ノックと同時にドアを大きく開けて入ってきたのは和也だった。

になるから、と言う和也に、ごめん、その人の本はそれ一冊しか持ってないのと、申し訳ないような気持ちで、謝りながら、和也の光っている瞳を見つめていた。

12

何度やっても慣れない苦痛ばかりの、しかし、そのことを医師の方は少しも気にしない胃カメラ検査では、潰瘍は少しずつ小さくなっていたらしい。何度目かの検査の後、道子は退院を言い渡された。入院から二ヵ月近く経っていた。

その一週間前、道子は一年でT高校を出て昼間の高校に移ることを知らされた。

一回だけドアをたたくノックとも思えぬノックの後、突然部屋のドアが開いた。校長だった。やあ、どうですか、といつもの大きな声を出す。慌ててベッドから滑り降りると、

「全日制の高校に転勤、決まりましたよ」

得意そうに言った。え？　と声を上げた。

「私、希望は出していませんが――」

「いやいや、これは、もうその方がいいに決まってるから。新任で新婚の先生が胃潰瘍、となったら、これは動かない訳にはいきませんからねえ」

そもそも道子が胃潰瘍を病んだことを、校長も医師も、T高の「暴れん坊」どもに新任の女

教師の繊細な神経が冒されたと判断しているらしいことは分かっていた。道子にとってT高の生徒たちの多くは仲間意識すら持てそうな存在だったけれど、粗野で野卑で扱いにくいから大変でしょうと言われるのがしょっちゅうだったのは確かだ。

農業高校です、うちと違っておとなしくていい生徒ばかりですよ。充分に治療して、新学期の途中からになると思うけれど、医者がいいと言ったら出勤してください、最初から病休扱いだからって、心苦しく思う必要はありませんから、その点はあちらの校長先生にも話してありますから、手続きもちゃんとしておきますと、校長は上機嫌だった。

要らぬおせっかいだと思ったが、どう対応してよいかわからないまま、とりあえず、見舞いに来てくれた誰彼にいつもそうするようにお茶を淹れることにした。急須に茶葉を入れ、ポットの湯を注ぎ、湯呑に移して、いつものように茶托代わりの小皿を一枚手に取って、狼狽えた。しまった、失敗したかもしれない――。

道子が結婚して下宿を出る時、奈美子が記念にとくれた、一枚一枚に金泥で花模様を描いた赤い塗りの小皿のセット。それを道子は病院で小さな白い湯呑みの茶托代わりに使っていた。今も校長の言葉に動揺しながら普段の手順で茶を淹れて、無意識にその小皿を取り出してしまったのだ。

手に取った小皿は桜を描いたものだった。その皿に湯呑みを載せて校長の前に出した。どうぞ今日は余分なことは思いつきませんように、と祈りながら。だが、

「桜ですか、いや、これは何枚かのセットでしょ。ほかのも見せてください」

万事休す。

「これは、結婚祝いに槙田さんからもらったものなんですけど――」

そう言いながら、仕方なく小皿のセットを差し出すと、手早く一枚一枚の図柄を見て、杜若《かきつばた》を見つけて声を上げた。

「素晴らしい。これ貰っていいですか」

「あ、でも、それは、槙田さんから――」

「ああ、彼女には僕から断っておきます。お礼も言っておきますから。いやあ、たった一年のご縁だったけど、いい記念ができました」

ポケットからハンカチを出して、小皿を大事そうにくるむと、小さな湯呑みを片手に持って、あおるようにごくりと喉を鳴らして茶を飲んで帰って行った。

全日制に移ることなど道子は全く考えていなかったのだけれど、ベッドに縛りつけられている間に、どんどんことは進んでいった。道子自身もそうだったが、どう考えていいのか分からないというのは、井田をはじめとする親しい教師たちも同じだったようで、結婚していて、その内に妊娠・出産という事態になるだろうから、夜間でなく昼間に替わる方がいいに決まっているると言われれば、そうかもしれないと誰もが思ってしまったということだったかもしれない。

軽いノックの音と同時にドアが開いた。

「転勤だって？」

奈美子が、首を突っ込むと同時に、もう口を開いていた。転勤の話を聞いて、驚いて来てくれたようだ。

うん、と頷いて、まずは気になっていた小皿の一件を報告した。

「ごめん、せっかく貰ったのに」

奈美子は大げさに首をすくめた。

「本人から聞いた。失敗したね」

自分から奈美子に断っておくと、あの時校長は言っていた。案外律儀だと思ったら、

「私に、あんないいものがあるなら、どうして自分にくれなかったのか、ほかに何かないのかなんて言うんだよ。図々しい」

顔を見合わせて笑ってしまった。

「私には、一年のご縁の記念ができたって言ったよ」

「記念だって言うなら、そっちこそ何か持って来いっていうことだよね」

奈美子は笑いながら、何気なくという風に床頭台の上を見上げて声を上げた。

「あれ、何の花？　まさか」

「葉っぱはチューリップだけど、花はアネモネのお化け、かな。何か凄みがあるね」

奈美子が言う。

「こんな風になるんだねえ。とことん咲き切ったというところ、かな」

そう言うと、

「開き直るって感じだねえ。いいかも。あと、どうなるか、最後まで見届けてやりなさいよ」

奈美子が静かな面持ちで返した。


入院中に、連合赤軍のメンバーが、山荘に人質を取って立てこもり、十日間にわたって警察と銃撃戦を繰り返すという事件が起きた。事件はテレビで実況中継され、道子も病院の談話室でそれを見た。普段静かな狭い談話室は入院患者で溢れていた。看護婦や事務員たちも時々立ったまま画面に見入っていた。戦闘映画かアクションドラマのような映像に道子はただ唖然としていた。彼らの主張していた「暴力革命」論の帰結がこれか、そうだとしたら何と馬鹿馬鹿しい「ごっこ遊び」であることか！

だが、それで終わりではなかった。彼らが逮捕され、その後の取り調べの中で、彼らの内部で「総括」という名の粛清・殺人が行われていたことが分かった。

慄然とした。大学で多くの友人と思っていた人間が「暴力革命」論に傾倒していった。彼らは、ヘルメットをかぶり、角材や鉄パイプをかつぎ、時に道子のすぐ傍でそれらを振り上げ、振り下ろした。だが、道子の傍に、その角材や鉄パイプを銃や爆弾に取り換えたものはさすがにいなかった。そこには太い大きな線が引かれていたのだと思いたい。

けれども、その線の前にとどまれなかった者たちもいたということだ。主観に頼って生きることの怖さを思った。

退院に向けて、荷物を片づけながらそんなことを考えていた時、かさ、と音がして、赤い色が道子の目の前を流れた。みゆきの持ってきたチューリップの、乾燥したような花びらが布団の白いカバーを点々と彩った。

奈美子が最後まで見届けろと言った、毒々しいまでの色合いを見せて精一杯自我を主張していたような花びらが、いま枯れた音とともに落ちた。終わった、と思った。花びらを拾い集めて、しばらく眺めていた。この花を持ってきたのがみゆきだったことに改めて思いを馳せた。ごめんね、こんな形でお別れになる、と心の中で呟いて、何人かの生徒たち、早苗や和也や文雄の顔も思い浮かべながら、乾いた赤い花びらをそっとごみ箱に捨てた。

第二章　農業高校

1

Ｊ農業高校の敷地は広かった。牛や馬を飼うための牛舎や厩舎があり、農耕地があり、果樹園があった。温室の中には南国が原産地と思われる観葉植物などが植えられていたし、道子は入ったことはないけれど、瓶詰のジャムや発酵食品などを作る小さな工場まがいの建物もあった。そして、それらを管理しているのは、農業についての科目を教える教師たちだった。

Ｔ高校にも普通科より工業系の科目の教師が多くいて、学校運営でも、組合活動でも彼らが大きな力を発揮していた。それでもＴ高校は普通高校だった。

Ｊ農業高校は文字通り農業高校だった。Ｔ高校では普通科のクラスと、機械科や自動車科などの工業系のクラスが併存していたのだが、Ｊ農高には農業系のクラスしかなかった。Ｔ高校と違って創立が明治時代という古い学校で、教師も大多数が農業系の教師だった。

そして、何よりも生徒の雰囲気が全く違っていた。年齢的には同じでも、夜間定時制T高校の生徒たちは、先生と呼びかけながらもどこかで同じ労働者という目で教師たちを見ていたような気がする。若い道子などは殆ど友人扱いだった。

J農高の生徒は生徒という枠から一歩も出ていないように見えた。教師は別の人種とでも言いたげだった。道子が既婚者として赴任したせいもあるかもしれない。

最初は仕方がないと思っていた。T高校の時だって、赴任したばかりの頃は、生徒たちはこちらの品定めをしていたのだ。とにかく自分に正直に、まずは素直に真面目に授業をするしかない。その内に少しずつ心を開いてくれるようになるだろう、と。

だが、日を追っても時間が経っても、その授業に手応えが得られない。何とも心もとない思いを抱える日々が続いた。

現代国語の時間、中島敦の「山月記」を扱っていた。

「この〈臆病な自尊心〉と〈尊大な羞恥心〉という表現ですが、ちょっと難しい言葉ですよね。何となく分かるだろうと思うんですが、もう少し分かりやすい言葉、自分の言葉で言い直してみてください」

ひととおり作品を読み、大体を理解できただろうと思うところで問いかけた。T高校でも同じ教材を扱って同じ質問を生徒にした。その時はひとしきりのざわめきの後、手が挙がった。

――誰かさんみたい。

――誰よ。それ。

――簡単すぎてできるかって顔して、実はできん。できんくせに人を馬鹿にする。

Sかあ、と誰かが叫んだ。同じ工場から通うグループの間でわっと笑い声が上がる。しょっちゅう俺らのこと怒る班長がいて、と説明してくれる。だけど自分はやらん、本当はできないんじゃないかってみんな思ってる、と別の声が続ける。

――けど、あいつにプライドなんかある？

――ないない、あいつは絶対虎にならん。

そこでまた笑い声が上がった。

「この袁傪《えんさん》という人、人畜無害だから李徴《りちょう》の友達になれたんでしょう。でも、李徴は、本当は、昔は袁傪を馬鹿にしてたんじゃないかと思います」

別の一角から意見が出た。

――すげえ、尊大な自尊心だ。

――競争相手として認めなかったってこと？　としたら、この袁傪、何か都合良く作られ過ぎ。

――そうそう、虎になるくらいプライド高くて周りを下に見てるんだから、袁傪だけ特別っておかしい。

なかなか鋭い分析まで登場した。収拾がつかないくらいだったが、〈臆病な自尊心〉と〈尊大な羞恥心〉という言葉は生徒たちの心に刻まれたようだった。

それで味をしめたのだ。同じ効果を期待した。そして失敗した。

殆どがまっすぐ道子を見ていた。けれども問いかけに応える発言が出ない。暫くそのままにしていると、教科書や黒板の間でさまよっている視線に出会った。脈ありと踏んで笑顔で見つめた途端に目を伏せられた。

仕方がないので教師の奥の手、指名を使う。

「＊＊さん、どうですか」

はい、としっかりした声で返事があった。彼女は椅子を引いて立ち上がり、机の横に出て、気をつけの姿勢をとった。

「分かりません」

何の逡巡もないはっきりした声で、そう言った。次も、その次も同じだった。指名をすると、みな、ゆっくりと椅子から立ち上がり、机の横で背筋を伸ばした優等生の姿勢をとって、分かりません、と言う。からかわれているのかと思ったくらいだ。

何について、分からないと言っているのか、自身は分かっているのだろうかと疑いながら、結局、道子は生徒の反応の鈍い中で、ありきたりの説明を口にするしかなかった。

職員室に帰って、同じ国語科の水野邦子に、ついこぼすと、彼女はそう言う。

「特に国語はあまり意味がないと思ってるみたい。クラスに一人二人、文学好きがいてもいいと思うんだけど。私も悩んではいる」

彼女は夫も教師で、しかも組合の活動家だ。そして、忙しいのを理由に殆ど家事・育児に携わらない。小さな子どもを三人抱えて、学校を一歩出ると戦争だよと言うのが口癖で、だから却ってということだろうか、学校での彼女は穏やかにのんびりとしているように見える。そんな彼女も悩んでいる。J農高でも悩んでいる教師は多いのかもしれない。ただ、それをみんなで話し合うような、T高校時代の教育研究会のような場はなかった。せいぜいが、こうして愚痴をこぼし合うくらいだ。

労働組合の活動も、T高校時代は、遊びや学習も含めていろんなことに取り組んだが、ここでは大分違っていた。まずJ農高の組合員は圧倒的に少数だった。組合員は殆どが普通科の教師だ。組合のチラシや機関紙は配られるし、会議も開かれる。学校外での集会や学習会には動員もかかるけれど、何しろ人数が少ないから、何もかもが、ついT高校と比べてしまうのだけれど、おざなりの感を拭えない。

職員会議の進め方も、最初は驚いてしまったが、殆ど校長はじめ管理職が決めたことの報告で終わった。それでも、分会長の権藤は、必要な時はきちんと発言し、批判すべき時は異議を申し立てた。恰幅も良く、声も通る権藤がゆっくりとした口調で話し始めると、場は静まった。頷く人もいた。ただ、だから出された方向が変わる訳でもない。余程でないと討論にならない。組合の意見は分かりました、聞き置きます、で済んでしまうのも、この人数差ではどうしようもないらしかった。

「どうして、農業科の先生方は労組に入らないんですか」

赴任したばかりの頃、人数の少ない組合の会議で訊いた。

「農業の科目の教師たちは、普通科の教師のように異動先がないからね」

そう答えたのは、少ない農業科教師の一人、内村だった。

「特別な事情で異動することもあるけど、基本的には、ずっと、ここにいるから、何と言うか、大きい古い家というか城というか、外に目を向けない内輪だけというか、難しいんだよね、農業高校というのは」

「でも、内村さんは入ってる」

「僕は、労働組合は必要だと思ってるから」

内村は寂しそうに笑った。

共産党員はいた。支部があり、会議もあった。けれども、労組の力が大きくない職場で、小さな学習会やレクリエーションの企画をしても、何やら頼りない活動だった。

「顔色悪いよ」

邦子が道子の机の脇を通り過ぎるついでというように声をかけた。そう？　何ともないけど、と気にせず応じた。ならいいけど、と言う邦子に頷いて立ち上がりかけたらめまいがして、よろめくようにまた椅子に腰を下ろしてしまった。邦子が慌てて手を差し伸べた。

「ありがとう、大丈夫。でも何だろう」

ゆっくり息を吐く。邦子が顔を覗き込んでいる。邦子の顔の向こう側、窓の外に青い空が見えた。もうすぐ夏だ、急に暑くなったからかもしれない。

「妊娠じゃないの？」

邦子が小さな声でそう言った。

驚いた。当たり前と言えば当たり前だった。けれど、生徒に馴染めず、授業も迷いばかりで、気づくと鬱々と時を過ごしている。そんな人間にもそんなことが起きるのか。呆然としながら、邦子の顔を見つめていた。

邦子が紹介してくれた産婦人科医を受診した。邦子の言う通りだった。妊娠は勿論憲吾にもさわにも歓迎された。

つわりがひどかった。それは予想外だった。何も食べられなかった。ご飯の炊ける匂いや、憲吾の整髪料の香りで吐いた。いつも気分が悪かった。個人差があるんだよねと邦子ら同僚の女教師たちは言う。母も姉も大したことはなかったと聞いている。自分だけがこういう状態なのは、きっと仕事に乗り切れない心の様態が悪い作用をしているに違いないと思っていた。

気分が悪いのを圧して授業に向かう時、行った先の教室の様子を思い浮かべると、一瞬足が竦むことがある。教師を辞めたいという思いが時々ちらつく。元々自分は教師には向いていないと考えていた筈だった。それなのに、大学卒業を控えて、他の職業への就職を具体的に考えることもせず、結局周囲と同じように教員試験を受けた。教育系のサークルに所属していて、良い教師になりたいと考えている友人が周囲にたくさんいて、学習したり議論をする中で、ふっと、自分も頑張れば良い教師になれるのではないかと思った瞬間があった。その感覚に縋って教師になったような気がする。

一年目のT高校はその思いを持続できた。でも、ここでは難しい。しょっちゅう落ち込んでいる。そしてそのせいもあるのだろうか、つわりがひどい。気分が悪くなくてもいつも眠かった。時間があれば寝てばかりいた。寝てばかりいても、憲吾もさわも優しかった。

空が晴れ渡った夏の終わりの日曜日、姉の子どもたちが使っていたベビーベッド、ベビーバスなど、姉のところではもう不要になったこまごまとした赤ん坊用の品物が義兄の車で運ばれてきた。姉と一緒に母もその車に便乗してやってきた。

「まあまあ、遠い所をありがとうございます」

義兄がベッドを組み立てると、母が小さな布団を中に敷いた。布団まで？　と言うと、母は、ふふ、と小さく笑って、ほら、と敷布の隅をめくった。中は毛布だった。

「毛布を四つ折りにすると、ベビーベッドの大きさにちょうどいいの。それをガーゼのシーツでくるんだだけ。ほんのちょっとのことなんだからこれで充分」

もっともだと思った。母は面倒なことを嫌うけれど、それだけにものの考え方はまずまず合理的だ。少し前、さわがおむつや小さな毛糸の靴下などと一緒に、ベビー布団も作ると言っていたが、作り出す前で良かったと思っていた。

運んできたものをとりあえず収めて、茶を飲みながら、生まれてくる赤ん坊の話やら、姉の子どもが生まれた頃の話、道子の小さい頃のことなどもちょっと話題にして、ゆっくりしてもいられないと三人は腰を上げた。

庭の隅に停めた車まで送った時、姉が顔を寄せてきた。

「大丈夫？」

ひそめた声で訊く。ん？　と声にもならぬ声で訊き返すと、お義母さん――と、振り返らずに、後ろを指し示すしぐさを見せた。

「何か、全部仕切ってる感じだけど――」

小さい声で言う。大丈夫、とやはり、小さい声で頷いて見せる。

「こういう時だけ、ちょっといい恰好したいだけだと思う。普段はそうでもない」

そんならいいけど、と姉はまた囁くような声で返した。

だが、部屋に戻ると、湯呑や座布団などもそのままに、さわはむっつりと座ったままだった。

「どうかした？」

何か気に入らなかったのだろうかと思いながら訊ねた。さわは立ち上がって、

「こんな布団じゃ生まれてくる赤ん坊が可哀想だよ」

ベビーベッドを見下ろしながら、毛布で作った即席の布団を上からポンポンと叩く。

「だけど、本当に、ほんの短い間しかこのベッドは使わないんだから、私もこれで充分だと思うけど」

そう返すと、さわは何も言わずに恨めし気に道子を見つめた。

夕食の後、入るよ、と声をかけて、さわが部屋を仕切る襖を開けた。

「やっぱり、きちんと言っときたいと思って」

ベビーベッドが増えて手狭になった部屋を見渡して、所在なげに立ったままベッドの木枠に手を添える。

「布団は、本当は作りたかったけど、まあ、こんなものでもせっかくお母さんが持ってきてくれたんだから、諦めることにするけど」

道子も憲吾も机に向かっていたのだが、椅子に座ったまま、顔だけさわに向けた。ベビー布

「だけど、これからいろいろ準備をしなきゃいけないけど、あんたたちと意見が合わないこともあると思うんだね」

「意見が合わないって？」

憲吾が訊く。訝しげだ。それは道子も同じだった。さわは何を言っているのだろう。

「あるでしょ。布団一つでも今度のことみたいになる」

でも、そんなことは——と言いかけた道子は、次のさわの言葉に息を呑んだ。

「赤ん坊は私が見るんだから、私の思うようにさせてくれないと」

憲吾と顔を見合わせた。そうしながら、そう言えば何一つこのことについてさわと話し合っていなかったことに道子は思い至っていた。憲吾も同じだったろう。

「あんたに赤ん坊を見てもらう気はないぞ」

憲吾の言葉はきつかったが、声音は優しかった。さわは仰天したようだった。

それから諄々と、二人とも子どもは保育園に預けて、大勢の子どもたちの中で育ってほしいと思っているということを説いた。

学生時代は、児童文化研究会に入っていた。元々が教育学部のサークルで、戦前・戦後のセツルメント活動の流れを汲んでいて、地域で子ども会を組織し、児童向けの劇をやり、児童文学を書いた。そうした中で、集団主義教育を学び、子どもを集団で育てることの大切さを心に刻んだ。

サークルで学んだことは憲吾と道子の生き方そのものになっていた。二人とも子どもは集団で育てられるべきだと思っていたから、産休明けから保育園に預けることは夫婦の間では疑いようのない一致点だった。ゆえに、ことさらに話題にもならなかった。勿論、さわが赤ん坊は当然自分に託されるのだと考えているなどとは思ってもみなかった。

さわにとっては幾重にも理解しがたい話のようだった。さわには、子どもは母親が育てるのが当然という思いがあり、しかし母親が仕事を続けるのならそれに代わる人間が必要で、それは同居の親つまり自分のような存在だ、と疑うこともなかったのだろう。そのために、自分はここにいるのだとさわは思うことにしていたようだった。仕事をする嫁に代わって赤ん坊を育ててこそ、自身の存在意義が確認できる。自分がいるのに保育園に預けるなんて、それなら自分は何のためにここにいるのだ——。確かに、世の中にはおばあちゃん子にしたくないという考え方がある、それは知っている。祖母の子育ては古く、そして総じて甘い、甘やかす。だから、祖母に育てられた子どもはわがままで、そしてひ弱になる——らしい。だから、その点は充分気をつけようとさわは思っていた——のだと思う。それでも、まさか、自分という存在があるのに、わざわざ保育園に預けるなんて、そんな考えは思いのほかだった——のだろう。

さわのそうした心のありように思い至らなかった道子たちも迂闊ではあったが、それが分かったからと言って譲る訳にも行かなかった。さわからすれば、どう頑張っても「二対一」だ。さわは途方に暮れていたようだった。

なそれだったことを道子はやがて思い知ることになった。

3

授業が終わり、放課後の、退勤までの時間を珍しくのんびりと過ごしていた。朝夕はそろそろと秋の気配が漂い始めていた。それでもこの時間、外気はまだ暑くて、硝子窓は開け放してあったが風は入ってこなかった。目にはさやかに見えねども風の音にぞ驚かれぬる、という訳にはいかないねえ。水野邦子が誰かと立ち話をしている声が少し向こうの窓際から聞こえてきた。

その声に反応したように、道子の向かい合わせの席の分会長の権藤がふいに顔を上げた。道子の視線を捉えると、お前さん、子ども産んでも働くんだよな、と声をかけた。

勿論だ。家庭に入って主婦に収まるなどという発想は道子の中のどこを探してもない。ただ、この職場で――と考えると途端に動揺する。ここでもつだろうかと思う。やって行けるのか――。だがともかく、働くというその言葉にだけ反応して、内心の逡巡を隠して道子は、はい、と頷いた。

「じゃあ、産休のこととか考えて、早めに申し出ておかないと、代替えの手配もあるしな。仕組みは知ってるか？」

「産休は産前産後合わせて十六週間ですよね」

うむ、と権藤は頷いて、

「本当は、産前産後それぞれ八週間だぞ。まずそれは知っておかないと」

権藤の眼鏡の奥の小さな目が、いくらか大きくなったように見えた。

「はい、組合が頑張って変わったって聞きました」

権藤はまた大きく頷いて、

「教員はどうしても担任業務や授業の関係で、無理をして学期の切りのいい所から休暇に入る。昔はやっと休んだその日に産気づいて、月足らずで生まれるなんてことがざらにあった。するとと産前休暇はなくなってしまう。それではいかんということで運動して、通して十六週という取り方を勝ち取った訳だ」

権藤はそこまで言うと、一息つくように脇にあった大ぶりの湯呑を取り上げた。

その話は何人かから聞かされていた。労基法によれば産前休暇は六週である。産後は八週だけれど、六週を経れば本人が請求し医師の許可があれば勤務可能という規定を盾に、実際は産後も六週が普通になっているところも多いと聞く。そういうところとは格段に違って、産前産後ともに八週間が保障されていたのに、道子の先輩教師たちは、授業や部活、様々な行事を中途半端にしたくなくて無理をして、その結果、権藤の言うように産前休暇が極端に短くなる事例が後を絶たなかった。そこで、産前産後を通して十六週、を認めさせた。

定されている。実際に退職を迫られるかどうかは別にしても、職場全体が、いや世の中全体がそういう雰囲気を作り上げている。そんな中で、勤め続けたいと考えている女たちは苦労してるんだよ、と彼女は言った。

——羨ましい。絶対教師という仕事、手放したらダメだよ。

その時の友人の口調が忘れられない。

絶対、ダメ、か——。

「で、いつから産休に入る」

ぼんやりしていたら、一服飲み終えた権藤が、また話しかけてきた。

「予定日が一月の末なんで、二学期の授業を全部やって、冬休みからがいいのかなと——」

「すると、明けは？」

「四月末——新学期が始まってしまうけど」

「ちょっとはみ出すか。まあ、代替えさんのこともあるから、早く言っておくことだな」

産休の代替教員は臨時教員である。退職者で気楽なアルバイトとして勤める人もいるが、正規採用されなくて臨時をつなぎながら教師を続けている人も多い。自分のような迷い多い者が正職なのにと、申し訳ない気持ちにもなる。

またぼんやりしていたらしい。ほい、道子さんよ、と権藤の声がして、慌てて顔を上げた。

「で、お前さん、赤ん坊はお姑さんに見てもらうんだな」

その言葉に驚いて、反射的に、いえ、保育園に入れたいんですと大きな声を出した。

今度は権藤の方が驚いた様子で、

「ほう、当ては」

少し汗の浮いた権藤の額を見つめながら、ゆっくりかぶりを振った。

「どうすればいいんでしょう」

権藤は眼鏡の奥の小さい目を見開いて絶句した。呆れているのだと分かった。

「保育園に入れたいの？」

後ろに水野邦子が来ていた。道子の両肩に手をかけて、

「お姑さんに見てもらうんじゃないんだ。てっきりそうだと思っていた」

肩を揉むように両手に力を入れる。首がぐらぐら揺れた。どうやら自分はとんでもないことを口走っているらしいと思っていた。

「子どもは保育園で育つ方がいいって、私たち夫婦はそう考えてるんだけど」

やっとの思いでそう言った。

「そう考えるのは、いいとしても――」

邦子がポンポンと肩をたたく。後ろから腰をかがめて覗き込むように迫ってくるのは笑顔だけれど、間違いなく戸惑っている。権藤が笑い出した。

「入れるところも考えずに、入れるつもりだけはあるという訳か」

「やれやれ、このお嬢さんは」

権藤は笑ったままだったが、

「おばあさんのいる家は、市の保育園は、原則預かってくれない」

最後は厳然と言い放った。

それは道子にとって、思いがけないことだった。何とも不当なことでもあると思った。保育園などとんでもないと言う親はいるにしても、集団の中で育ってほしいと願う親に対しては、公的な保育施設が子どもを引き受けてくれるのだと思っていた。それこそが公立保育園の役割ではないのか。

学生時代の観念性と甘さをそのまま引きずっている様が笑われていた。さわの言うことの方が、ずっと現実に立脚していたのだ。

権藤がゼロ歳児から預かってくれる民間の保育所を探してきてくれた。元看護婦の女性が後輩の看護婦のために市立病院の近くに開いたものだが、今なら四月からの入所を受け付けてもらえそうだと言う。飛んで行った。看護婦でさえ市立の保育所に子どもを預けられない場合もあるのだと思いながら、改めて、自分の甘さを思っていた。

普通の暮らしをするということは、考えていたより大変なことなのだと、最近よく思う。そうしてみると、学生時代はなんと気楽だったのだろう。空腹でも、着るものがみすぼらしくても、自分一人の問題だった。気持ちが動かず、どこにも出かけたくなければ下宿で寝ていたって良かった。今はそうはいかない。自分の気持ちを大事にしたいと思っても、憲吾やさわ、生まれてくる赤ん坊、周囲の人々、そして実際の社会の仕組みを無視しては何もできないのだ。

権藤が教えてくれた保育所は、広いとは言えない、託児所と言う方が適切な施設だったが、晩秋の陽の光が庭一杯に広がる気持ちのいい一軒家だった。元看護婦の年配の経営者を、保母の資格がある若い女性が手伝っていた。入所の面接の時、保育所としては庭が狭いので大きな子は預かれない、基本的には二歳になる前に退所するようにと言われた。看護婦たちも、ゼロ歳児は院内保育所やこうした施設を利用しているが、一歳になるとだんだん公立保育園に入れるようになるのだとのことだった。

4

九月、佐藤栄作から代わった首相の田中角栄が中国を訪問し共同声明を発表して日中国交を回復した。二月にアメリカのニクソン大統領の訪中があって、以後日本でも日中国交正常化の機運が高まり、それまでの中華民国との外交関係を断っての国交回復であった。これは多くの国民に歓迎された。もっとも、中には田中を「国賊」と罵る連中もいたようだが。

それまでの多くの政治家と違って、田中は高等教育を受けていない。それでも、コンピュー

中が首相就任直前に刊行した『日本列島改造論』は太平洋ベルト地帯に集中していた工業を地方に広げ、「過密と過疎を同時解消する」という内容で、ベストセラーになっていた。もっとも、日本列島改造論は、日本中に新幹線と高速道路を張り巡らし工業地帯を全国に広げようとする、それまでと全く変わりなく高度成長を追い続けるもので、ドルショックの影響で、日本経済をめぐる状況が変化していることを無視するものだとの批判も片方にあった。

ドルショックという言葉を聞くたびに、T高校の生徒の和也が、道子の病室で、それについて「教えて」と訊いてきたことを思い出す。勿論うまく返答できなかった。今だってよく分からない。だが、あの時よりもその事態は、目に見えないところで少しずつ生活に食い込んできているようだった。その言葉は新聞やテレビで繰り返されて、嫌でも目にも耳にも入ってきた。

十二月、道子が産休に入る直前、田中人気、角栄ブームに乗ってということだと新聞などで解説されていたが、国会が解散され、総選挙になった。

選挙が始まったからにはできることはしなければ、ビラまきくらいならできるだろうと思っていたが、お腹の大きい人にそんなことはさせられない、そんなことより、知り合いに電話をかけて共産党への投票依頼をするようにと言われた。

住所録を繰って、学生時代の友人の何人かに電話した。へえ、まだ真面目にやってるんだというこちらが驚いてしまうような反応もあったが、お互い頑張ろうという元気のいい返事もあった。つい長話をしてしまうことも多くて、時間をかけても思ったほど数が上がらない。いや、そもそも電話をかける相手が多くない。顔を思い浮かべて当時はきちんと話せなかったけれど今なら——と思う人もいたが、電話番号が分からないということも多かった。

住所録を何度も繰り直しながら逡巡していた。小学校の六年生の時の担任のG——包容力のある人だった。子どもと大人だったからかもしれない、クラス担任とその生徒だったからかもしれない、だが、親も含め多くの大人に対してどこかで批判めいた思いを持つことの多かった道子が、全面的に信頼できると思っていた大人の一人だった。

ダイヤルを回した。五回、六回とベルが鳴り、もう一回で出なかったらやめようと思った時、受話器の外れる音がした。

「Gです」

懐かしい声だった。一呼吸おいて名乗った。分かりますかと言いかけるのを遮って、おお、みっちゃんか、これは珍しい人から電話をもらったと向こうの声が大きくなった。

近況を少しだけ伝え、続いて共産党の躍進を訴える道子のたどたどしい話を、Gは相槌を打ちながら聞いてくれた。それから、そうかそうかという雰囲気で、みっちゃんがまともな運動に携わっていてくれて嬉しいと言った。例の連合赤軍みたいじゃなくて、と。ちょっと驚いて、私、そんな風な心配をされる子どもでしたか？　と訊いたら、いやいやと否定して、ちょっと正義感が強過ぎるところがあったかなと言い足した。考え過ぎるようなところも、子

では、と電話を切ろうとした時、少し言葉を改めてGはそう言った。それから、

「今回は、僕は共産党は伸びると思っている。みっちゃんにも期待しているよ」

明るい声でそう付け加えた。

感謝しながら電話を切った。

投票は日曜日で、開票は翌日だったから、結果を気にしながら出勤した。学校の会議室のテレビがついたままになっていて、授業のない誰彼が開票速報を見ていた。道子も空き時間に覗きに行った。何だか、共産党がすごいぞ、これは伸びそうだ——そんな声が聞こえてきて、Gの言葉を思い出しながらちょっと驚いていた。

仕事を早々に切り上げて急いで帰宅すると、さわがテレビの前に陣取って、炬燵の上には共産党の候補者が一覧できる「赤旗」のページが開かれ、さらに当選者であろう何人かが赤鉛筆の丸で囲まれている。

「すごいよ、いっぱい通ってる」

さわが照れくさそうに言う。昨日投票に行く時、あんたたちが頼んだって、私がどこに入れるかは私が決めるんだからねと小憎らしいことを言っていたのに。

「共産党の当選者に赤丸つけてるんだ」

ちょっとからかうようにそう言うと、

「だって、どんどん当選するんだもの、面白くなってきてさ」

はにかんだように笑った。

日中国交を正常化し、首相の人気の高い中で臨んだ選挙であったが、追加公認も含めて安定多数を維持したものの、前評判ほど自民党は伸びなかった。それどころか、得票数も議席も減らした。公明党も民社党も減った。社会党と共産党が伸びた。

共産党は十四議席から三十八議席、革新共同も入れて三十九議席に躍進し、野党第二党になった。新聞も、料亭政治が終わり、これからは国会の表舞台で議論するという当たり前のことが本筋となるだろうと書いた。


二学期の日程を終えた。冬休みの開始と同時に産休に入り、早々に実家に移った。母を頼り、何もかも忘れて無事出産することだけを考えようと思っていた。

母が予約してくれていたのは、姉もそこで二人の子どもを出産した産院だった。新しい考え方と最新の設備や技術を備えている、ここらでは一番の産婦人科と母は言った。

けれども、道子の第一印象は良いものではなかった。まず、診察した医師がいかにも医師然としていた。つまり見下されているような感じがした。

それまで道子は邦子が紹介してくれたW医院に通院していた。いい先生だよと邦子の言った通り、よくこちらの言うことを聞いて、気持ちを尊重してくれる医師だった。W医院に通院し始めたと告げたら、権藤がWは友人だと言う。あいつは信頼できる男だと言いつつ、権藤が聞

暴れるのもいる」

　そう言う権藤は図体からすると信じられないくらいだが、酒が殆ど飲めない。飲む席には出るが、すぐにお茶かジュースに切り替えて、それでも楽しそうに誰彼と話している。

「だから、自分はそういう点で本性を出さずに済んでいると思ってた」

　うんうん、と頷いた。この人の本性は何だろうと思いながら。

「だけど、あいつは、その考え方は間違いだと言うんだな」

「間違い、ですか」

「酒を飲んだ時だけ顔を出すようなあまり良くない要素を持った人間が、普段は一所懸命生きてそこを抑えている。それこそがその人間の価値であり、本性だと言うんだ」

「普段がその人の本性。人はいつも本性で生きているということですか」

「そういうことだな」

　成程と思った。一人一人の日々の努力を正当に評価する考え方だと思った。

「そういうことを、あいつは酒を飲みながら言う。とすると、これは本性か否か」

　そう言って豪快に笑う権藤を見ながら道子も笑ってしまった。楽しい話だった。

　産婦人科医というのはそんなWのように信頼できる存在だと思っていたのに、母が決めた医師はどうも違う。しかもきちんと最終の生理日を伝えたのに、示された出産予定日が道子の認識と違っていた。

予定日は最終の生理の日から数えて決まるから、邦子に言われて最初に妊娠を疑った時、道子も自分で計算した。W医師にかかった時、告げられた予定日は道子の想定と同じであった。その予定日が二日早く示された。え、違います、と道子は思わず声を出して睨まれた。カルテには道子の納得いかない予定日が記載された。そのことが特別な意味を持つ訳ではないだろう、まあいいかと思うことにしたのだが、最新の考え方と技術で対応するというその医院は、出産が予定日より遅くなってはいけない、兆候がない場合は「薬」で出産させるのだと言う。

病院の決めた「予定日」に入院し、薬による陣痛が始まった。初めてのこととはいえ、信じられない痛みだった。医師が想定していた時間をはるかに過ぎて赤ん坊は産まれてきた。男の子ですよと、助産婦が抱いて見せてくれた小さい人間を朦朧とした意識の中で見た。片方の足首に一センチ幅くらいの白いバンドのようなものが巻かれていて、「村岡道子ベビー」と書かれていた。取り違えをなくすために生まれてすぐにそうするらしかった。

後になって仮死産だったと聞かされた。出て来ないので吸引したのですが、器械がずれて頭に傷がつきました、すみませんと、看護婦が謝った。退院時に返してもらった母子手帳には「児頭骨盤不適合」と記載されていた。殆ど意識がなくなっている間に恐ろしいことが起きていたのかもしれないと思った。あとで、母にその話をした時、そうなのよ、外で聞いていて、産まれたらしいざわめきが伝わって来たのに、泣き声が聞こえなかったんだよね。暫くしてふにゃあという猫みたいな弱弱しい声が聞こえて、それでやっとほっとしたのだけど、と言っ

「生き返ったか。お疲れさん」

頷いた。それから赤ん坊はどこだろうと首を巡らせたが、どこにもいない。

「子どもは」

「向こうのベビールームで、ほかの赤ちゃんと一緒。大丈夫、元気だよ」

憲吾の背後から母が答えた。

映画などの、産婦の隣に赤ん坊が眠っている場面、あれはきっと古い時代のことなのだ。少なくとも、最新式の方法を採用しているというこの産院では、母親と同じ部屋に生まれたばかりの赤ん坊を寝かせるなどということはしないのだろうと思っていた。眠る前に見つめた赤ん坊の顔を思い出そうとしたが、村岡道子ベビーと書いたバンドの下の小さな柔らかそうな足の裏ばかり脳裏に浮かんだ。

「それで名前だけど」

憲吾が笑顔で口を開いた。

「勇樹に決めた。勇気凛々の勇に、樹木の樹」

「名前、もう？」

「こっちに来る電車の中で閃いた。今顔を見てきたけど、ぴったりの名前だ」

「よく言うよ」

笑いながら、まあ悪くないかと、少し元気になった頭で思い直した。それにしても勇気凛々か。何だかおかしい。子どもの頃のラジオドラマのテーマソングに「勇気凛々瑠璃の色」という一節があった。勇気凛々にはメロディーがついているのだ。新米の父親の気分に浸る憲吾の頭の中を、あの歌が流れていたのだろう。

5

色とりどりの花が世間を覆っていたような春が終わりに近づいて、若葉が木々の色を新しくしている。校門の前でほんの一瞬立ち止まり、丈の高い樟を見上げてから、ゆっくり門を抜けて教職員用の入り口に向かう。

産休が明けて、また教師の日々が始まる。心の底がかすかに弾んでいるのに気づいて、道子は自身驚いていた。何らかの事情で——そこには道子のような正当な休暇だけでなく、不当に職場から追いやられて、闘って元の位置を勝ち取った人々もいる——暫く職場を離れていたものが復帰するということは、きっとこういうことなのだと思っていた。考えるほどに、嫌だ、続かないと悩んでしまう職場でさえ、やっぱり、働く者にとっては、そうなのだ。

職員室の前で大きく息を吸って、心もち緊張して入り口の戸を開けようとしたのに、後ろからどんと背中をたたかれた。

「お帰りィ」

いて、長い間ありがとうございましたと言うと、教頭は鷹揚に頷いて、出産の祝いを述べた。

そうして、あらかじめ決められた通り、形の上では何の問題もなく、道子はすんなりと職場に復帰した。

教務主任の机の横に掲げられている大きな黒板には、学校全体の、その日その日の授業の計画が白や赤、黄色や青のチョークで記されている。計画的であれ突然であれ、教員が休暇をとれば、その担当すべき授業は誰かが変わらねばならないし、そのことによってまた別のところに皺寄せが出ることもある。百人を超える教員がいれば、その黒板は毎日かなりの訂正や新たな書き込みがあって、その内容をとにかく教師たちは肚に落としておかねばならない。

道子も久しぶりに、チョークの色の入り乱れたその黒板を見つめていた。いろいろな記述があったが、とりあえず自分に関わるものは問題なさそうだと思った時、

「村岡さん」

後ろから声をかけられて振り向いた。内村が明るいグレーの作業着姿で立っていた。農業科の教師たちは、生徒と一緒に実習をするので、学校ではそんな恰好のことが多い。

「お帰りなさい」

そう言ってから、周囲を見まわして、

「この間は、電話ありがとう」

囁くように言った。

「こちらこそ。突然ごめんなさい」

かぶりを振って、道子も周囲を見まわしてから、笑顔を返した。

一週間前がこの県の県庁所在地N市の市長選の投票日だった。道子はN市の住人ではないけれど、他人事ではない思いで成り行きを見つめていた。

日本のあちこちで革新県政や革新市政が実現している。この県だって、昨年末の衆院選の結果から考えるなら、N市長選で勝てない筈がないのだった。勝てる、と思っていた。けれども、勝てる筈、というのと、勝った、というのは全く違うものだということがよくわかったのだが、N市でも革新共闘が初めて現職を追い落して勝利を手にしたとの報に接した瞬間、道子の中で何かがはじけたように感動を抑えられなくなった。新聞の記事を隅から隅まで読んだ。足りなくて、駅まで出かけて、自宅にない新聞を——違うことが書かれている訳がないのに、スポーツ新聞まで、N市長選に触れているものは全て——買ってきて読んだ。

それでも、気持ちの昂りを抑えられなくて、産休中なのに職場に電話を入れたのだった。水野邦子も権藤も職員室にいなくて、親しい人間の名前を順に挙げてやっと内村がつかまった。電話に出た内村に、道子はN市長選勝利の感激を伝え、内村も即座に呼応して、暫く言葉を交わし合ったという経緯があった。

「あっちも現職だけど相当焦ってた。田中角栄も応援に来たけど、あれは逆効果だったかも」

道子の顔を悪戯っ子のような表情で見つめながら、内村はさも愉快そうに笑った。

そう言ってから、

「とにかく、今度は勝つと思ってた。二年前の県知事選の時、N市だけなら勝ってたからね。でも、本当に当選したらちょっと気持ちが抑えられないくらいだった。そんな時の電話だったから、僕も嬉しかったよ」

電話の時よりは強い内村の声で、何より満面の笑みがある。そんな二人の会話に、話題を察して何人かが加わった。誰もが一週間前の感動をまだ身内に温めていた。いい再出発かもしれないと、複数の笑顔の中で道子は思っていた。

保育所にはバスで通った。

権藤の紹介してくれたももの木保育所は、古い城下町の雰囲気を残す街の一角、幹線道路沿いにある大きな古い一軒家だった。本来の玄関とは別の、歩道に面した小さな扉を開けて入り、狭い通路を抜けると明るい中庭に出る。真正面に硝子戸を開け放った陽当たりのよい広い縁側があり、そこが保育室の入口だった。

ももの木保育所は一日分のおむつや着替えを持参し汚れたものを持って帰るという仕組みではなかった。一般的にはそういう風なのだということを、水野邦子ら職場の女性たちに保育所のことを話した時、驚かれ羨ましがられて知ったのだが、ももの木は赤ん坊だけ連れて行って縁側で渡し、迎えに行ってまた赤ん坊だけをもらって帰るというやり方だった。汚れたおむつや衣類は保育所で洗って、一人一人の子ども専用の引き出しにしまわれる。時々必要なものを追加したり、不要のものを引き上げたりはするが、基本は全部おまかせだった。そうしたボランティア精神いっぱいの経営方針は、多分、忙しい看護婦を対象にして、かつての自分の苦労から経営者が考え出したやり方だろうと思われた。道子にとってはありがたい仕組みであった。

乳児を抱える母親労働者には、育児時間というものが保障されていた。これも本来は授乳のために仕事を抜けるための時間だったらしいのだが、そんなことができるのは職場内保育所くらいのものだろう。その時間を保育所への送迎時間に充てることは普通に行われていて、ひとより一時間遅く出勤し、一時間早く退勤するという仕組みになっていた。

朝、勇樹を抱いてバスで保育所に向かう。保育所の近くまでの直通のバスはないので、家の近くのバス停から乗って、いったん私鉄の駅前で降り、そこから保育所方面のバスに乗り換える。J農高とは殆ど逆方向だったから、そのまま出勤というのも難しく、もう一度家まで帰ってから出勤した。面倒なことではあったが、育児時間のおかげで通勤ラッシュは避けられた。夕方は逆コースをたどって迎えに行く。日々は忙しく過ぎて行った。

七月になってストライキが提起された。

学生時代、労働組合の闘いを描いた映画「ドレイ工場」を見た。いくつか労働争議を描いた

するなどの力強い行動で、心を昂らせながら労働者の連帯をしっかりと胸に刻むものだった。

道子の産休が明ける少し前にも半日ストが行われていた。長い間公務員共闘の運動は八月の人事院勧告の完全実施が焦点で、故に秋季の闘争であったが、最近は人勧の内容に対する要求を出すという風に変わってきて、民間労組と足並みを揃えて春闘を闘うようになっていた。

ストだ、参加できるかと訊かれて、はいと胸を張った時、県立高校という職場で「ドレイ工場」のようなストライキが闘われると思っていた訳では勿論ない。だが、提起されたのは、勤務時間に食い込まない扱いになる三〇分未満のストだった。面喰らっていた。

校門前に立つA高教J農高分会の赤旗の周りに集まって権藤の挨拶を聞き、本部からのアピールを読み上げ、時間調整をして、スト終了の五分前に全員で——J農高で今回ストライキに参加したのはわずかに七人だったが——権藤を先頭に整然と職員室に入る。しんと静まり返った中、全職員の前で、と言っても実質的には広い職員室の片隅に位置を占めたということだが、七人が円陣を組み、スト宣言書を声を合わせて読んだ。終了の予定時刻に丁度終わるように読み上げ、時間ですよと、円陣の外側からかかった教頭の声は無視して、けれどもまるでそれが合図のように、終わります、各自仕事に戻ってくださいと、権藤がスト終了宣言をした。

それぞれが生真面目な、普段よりは幾分緊張した表情で各自の机に戻った。道子も両隣からのあからさまではない視線を感じながら、黙って机の前に立ち、静かに椅子を引いて腰を下ろした。小さなため息が出た。

お疲れさん、と横から小さく声がかかった。いつも話し方に誠実な感じを受ける父親くらいの年配のB、倫理社会の教師だ。瞳が優しい。黙って小さく頭を下げる。彼は組合に入っているけれど、ストライキには参加しなかった。こんな時、何をどう考えればいいのだろう。不思議な気持ちだった。


昼休みに弁当を持って図書室の隣の部屋のドアをノックした。そうっとドアを開けると、こちらに視線を向けた司書の西野雪絵と目があった。

「あら、先生、今日はお疲れ様」

おお、と声を上げたのは農業科の教員補助の田崎信二だ。こりゃあ、聞こえたかな、と言う。教員でも事務員でもない二人は、孫と祖父と言ってもおかしくないくらいの年齢差があるが、気の置けない関係を作っていて、田崎の本来の職場は農場だが、机の上で取り組む仕事はここに持ち込んでいる。一人で寂しいから、できる仕事はなるべくここでやって、って私が頼んでるの、と雪絵はみんなに触れ回っていて、田崎は元々の住人のような大きな顔でこの部屋にいる。古株で、教師が頼りにしている田崎だから、文句を言う者はいない。本の整理や修理などに使う大きな机を真ん中に、雪絵と田崎が作る和やかな雰囲気のこの部屋を、ちょっとした空き時間に訪れる教師も多い。

「先生すごいねって、今話していたところ」

「すごいって？」

「今日のスト」

「どこがすごいの」

思わず大きな声を出してしまった。ため息をつくしかないようなストだった。あれでストと言えるのかとすら思っていた。

「今日のスト自体は全然すごくない」

田崎が薄くなってきた額の髪を大事そうに手櫛でかき上げてそう言った。

「でも、そのすごくないストに、胸を張って参加する人はすごい」

はあ、とため息のような声を出してしまった。いつもニコニコと明るくて冗談ばかり言っている年配者、というだけの認識だったから、その田崎がストライキに言及したことにちょっと驚いていた。

「大きな声じゃ言えないけど」

そう言って、田崎はドアをちらりと見た。誰も入っては来ない。

「昔は僕らでも、酒を飲みながら教育を語り合ったんだよ。いや語り合ったのは勿論先生たちだけど、でも、僕みたいなものでも仲間に入れてもらえたんだね。あの頃は」

田崎は道子から視線を外し、遠くを見るような目つきになった。

「読書会を開いて学習もしたし、よく議論したよ、その〈民主教育〉という奴についてね」

目を瞠って田崎の言葉を反芻した。田崎と〈民主教育〉――。

大学で、良い教師になることを目標に、学び、活動していた大勢の友人たちと一緒に、道子も教師の労働組合運動について学習した。教員組合の運動は賃上げなど労働条件改善に関わるものに限らず、というより、それよりも「教え子を再び戦場に送るな」という戦後すぐからの教師たちの信念に基づく運動、勤評反対闘争、学力テスト反対闘争などの、国の反動的な文教政策を批判する運動であったと道子は理解していた。そうした運動を積み上げるために、教師たちは「仲間意識」を持って、いつも語り合い議論し合ったと本には書かれていた。

酒を飲みながら民主教育について語り合ったり、本を読んで読書会を開いて学び合ったりしたと、田崎は言う。ではあの本に書かれていたようなことがここでもあったのだ。その中に、この田崎がいたのだ。いや、もしかすると――と思い当たった。さっき、道子に声をかけてくれたB、彼だって、そうした教師たちの一人だったかもしれない――。

「戦後間もない頃は、みんな元気だったたな。〈教え子を再び戦場に送るな〉というのはいいスローガンだよ。あの言葉は分かりやすい。誰にでも納得できた。戦争を知るものの胸に響いたさ」

田崎はそこでちょっと言葉を切った。道子はあまり見たことのない顔の田崎を見つめていた。

「私、時々聞かされる。今日も先生たちのストライキが、ちょっと刺激になったみたいで」

「まあ、六〇年安保の頃までは、学校も今みたいではなかった。いつの間にか、こんな風になってしまったけど――」

田崎が再び話し始めたその時、廊下に足音がした。ドアがノックされてすぐに開いた。西野さん、例の本だけど――農業科のMが勢いよく入ってきて、田崎と道子にちょっと視線を投げてから、雪絵に話しかける。雪絵はすぐに仕事の顔になった。田崎もいつの間にか、好々爺の顔つきに戻っていた。

田崎の言ったことをずっと考えていた。六〇年安保の頃まであったという民主教育を語り合う教師集団、いや田崎のような存在も含めた教育に携わる「仲間」たち。いつの間にか――と田崎は言ったけれど、確かに道子が本で学んだ雰囲気は教育の現場にはもうないようだ。

そう思いながら、それでも、T高校にはそれに近いものがあった、と思い直していた。ここJ農高は農業高校だから特殊なのだと思っていたが、もしかすると自分が世間知らずなだけで、T高校が特殊だったのだろうか。

6

バスの前から乗って、運転手の脇に据えられている透明の箱に、ポケットに用意しているコインを入れる。左腕に勇樹を抱えたまま車内に目を走らせる。ラッシュは避けられているものの、なかなか座席を確保するのは難しい。だが、いつも同じ時間に同じ路線のバスに乗るから、何人かの人に顔を覚えられていた。バスに乗り込むと、勇樹に手を振ったり、笑顔を向けてくれる人が何人かいる。

「ここ、空いてますよ」

道子の母親くらいの女性が手を挙げて、自分の隣に招いてくれた。礼を言いながら隣に座ると、それには笑顔だけで返して、

「おはよう」

膝の上で足を突っ張っている勇樹に話しかける。間もなく六カ月になる勇樹は、まだ、ということなのかもしれないが人見知りをしない。嬉しそうに女性を見つめる。

「いつもいい子ね」

あれこれ話しかけていた女性が、

「おいで」

そう言って笑顔で両手を差し出した。どうするかと思ったが、勇樹は何の逡巡もなさそうに、女性の方に体を乗り出した。あれ、本当に来るの、と女性の方が驚いていたが、暫く抱いてくれていた。

女性に勇樹を委ね、小さく息をついた。バスの窓から青い空に大きな入道雲が見える。夕立

「あらあら、もう限界かな。残念だけどお母さんに返さないと」

女性はそう言って、勇樹を手渡しながら、

「お勤めなんでしょ。これから保育園？」

小さい声で訊いてきた。はい、と頷くと、

「ずっと抱っこだけど、すぐに大きくなるから、だんだん大変になるね」

道子が考えていたことを見抜いたように口にした。

いくら荷物が少ないと言っても、勇樹を抱いてバスを乗り継いで保育所に通うのは実際楽なことではなかった。まして、勇樹はどんどん大きくなるのだ。これからはじっとおとなしく抱かれているばかりでもないだろう。


「やっぱり車の免許をとって、車で通勤するしかないかなあ」

夜、勇樹を寝かしつけてから憲吾にそう言った。保育所に子どもを預けている教師は、自宅と保育所と職場を車で移動するのが一般的な手段だった。職場でも、今の方法はいつまでも続かないよと言われていた。

「夏休みに時間が取れるから、免許をとろうかと思う」

「そうだな。そういう点でも、教師はいい職業だ」

その言い方に、時々教師を辞めたいと愚痴をこぼす道子への皮肉が含まれていると思ったが、運転免許を取ることについては憲吾も賛成した。

夏休みに自動車学校へ通って、免許を取得した。

いよいよ車を買う。

この地域に進出してきたダイエーの建設現場の前を通った時、ゼネコンと自動車会社に利得をもたらす仕事の先に、車で買い物をする生活、ドライブを楽しむ車社会が想定されている事情を金子が語ってくれたのは、ほんの二年と少し前だ。あの時独身の宮崎も、僕も車を買おうかなと呟いたのだったが、とうとう自分もそういう生活になるのかと、どこやら流されていくような気持ちさえ湧く。

保育所経由で、出勤する母親教師たちの車は、みんな似たような、あまりスマートとは言えない軽乗用車だった。ならば自分も軽を買うことにしようか、それが合っているだろうと思っていた。が、憲吾が仲介を頼んだ友人が、初めて乗るのに軽は危ない、ぶつかったらぶっ飛ばされる、むしろ大きいのに乗るべきだと言って、中古のブルーバードを斡旋してきた。ぶっ飛ばされるよりはぶっ飛ばす方を選べということか――ますます自分の生き方に反するような気もしたが、黙って従った。青紫のメタリック。中古車でもピカピカ光っていた。

初めてその車で出勤した時、騒がれた。全体に教師の車は地味だった。服装などもあまり気にしない人間が多かったが、車に興味や関心の高い種類の人間は少ないようだった。男性教師の車も小さめが多くて、道子のブルーバードは目立った。普段口をきいたこともない男子生徒

「あんた忙しそうだから、私が洗剤とトイレットペーパー買って来ようか」

夕食時、さわが心配そうに言い出した。

中東の石油産出国からの輸入が途絶え、石油の供給量が足りなくなったというニュースが突然報じられ始めた。それに伴っていくつかの商品が品不足になったと、洗剤やトイレットペーパーを求めてスーパーや薬局に列を作る女性たちの姿がテレビに映し出されていた。

「勇樹のおむつは洗わない訳に行かないから、要るでしょう」

黙っている道子に苛立つようにさわが言う。勇樹は間もなく九ヵ月になる。まだまだおむつは必要だし、それでなくとも洗剤は要る。だが、こういう時、道子は反射的に行動できない。周囲の突然の動きに、むしろ体も心も竦んでしまうのだ。

「もう少し様子を見ようよ。そこそこまとめ買いしてあるし」

赤ん坊を抱えての共働き生活が始まって、買い置きできる日々の生活雑貨や消耗品等を大量に買い込んでストックしておく癖がついていた。

「そんなこと言ってたら――」

さわは不満そうだったが、それ以上言い募ることはなかった。やがて、どこから出てきたのか、再び商品は店の棚に当たり前に並ぶようになった。いくらか値は上がっていたのではあったが。

洗剤やトイレットペーパーは落ち着いたが、ガソリンの値段は日々上昇していた。給油のためにスタンドによると毎回請求額が違った。初めて車に乗った夏の頃は一リットル五十円台だったのに、いつの間にか六十円を超えて七十円に迫っていた。どんどん上がるから、少し減ったらすぐ入れに来た方がいい、空っぽに近くなるまで放っておくと値上げが響くよと、いつも親切なスタンドの従業員が言った。行くたびに値上がりして、冬休みに入る頃には百円を突破していた。

権藤は運転免許を持ってなくて、バスと電車を乗り継いで通勤しているのだが、自宅がももの木保育所に近かった。道子の育児時間が一年で終わり、ほかの教師たちと出勤も退勤も同じ時刻になった時、送りましょうかと言ってみたら、お前さんと心中したくはないが、などと言いながら乗ってきた。

後部座席に座って、

「やっぱり、大きいと気分がいいが、しかし、この車はガソリン食いそうだな」

車内を見回しながら言う。

「そうですね、先生が乗ったら重量が増えて余計に食いますね」

恰幅の良い権藤が、あらら、と高い声を上げて笑った。それから時々自宅へ送り、いつの間にかそれが日課のようになった。

さわが最後に勤めていたのは隣県の小さな町の、マロニエというしゃれた名前の商店だっ

なった。

道子の子どもの頃は、洋裁学校は女性の重要な進路の一つだった。花嫁修業の一つとみなされていたところもあるのは、日常の衣服は家庭で手作りするのが基本だったからだろう。学校の家庭科でもブラウスやスカートを作ったし、道子も夏のワンピースなどは自分で縫った。だが、それも中学生くらいまでで、高校を卒業する頃は、誰もが普段着でも既製服を普通に着るようになっていた。

マロニエも教室を閉じて、趣味で洋裁や手編みをする人相手の小さな店になり、最後は使用人はさわ一人だった。さわは手先が器用で、毛糸を買いに来る客に店頭で編み物を教えたり、洋裁のアドバイスをしたりと重宝がられていたが、憲吾の大学が終わるまでそこで働いて、卒業を待って退職したのだ。

そのマロニエにさわは時々行くようになった。月に何回か、三日間ほど行って帰って来る。マロニエはまだ細々と続いていて、行けばそれなりに仕事はあるらしかった。気分転換にもなるのだろうと、さわがいないことで自分もやはりのんびりできる道子は、さわのこの行動を歓迎した。

勇樹が一歳の誕生日をすぎて間もなくのある夜、食事を終えたところで、さわが道子と憲吾に向かって口を開いた。

「マロニエの夫婦が今度の日曜日に来ると言うんだけど、二人とも家にいるかねえ」

憲吾と顔を見合わせて、

「来るって、遊びに？」

そう言うと、

「実はね――」

さわは暫く口を噤んでいたが、

「結婚の話があってね」

何を言っているのかわからなかった。憲吾も不審な面持ちでさわを見つめている。不自然な間があった。通りを消防車がサイレンを鳴らして走って行った。犬が吠えた。

結婚――誰が？　まさか――。

「誰の結婚だ」

憲吾の口調は少しきついような気がした。咎めているのではなく、驚いているのだ。その口調に、道子は確信を持った。


マロニエの夫婦は終始機嫌が良かった。

「お母さんはまだまだお若いし」

妻の方が言った。

さわは後一ヵ月で六十歳になる。六十歳は若いのか、と思っていた。

れていると言う。

「でも、それでは、はっきり言って、老人の死に水取りに行くみたいなものじゃない。何で今更そんな苦労を——」

大事な話だと思ったので、憲吾の姉の正美も呼んでいた。その正美が必死の形相で言い募る。確かに、マロニエの二人の言い方は、まるでお手伝いさんの働き口を紹介するような具合であった。

「あんたも何か言いなさいよ」

正美は憲吾に怒りを向ける。憲吾は唇を引き結んでいたが、

「賛成とか反対とか言っても仕方がないことなんだよな。おふくろが決めるしかないんだ。本人が決めたことに従うしかない」

表情を変えずにそう言った。

「そのお母さんは、もう決めてらっしゃるんですから」

マロニエの二人の夫の方が言う。妻も頷きながら、

「そうそう、そうですよねえ、さわさん」

笑顔を向けられて、さわは戸惑うように、それでもかすかな笑みを返した。

「わざわざ苦労をしたい訳？」

正美が抵抗する。

「そんなに苦労かねえ」

さわは静かに首を傾げてそう言うと、

「まあ、そんな苦労も人並みにしてみたい気もするんだね。私は離婚して、亭主も舅も姑も、誰も看取ってないから」

さわは勇樹を育てるつもりだった。その目標を奪ったことがこういう結果を生んだのだろうか。だが、そこからさわは自分なりの生き方を考えたのだとも思う。

さわはほんの暫く黙ってから、静かに続けた。

「それに、この子たちを見ていて、夫婦というものを、もう一度やり直してみたい気持ちにもなって――」

ちょっと驚いた。だが、正美がありきたりの理由で反対しても、さわが自分の意思を決めているのは確かなようだった。


「マンサクが咲き始めたね。もう春だね」

向かいの家の塀の上あたりでやたらに枝をあちこちに伸ばしているような庭木に、紐を何本も集めたような黄みを帯びた白い花が咲いている。忘れ物がないか確かめていたのだろうか、二年間暮らした部屋をもう一度ゆっくり見回していたさわが、硝子窓を通して見えるその花に目を留めてそう言った。

「そうだよ、知らなかったの」

　さわは優しく笑った。

　ありがとう、お世話になったね。門のところまで送ると、小さい声でそう言って、頷くだけの道子にじゃあねと手をあげた。

　春がすぐそこまで来ている暖かな日曜日、新調した黒留袖を着てさわは嫁いでいった。式には憲吾と正美が出席して、道子は勇樹と家に残った。縁側に並んだ、さわの残していったいくつかの鉢の草花が暖かな陽射しに精一杯息づいているのを眺めながら、明日からは新しい生活が始まるのだと思っていた。

7

　授業は相変わらず気が重かった。生徒は大体がおとなしかったが、集中しているようには見えず、当然楽しそうではなかった。

　一度、時間が余ってしまって、ついという感じだったが、道子の方から雑談を仕掛けたことがあった。終戦後二十九年を経てフィリピンから小野田寛郎氏が帰還して世間の話題になっていた。前年にもジャングルの中で生き延びていた横井庄一氏がグアムから帰還していたが、こちらは、ただ生きるために逃げ続け隠れ続けたという風に受け止められて、戦争の罪深さを思い、彼に同情するばかりだったが、小野田氏の態度には、いまだ帝国軍人という雰囲気があって気になっていた。そのことを、自分以上に戦争を知らない高校生たちはどんな風に考えているのだろうと思って訊いてみたのだった。

教材を離れて脱線するというようなことはあまりやらない道子だったから、問いかけられた生徒の方にも戸惑う雰囲気があった。が、わずかな間の後、ハイ、と廊下側の一番前に座っているNが手を挙げた。男子ばかりが一つの教室に机を並べているクラスで、騒がしい訳でもないのに、いつもどこやら雑然と落ち着かない雰囲気なのだが、彼はいつも全く無関係というように静かに正面を向いている、少々変わり者に見えなくもない生徒だった。その彼が手を挙げたことに驚きながら反射的に頷くと、椅子から立ち、机の横に真っ直ぐ立った。

「最後まで帝国軍人として捕虜にもならず、節を曲げずに命令を死守した姿勢は立派だと思います。尊敬に値します」

大きな声ではないが、一語一語の母音をはっきりと発音した。驚いた。そうか、彼はそういう風に考える生徒で、それ故に物静かに規律正しくと努めているようなところがあるのかと思いながら、それにしても、まさか、いきなりそんな意見が出るとは——と、一体自分は何を期待していたのだろうと思っていた。

小野田氏は、諜報や防諜などの秘密戦に関する教育を行った陸軍中野学校の二俣分校出身と新聞にあった。ゲリラ戦要員の育成を目的とし、戦陣訓の「生きて虜囚の辱めを受けず」では

「だけど――」

Nとは反対の校庭側の窓際の席の中程から声が上がった。

「戦争が終わって三十年近くも経って、日本は自分が知っていた国とはすっかり変わってい
て、なんか気の毒と言うか、本当のところはシラケ――いや、あの、えっと、ムナしくなった
んじゃないか――と思います」

椅子に座ったまま、発言の途中から、思い出したように右手を肩のあたりまで挙げながら、
Iがそう言った。

「上官の命令がないと出て行かないって言ったって、終戦は知ってたみたいだし、何かおかし
い――と思います」

続いて、Iの後ろのKが言う。やはり話し出してから慌てて手を挙げる様子に小さな笑い声
が起こった。二人とも、授業中はそうでもないが、剽軽な性格らしいことは聞いていた。道子
の授業でそんな風に自身の意見を言うのは珍しかった。教室の雰囲気も二人に合わせるように
少しくだけて、道子も緊張感を少し解いた。授業に関係ない話だったら、意見を言うのか――
と思っていた。

「ハイッ」

もう一度Nが手を挙げて立ち上がると、道子の承諾など不要とばかりに喋りだした。

「二十九年間戦う姿勢を保ち続けた彼は立派です。礼節とか、信義とか、今の日本人がどれだ

け大事なものを失ってしまったか、そのことに気づかせてくれます。日本は経済的に豊かになったと言うけれど堕落しきっている。日本人はもう一度帝国軍人の規範に学ぶべきと考えます」

一番前の席で、誰かを見据えるというのでなく、正面を向いて、滔々と話す姿にあっけにとられながら、ふと、学生時代にハンドマイクでアジテーションをする革マルのヘルメット姿を思い出した。彼らも話しかける相手を見ているという風ではなかったと思いながら、この発言の語尾を、アーだのエーだのと母音を伸ばし気味にしたら、彼らの演説とそっくりになると思っていた。

一瞬教室は静まり返ったけれど、すぐにくすくすと笑い出す者がいた。IやKの辺りから、ハイハイどうせ俺たちはダラクしてます、という呟きのような声も聞こえたが、Nはそれらに対して、抗弁する訳でもなく、着席すると黙って静かに机に視線を落とした。

「それでどうしたの」

職員室に帰ってから邦子に起こったことを話したら、当然だけれど、そう訊かれた。

「どうにもできないから、まあ、いろんな考えがあるとは思うけど、自分は戦争を遂行するために人間性というものを抑え込んでしまうような軍人精神には批判的でありたいし、受けた教育に二十九年も呪縛され続けた小野田さんは間違った時代の犠牲者じゃないか、とだけ言って

「ちょっと睨むような目つきだったけど、何も言わなかった。丁度チャイムが鳴ったし」

大きな息をついて、慣れないことはするもんじゃないねと呟くように言うと、どこまで聞こえていたのか、机の向こうから権藤が首を伸ばして、

「その子は戦争の時代を間違った時代だとは思っていないのだろうな。つまり、あの戦争を間違っていたとは思わない」

低い声を出した。

「軍隊教育にも良い点があった、なんて言う輩が出始めている。戦後三十年だもんなあ。そろそろ、気をつけないと戦争が忘れられても仕方がないだけの時間が経った、ということだ」

思わず邦子と顔を見合わせた。

「ほれ、石原慎太郎なんかの自民党タカ派の若手が作った青嵐会、三十何名とか言ったか、あれは全員趣意書に血判を捺したとかいう話だろ。血判だぞ、血判。理解できんからと言って、笑ってばかりもおれん時代になりつつあるのかもしれんぞ」

権藤は、尚も言い募った。

道子の大学四年の時に、三島由紀夫の割腹自殺事件があった。三島を先頭に数名が自衛隊の駐屯地で隊員に「檄」文をまいて決起を促し、三島は学生一人とともに割腹自殺をした。いったい何が起こっているのかと呆然と事件の経過を見ていた記憶がある。

その、時代錯誤としか思えなかった行為に、道子の周囲に共感を寄せるものはいなかった

が、事件は道子の中に、妙な空白のような形でとどまった。気にしなくてはならない何の要素も見つけられないのだが、馬鹿馬鹿しいと抹殺するのも正しくないような気がする。もしかしたら、あれは、権藤の言う、笑ってばかりもいられない出来事の魁なのだろうか。

廊下の端の出入り口から寒そうに体を竦めながら邦子が姿を現した。

「何か割り切れない。私、時代はいい方へ向いていると思ってたんだけど、違うのかなあ」

近づきながらそう話しかけて、彼女が観葉植物のサンスベリアの鉢を抱えているのに気づいた。

「お使い物?」

教材として栽培している花や観葉植物、野菜などがここでは市価の半額以下で手に入る。

「友達が——少し年上だけどね、家を改修して旦那の親を引き取るの。新しい部屋にどうかなと思って。お祝いと、これからご苦労様というねぎらいの気持ちも込めて」

そう言いながら邦子は悪戯っ子のような目つきで道子を見る。

道子が覚悟して最初から同居した姑のさわは、二年間を一緒に暮らしていなくなった。拍子抜けのような状態だ。だが、そんな例は滅多にあることではない。むしろ、引き取るかどうかも含めて、親の存在を気にしなければならない人がこれから増えてくるのだろう。有吉佐和子の『恍惚の人』がベストセラーになって、老人問題がクローズアップされ始めている。それは

鉢を抱え直しながら邦子が言った。

「権藤さんがあんなこと言うけど、時代はいい方向へ向いていると私は思ってたの。例えば長沼ナイキ訴訟の判決とかあったでしょ」

昨年、自衛隊の地対空ミサイル基地建設に反対して北海道で住民が起こした訴訟の札幌地裁の第一審判決で、自衛隊違憲判決が出された。画期的だと憲吾も声を高くしていた。

「うん、そう、あれは私もすごいと思う」

邦子はゆっくり頷いてから、

「でも、良くないこともあるよね。去年、宮本委員長が右翼のテロにあったし――」

眉をひそめる。共産党の宮本委員長が、演説会のために熊本に出かけ、空港で包丁を持った青年に襲われた。怪我はなかった。

「私が今のあなたより若い時、浅沼委員長のテロ事件があったから」

「ああ、知ってる」

道子が六年生の時だ。社会党の浅沼委員長が右翼の青年――いや、十七歳だから少年と言うべきだろう――に演説会の壇上で刺殺された。後で何度もテレビの映像を見たが、巨漢と言ってもいい彼が一瞬にして倒れている。

「それまでは政治に対して何の考えも持っていなかったけど、怖かった。何でこんなことが起こるんだろうと思った」

邦子は陶器の白い鉢を抱きしめるように体に寄せた。

「チリのことも気になってる。ねえ、前にも言ったよね、ネルーダのこと」

また、ああ、と頷く。

——きみたちの隠し持った匕首を研ぎ澄まして／そっと俺の胸の中、手の中にしのばせてくれ——

チリの詩人ネルーダが、遠い昔、スペインによって滅ぼされたインカの人々に呼びかけた言葉は邦子に教えられた。

チリで合法的に誕生した社会主義政権がクーデターで倒された。三年にも満たない政権だった。アジェンデ大統領は銃撃の中、武器を手にしたまま殺されたと報じられた。そして、共産党員であり、アジェンデ政権の担い手の一人であった、ノーベル文学賞を受賞したチリの詩人、パブロ・ネルーダも死んだ。

「いい方向ばかりじゃないと思う。今日のあなたの授業の生徒も、大丈夫かなって——」

いつも穏やかな邦子の顔が張り詰めていた。

8

新学期を迎えた四月、A県高等学校教職員組合は初めての一日ストライキを闘った。

敏感に感じ取っているのか、勇樹は真面目な顔で見つめ返して手を振った。

A高教だけでなく、公務労働関係のいくつかの組合と共同で集会を行うことになって、道子たちの地域の会場も広い会館に大勢が集まっていた。正面に大きな赤旗とスローガンを書き込んだ横断幕や垂れ幕、二階席からたくさんの組合旗が垂らされ、あちこちに労組の幟旗もたくさん立っていた。それぞれの旗の下に集う人々の話し声が、大きなざわめきとなって全体を覆い、マイクの調整音やら何やら、会場は熱気を含んだ喧騒に包まれていた。道子は懐かしいような感覚に浸っていた。久しぶりの「闘い」の匂いだった。

前年のオイルショック辺りから、狂乱物価と言われる程にインフレが進んでいた。国会でも物価問題の集中審議が行われ、商社や銀行、企業の代表が参考人として呼ばれて、便乗値上げや買い占めなどが追及された。社・共・公・総評等多数の団体によって「インフレ阻止国民共闘」が結成されて、「生活危機突破国民大会」が開催され、全国で百五十万人を超える人が集まった。

国中がどこやら騒然としていた。

春闘は、官民一体のゼネスト的態勢で闘う方向が提唱され、国労の数日にわたるストをはじめ、私鉄を含んだ交通関係の統一ストなど、近年にない規模で行動が提起された。

そうした中での日教組の指示による一日ストライキだった。職員室の片隅でぼそぼそと宣言書を読み上げた昨年のそれとは、今度は少し違うと道子も思っていた。

一日ストであったので夜間定時制も同じ行動をとると聞いていた。それで、つい、会場を見回して、T高校の井田や山路ら、あるいは定時制教員として知り合った人々、それらの懐かしい姿を求めて目を凝らした。そして遠くにそれらしい集団を見つけた。思わず手を振りかけて、それをしても気がつく訳のない距離——と思った時、

「よう、久しぶり」

聞き覚えのある声がして肩をぽんと叩かれた。金子だった。定時制高校の初めての共産党の会議の後、ダイエーの建設現場を見て、流通革命と自動車社会の到来について説明してくれた。懐かしい一人だ。心の奥底から突き上げられるように笑みがこぼれた。

「元気か、頑張ってるか」

金子も笑顔だ。

「元気、かな? 多分、元気、です。頑張ってる、か、なあ——」

「何だ、それは」

金子は笑みの残った顔の片頬をかすかに歪めたけれど、それ以上道子の言葉を気に留める風でもなく、じゃあ、また、と言うと、さっき道子が懐かしい面々を見つけた辺りに向かって去って行った。はい、また、と口の中だけで呟いて、ほんの暫く、置き去りにされたような気持ちでその背中を見つめていた。

この春闘に対しては、全国的に日教組に集中的に刑事弾圧があり、多くの逮捕者を出した。

その話を権藤から聞いた時、思わず大きな声を出してしまった。紺色の制服に顎までしっかり覆うヘルメットを着けて武装した、特別な訓練を受けた警察の警備部隊。学生時代、デモを弾圧する部署のように思っていたが、共産党主催の集会などに、装甲車のような大きな車で乗り付けて周囲を威嚇する姿は最近も見かける。もっともあちらは右翼の妨害から市民を守っていると言うのだろうが。

その機動隊が、ストを打っただけで、あんな格好で事務所や個人宅の強制捜査に当たったのだろうか。まさかジュラルミンの盾までは持っていなかっただろうが——。

「普通の警官とか、よくテレビのニュースで企業なんかの捜査に登場する、私服を着た人たちみたいのじゃないんですか」

「いや、機動隊だったと聞いている——あっちの本気度を示してるのかもな」

「本気度——何に対して？」

ふむ、と権藤は低く呟くような声を出した。

「何をするにしても、教育を牛耳るのが一番手っ取り早い」

そこまで言ってふいに口を噤んだ。授業が終わって職員室に戻る廊下での歩きながらの話だったが、道子に背を向けて自分の席に戻ると権藤は黙って椅子に座る。少し不機嫌そうにも見えた。いくらか戸惑いながら道子が腰を下ろした自席は権藤の真向かいだ。

「前にな、この学校に来る前だ」

続きのように権藤が話し始めた。彼の背中側は大きな硝子窓で、彼方の空は、花曇りとでも言うべきか、少し薄暗い。

「三年生の担任をしていたんだが、一人、優秀な奴だったが、防衛大に行った」

「防衛大――」

「あなたより、少し上かな」

いつも、お前さん、と道子を呼ぶ権藤が、あなた、と言ったことに驚いていた。

「反対したんだが、金のことを言われると、担任の力ではどうしようもない」

防衛大には道子の友人も一人行っている。学費が要らないから、と彼は言った。でも、自衛隊に入らなくちゃならないんでしょう、と訊くと、まあ、昔で言えば士官学校というところだからね、早々と就職も決まったと思えばいい。学生の内から給料も貰えるらしいよ、と笑った。

「夏休みにクラス会があった。彼も来た。そして、みんなの前で滔々とソ連脅威論を述べた。まるで、明日にでもソ連が北海道に攻め込んで来るとでもいうような雰囲気だった」

権藤は道子の方を見ているが、視線は道子を通り越して後ろの彼方にぼんやりと投げられているようであった。

「大学に行った生徒の何人かが反発して、意見を言ったが、君らは何もわかっていないと、全く受け付けなかった。あの真面目な――いや、真面目はそのままだったのだろうが、心優しい

「日教組に集中した弾圧らしい。本気で、教育を牛耳ろうとしている」

睨むような顔で、そう言った。

A高教と県春闘共闘委員会は、社会・共産両党の県議、労働弁護団とともに、県警や教育長に弾圧に対する抗議をした。「弾圧反対」のビラを撒き、数千人規模の集会やデモを行った。結果的にA高教は一人の逮捕者、起訴者も出さずにこの闘いを終えることができた。全国的には「日教組弾圧反対国民共闘」が結成され、ＩＬＯに提訴もなされた。

四月のストライキの頃感じていた国中の騒然とした状況はずっと続いていた。七月の参院選では、企業ぐるみ選挙がいくつも告発され、思想・信条の自由・投票の自由などという言葉が世間を飛び交った。そうした中での選挙は国民の関心も高く、当日は梅雨前線が停滞していたところへ台風が来襲し、後に七夕豪雨と称される大雨に見舞われたのだったが、投票率は七十パーセントを超えた。保革逆転も期待されたが、追加公認で自民党は過半数を維持した。共産党は改選四議席に対し十三議席を獲得し、非改選と合わせて二十議席となった。

9

成績の悪い生徒は親を呼び出して指導することになっているのだと主任が言った。

「親の指導と言ったって――小学生じゃあるまいし、どうすればいいんですか」

親に万葉集の講義をする訳にも行かないし、と思っていた。今回、引っかかったのは男子クラスの生徒で、これまでも古典の成績は良くなかった。が、万葉集に入った途端に全く興味が持てなくなったらしく、テストの点は零点に近かった。

テストを返す時は、一人一人名前を告げ、教卓の前に呼んで渡す。普段の態度がどうであれ、良い点を取った生徒はやはり嬉しそうで、そんな時は滅多に見せない笑顔を道子に向ける。成績が悪かった生徒は、道子の手からひったくるようにテスト用紙を取る。今回の彼は黙って受取り、赤ペンで記された点を確認し、道子を睨むように見つめてから席に戻った。

――何のためにこんな古い時代の歌を習うのか。なぜこんなことで成績が決まるのか――

彼の胸にはそんな疑問が浮かんでいるような気がした。勿論声には出さないが。

教師は生徒の成績をつけなければならない。自分と生徒の優劣――人としての実質ではなくて客観的な位置関係ということだが、それを感じるのはこの成績をつける時だ。嫌だと思う。他人の評価を数値で表現するなどということはしたくない。けれども、それは教師の仕事なのだった。どこかで報道されていた教師のように生徒全員に同じ点数をつけるなどという度胸は道子にはない。だから客観的であろうとして、つまりできるだけ主観を排するために、ひたすらテストの点を頼りに成績表を作成した。となれば零点に近い生徒が最低の評価になるのは当然で、それは親を呼び出す対象だと聞かされて動揺しているのだった。

「親を呼び出すことに意味があるんです。そのことが親にも生徒にも何かしらの影響を与えます。指導しようなんて思っては駄目です」

それなら「指導」などという言葉を使わないでほしいと思う。道子はただ憂鬱だった。

親の指導のために用意されたのは放課後の教室だった。隣の教室もその隣も同じで、親と教師が広い部屋で一対一で向かい合う。

道子の前に座ったのは、道子の母と同じくらいに見える小柄な女性で、暑いのに和装だった。紗《しゃ》とか絽《ろ》とかのおしゃれな夏物という訳ではなく、ひたすら一張羅《いっちょうら》をまとってきたという雰囲気だった。

「わざわざおこし願って恐縮です。＊＊君の今回の成績ですが――」

母親は、はい、と応えてうなだれる。

「いつも静かで真面目なんですが、どうも今回の教材には関心が持てないようで――」

何を言っても、「はい」と「申し訳ありません」以外の言葉が出て来ない。道子が喋るほどに頭を低くする。どういう点が問題なのか、何に気をつければいいのかなど、思いつくことを話しても、何かお聞きになりたいことはありませんかと発話を促しても、申し訳ありません、と返って来る。生徒以上に、道子との位置関係に優劣を感じているのだ、感じさせているのは自分なのだろうか。それとも、この学校の雰囲気なのだろうか。

窓は開け放たれているのに、風がそよとも入ってこない。暑い、と思いながら、目の前の母親は自分よりもっと暑いだろうと思った。そう思うと、だんだんいたたまれないような気分に落ち込んで行った。

「彼らにとって、源氏物語や万葉集はどういう意味があるんでしょう」

夏休みを前にした日の夕方、と言ってもまだ陽は高かったが、国語科の学期末の打ち合わせで、授業中の反応が乏しいことを嘆いた後に、ついそんな言葉をつけ足してしまった。

「進学校ならまた違う意味で関心を持つんだろうけどね」

邦子が、気持ち分かると言うように頷きながら言う。

「受験勉強として、ということ？　でも、それはそれで、矛盾を抱えそう」

「そう、それはそれで、なのよねえ」

邦子がそう言って頷いた時、主任のSが、

「受験勉強は別にして、うちの生徒だけじゃなくて、多くの高校生にとって、国語なんてそんなに意味はないんじゃないですか」

外した眼鏡を拭きながら、道子の顔も見ずに言った。

「ただ、そういう文化、文学が日本にあることを日本人として知っておくということが、いつか彼らに必要な時も来るんじゃないですか。例えば農産物を外国に売りに行くようなことも起こるかもしれない。その時に、そうした文化を持っているという自負があった方がいい。

眼鏡を嵌めて、顔を上げて、やっと道子の顔を見つめた。

「そんなに難しく考えることはないんですよ」

Sの白いポロシャツの肩に蝿がとまっている。牛小屋から飛んで来たのだろうと思いながら、Sの言葉に反応していた。

「文化があることを、教える、だけですか。それが国語の教師の役割？」

蝿がSの肩から机の上のSの湯呑の縁へ移った。Sは気づかずに言葉を続ける。

「それ以上の意味を考えても仕方がないですよ。国語科でやるようなことは、好きなら自分勝手にどんどんやれるんだから。僕たちは一通りの文学史的常識を教えればいいんだと思いますよ。それが高校の国語科の役割です」

Sは澄ましてそう答えた。Sが湯呑に手を伸ばす前に蝿は飛び立った。

この間は、生徒の親を呼び出しての指導を指示しながら、実際は指導など無理で親を呼び出すことに意味があるのだと言った。今日は、国語科の教育に大した意味はないと言う。Sはいつも、社会の約束事を自分なりに解釈し直してことを進めているようだ。それはそれで賢い方法なのかもしれない。生きることに草臥《くたび》れないために。

国語科でやるようなことは、好きなら自分でどんどんやれるというのは否定できなかった。相沢みゆきのような生徒にもっと条件があったら、たくさん本を読むだろう。くよくよしている自分なんかとっくに追い越してしまうだろう。そしたら教師の自分はいったい何を教えるのか。

いや、教えなくともいいのだ。以前のように読んだ本の内容を話し合ったり、感じたことを確かめ合ったり、時には批判し合ったり——それができればいいのではないか。みゆきがスカーレット・オハラとナナを比べたように、文学なんか、と言っていた和也に『青春の歯車』を紹介できたように。

でも、今のところ、そんな生徒との触れ合いの糸口は見つけられない。本当は生徒の中にそれを見つけ出すこと、そんな生徒を探し当てることが、国語科の教師の役割なのかもしれないけれど。

突然、窓から涼しい風が吹き抜けた。こんなに厄介な思いを抱えている人間に対して、風は平然と、こんなにさわやかに吹くのだと思っていた。


「いったい、本当に自分は何をやっているんだろう、と思う」

その日、遅く帰った憲吾にSの言葉を伝えながらそう言った。

教師辞めたい、と初めて憲吾に言ったのはJ農業高校に移って暫く経った頃だった。授業に行っても、廊下ですれ違っても、静かでおとなしい生徒たちだった。どうすれば心を開いてもらえるのか、途方に暮れた。それから時々、落ち込んだ時などに、愚痴をこぼした。憲吾は殆どの場合、黙って聞いていた。

いくし、それではいけないとは誰も言わない。でも、生徒の方も、何でこんなことやらなきゃならないんだと思っている――」

憲吾は少し顔を曇らせて、それから口を開いた。

「嫌だという気持ちが態度に現れて、生徒の方も嫌になっているんだろうな。悪循環だ」

きっと、その通りだ。

「T高校の時は、そんなことは言わなかったよな。あそこではうまくいっていたのか」

うまくいっていたのだろうか。よく分からない。T高校での教師集団や近づいてくる生徒との触れ合いで、つまり、T高校という職場で元気でいられたから、授業の方もあまり疑問を持たずにやれていたのだろうか。

「本当のところはどこに問題があるのか、教師を辞めるのが根本的な解決になるのか、よく考えないと」

憲吾はそう言う。でも、私には合わない。元々人を教え導くなんて柄じゃないと思う。

教師は生徒と対等にはなれないと思う。T高校の生徒は労働者だったからまだその要素があった。普通は高校の生徒はそうではない。私はあなたより物識りなのだという顔をしていなければ教師なんてできないのかもしれない。けれど、そんなのは自分ではない。

自分に向いていないと思う仕事で自分の一生を縛ってしまっていいのか。教師になりたくてなれない人をいっぱい知っている。贅沢な悩みだと思う。それでも、合わないと思いながら自分らしくなく生きていくのは嫌だ。

働かないという選択肢は持ってないから、ちゃんと働く場所を見つけるから、教師を辞めたい。折に触れて、憲吾に向かってそう言うようになった。

もう少し頑張ってみないか、と彼は言う。まだちょっとしか教師をやっていないじゃないか、結論を出すのは早過ぎる。女性が働きながら出産し、子育てしながら働くなんて、今の日本では簡単なことではないんだぞ。赤ん坊を抱えた母親が安心して働ける職業なんて、今の日本には本当に少ないということをしっかり肝に銘じること。教師はその条件が整っている数少ない職業だ。

その通りだった。教師絶対辞めたらだめだよと言った友人の言葉が甦る。反論のしようがなかったが、一度教師を辞めたいと考え始めた頭には、働き続けるための条件ばかりをあげつらう通り一遍の説得は沁みてこない。

「一回しかない人生なんだから納得できるように生きたい。我慢しながら、自分らしくないと思いながら教師を続けるのは、自分を大事にしていないみたいで、嫌だ」

「そんなことを言える時代か。みんなそう思いながら、我慢して続けているんだぞ」

いつもそんなところで話は終わった。何も進展しなかった。苛立ちばかりが燻ぶった。

憲吾との間で何も話は進展しないのに、時間が経つにつれて、道子は自分の気持ちを抑えら

らない。

公務員試験を受けようと思った。高卒で銀行員になった姉が、勤め始めて五年で、同僚たちが結婚退職した後の職場の視線に嫌気がさして、退職して公務員になっていた。高校を卒業する時初級公務員試験に受かっていてその資格がぎりぎり生きたのだとか。それで公務員を考えた。試験は法科や経済学科で学ぶような内容だと聞いた。そんな勉強はしたことがなくて、どちらかと言えば苦手の分野だが取り組んでみようと思った。夏休みの間に問題集を買い込んで準備を始めた。

それなのに――。

勇樹の時のように立ち眩みがしたり、吐いたりすることがなかった。食事も普通に摂れていた。だから気づかなかった。ただ、やたらと眠かった。

二学期が始まり、また通常の生活に戻った。仕事を終えて勇樹を迎えに行き、帰って洗濯機を回しながら、勇樹に夕食を食べさせて風呂に入れて寝かしつける。洗濯物を明朝外に出せばいいだけの状態で室内に干す。台所の後片付けをすれば、仕事を持ち帰ってさえいなければ、その後は受験勉強ができる筈だった。けれども、そこまでを大急ぎでやり終えて机に向かうと、いつも居眠りをした。本を開いていても、何も頭に入ってこなかった。何だかおかしい、と思い始めて、やっと気づいた。二人目を妊娠していた。秋の初めになっていた。

どうやら無理だ、少なくとも今の自分にこの受験に向き合う力はないと思うしかなかった。

公務員試験を諦めてしまうと、再就職に向けての努力の仕方がわからなかった。

10

お腹はだんだん大きくなった。勇樹の時よりも大きいような気がする、と邦子に言うと、あなたよく食べるよね、と返ってきた。きっと食いしん坊の子どもなんだよ、と。

公務員試験を諦めたら、もう何も考えなくなって、お腹の子どもに生理を牛耳られながら、動物としての本能で生きているような気がした。よく食べた。開き直ってよく寝た。

冬が近づいていた。日が暮れるのが早くなって、ももの木保育所に勇樹を迎えに行って家に帰るともうすっかり暗い。

玄関で靴を脱いでいると電話が鳴った。勇樹が走り出すのを慌ててつかまえようとしたが失敗した。大きなバッグもまだ手にあったし、何より勇樹はすばしこくなり、こちらはお腹の重みで動きが鈍くなっている。

勇樹が受話器に向かって何か喋っている。受話器を外す際に落としたりして切ってしまうことが多いのだが、今日は成功したようだ。

「とうたん」

そう言って両手で持っている受話器を掲げて得意気に笑った。憲吾だった。今日は早く帰れ

あるだけ湯船に放り込んで長い時間騒いでいた。少しのぼせて出て来て、まだ憲吾にまとわりついていたが、間もなく眠ってしまった。勇樹を布団に寝かせて、暫く二人でその寝顔を見つめていた。

「こんなのが二人になるのか」

息を吐くようにして憲吾が言う。そのいくらか笑みの浮かんだ顔に向かって、うん、と頷いてから言った。

「やっぱり、教師、辞める。予定日が四月の末だから、三学期をきちんと勤めて、それで終わりにする。そう決めた」

憲吾は顔をしかめた。

「仕事はどうするんだ」

憲吾も、専業主婦の妻を持つという生き方は考えられない人間だ。

「探す。子どもが生まれてすぐという訳にはいかないだろうけど、何とかする」

勇樹の時に、保育園は申し込めば入れると思っていてみんなに呆れられた。自分の考えることはいつも甘い。今もそうだ。きっと誰もが甘いと言うだろう。その通りだ。今度は乳児と幼児二人の小さい子どもの母親なのだから、もっと、だろう。

でも、何とかなる。何とかしようと思えば、きっと何とかなる。目を瞑《つぶ》って歩き出すような気持ちでそう自分に言い聞かせていた。

憲吾は道子の顔を黙って睨んでいた。

学校に辞職を申し出た。少しずつそれが知れ渡っていくと、驚いたことに多くの男性教師が頷きながらそれがいいという態度で話しかけてくるのだった。

——正解だと思いますよ。小さい子どもを二人も抱えて勤め続けるのは大変です。

——子どもが小さい内は、やはり、母親が傍にいるのが一番だから。

——子どもがある程度大きくなったら、ほら、教師は代替え要員という働き方もできる訳だし、あなたの決断は賢明ですよ。

いや、あの、と本当のところを言いかけてはやめた。ここで、議論をしたって疲れるだけだ。それに、そもそも教師が嫌で辞めるなどと、教師をまっとうに続けている人たちに威張って言えることでもなかった。が、それにしても、子どもを抱えて働いている女教師を、この人たちはそんな目で見ていたのかと、改めて気分を落ち込ませた。

邦子や権藤、何人かの親しい人たちには勿論正直な気持ちを伝えた。引き留める言葉はかけられたが、それ以上は何も言わなかった、というより、道子が聞く耳を持っていなかったのかもしれない。

年が明けて二月、県知事選挙が予定されていた。

を知って喜んだ。

今回は現職が退陣を表明していた。現職の後継候補は、F氏——ずっと教育長としてA県の管理教育を推し進め、A高教に対する対決姿勢を鮮明に、多大な圧力をかけ続けてきた人物だった。

組合の先輩たちに聞いた話では、F教育長になってから、行政に忠実な教師が登用され、生徒に人気のある良心的な教師が管理職候補から外されるというようなことが繰り返し行われた。ひどい時には、PTAを背後から動かして特定の教師を転勤させるよう仕向けて、教師集団の分断を図ることもやったとか。昨年春の一日ストの時の機動隊の捜査だって、彼が関係しているに違いないのだった。

彼だけは知事にしたくない——と、普段政治向きのことはあまり話さない教師がぼそりと呟いたりした。

けれども、革新陣営の方の動きは歯痒かった。社会党は全野党共闘にこだわるが、民社党は共産党との共闘を拒否する。社公民という線も一時は浮上した。四年前の革新のうねりはどこへ行ったのかと、道子の周囲でも焦りのような雰囲気があった。

「N市長選の時だって、そうだったからな」

権藤が車の後部座席で呟いた。ライトをつけているが周囲は暗く、権藤の声も低い。

「N市長選？」

革新候補が勝利して、手に入る限りの新聞を買って読んで、それでも心が昂って、学校へ電話を入れて内村と話したあの時。あれからまだ二年も経っていない。

「あの時も社会党が全野党共闘にこだわった。だが、公明と民社は共産党と組む気がない。市民が突き上げてやっと社共共闘ができた。だから、勝つには勝ったが、前の県知事選の時N市で取った票より、はるかに少なかった」

権藤が抑揚のない声で、それでも、きちんと説明してくれる。

「そうだったんですか」

ハンドルを握ってライトが照らす前方を見つめながら、声を出した。

「私、あの時は、単純に喜んでた。単純に嬉しかった。県で初めての革新統一の勝利だと思って、それだけで」

「まあ、それはその通りだ。大事な成果であることに間違いはない。実際、この二年間のN市政は評判がいい。やっぱり革新市長だ」

権藤の声が少し高くなった。

「あの時は、候補者が決まったのが告示の二週間前だったが、それからあとは頑張った。社会党の成田委員長も、共産党の不破さんも来たし、東京の美濃部さんや京都の蜷川さんも応援に来た」

そうだ、道子も新聞で読んだ。N市はすごく盛り上がっている、と思っていた。

そんなところだ。ここはいつも全国の状況から少しずれている」

道子が新米教師としてT高校に赴任して驚いたように、県自体が自動車産業に依存しているような状況で、そこで働く労働者たちは、反共意識の強い労働組合に組織されていた。政党で言えば社会党と民社党支持で、共産党と共闘しないことが暗黙の了解になっている長い歴史があった。だが、革新統一で戦った四年前の県知事選は、当選には至らなかったが善戦した、ついにA県も変わり始めたと思っていたのだが――。

「まあ、この県は、いろいろ難しい」

権藤がため息をついた。それから、ふいに、

「もう決まったことだから、今更だが」

口調を改めて切り出した。

「お前さんが教師を辞めるということは、その分、この県の民主教育の度合いを後退させるということなんだぞ」

低い声だ。驚いて、

「私なんか、何もやっていません」

ハンドルさばきに動揺が響かないように、ライトの先を慎重に見つめながら、そう言った。

「そりゃあそうだ、誰も一人では大したことはやってない。ただ、そういう人間を多数にすることが大事なんだ。教育を牛耳られないために。分かるだろう、今更だけどな」

はい、と小さな声を出した。以前、防衛大に行った教え子の話をしながら、教育を牛耳るのが一番手っ取り早いのだと権藤が言ったことを覚えている。

「まあ、どこに行っても、大事なところを忘れないことだ」

権藤が静かにそう締めくくった。


県知事選は、民社党が自民党と結んでFを推したことで、結果的に社会党と共産党の共闘が成立した。釈然としない経過だった。出遅れてもいた。候補者も何人かにあたって決まらず、最後に社会党の元国会議員が立った。

投票日の翌日、いつもの選挙のように、会議室のテレビはつけっ放しで、時間の空いている教員が時々開票速報を覗いていた。

「あ、良かった。村岡先生、お電話です」

授業を終えて戻ってきたら、ちょうど事務室から出てきた事務員に声をかけられた。

電話は事務室の入口の机に置かれている。

「もしもし、村岡です」

「生駒さん？　川本です」

ああ、と声を上げた。学生時代同じサークルで、やはりA県に就職している川本昭の声だ。久しぶりだ。以前のように旧姓で呼びかける彼に、どうしたの、と思わず弾んだ声を出しかけ

口早に言う。え、と言ったまま、後が続かない。同じサークルで、川本や道子と同じ学年の矢野文子の笑顔が浮かぶ。いや、笑顔しか浮かばない。

何で？　と辛うじて声を出した。

「結核だって」

「結核――いまどき、そんなので、死ぬの？」

うん、と川本の声は低く沈んだ。いまどき――なのに、死んだ。信じられないと思うけど。僕も信じられないんだけど――。

正月休みに生家に帰った時、具合が悪いと聞いて見舞いに行ったのだと言う。でも、療養所に入ったからということで会えなかった。療養所に行っても今は面会ができないだろうと言われた。それで結局会っていない。でもまさか、こんなに早く逝ってしまうなんて――。

「先生、大丈夫？　顔が青いけど」

受話器を置いてぼんやりしていたら、先程から道子の様子を窺っていたらしい事務員の女性に声をかけられた。

「大丈夫、ありがとう、ちょっと。辛い知らせを受けたので――ぼんやりしてしまった」

そう言って、事務室を出た。お大事に、と後ろで声がした。

しかし、そんなことがあっていいのか。こんなに若くて逝くなんて、そんなことがあっていいのか。私はこうして、二人目の命を生み出そうとしているのに――。

廊下は冷えた。背筋を悪寒が走った。

急に後ろが騒がしくなった。会議室の戸が開いて何人かが出てきた。

「Fが当選したよ」

追い越しざまに道子に結果を教えてくれる声があった。踵を返して会議室に入った。大きなテレビの前にまだ数人が座っていた。テレビの画面の中でF陣営の運動員たちが、Fを真ん中に万歳をしていた。

二年と少し前、この部屋で共産党が躍進したと聞いて喜んだのに。あれからたった二年とちょっとしか経っていないのに。フミさんが死んで、Fが当選して——。

廊下に出て、窓硝子越しに暗い空を見上げた。朝は少し雪が舞っていた。今はその影はないけれど、冷たい風が吹いているのだろう、木々の枝がざわついている。

急に悪寒に襲われて耐えるように背を丸めた。お腹の中で、子どもが強く道子の腹を蹴った。

第三章　清友会

「ジャパン・アズ・ナンバーワン」と、日本経済の発展がたたえられている。インフレと不況が同時進行する深刻な経済危機だとして「減量経営」を口にしつつ、安価な労働力を求めて企業は海外進出に舵を切り、利益を確保し国際競争力を強めている。

国内は少し前から「一億総中流」だそうだ。ローンでマイホームや自家用車が取得できる。テレビの普及で情報格差も減った。都市と農村の間に差がなくなりつつある。物質的豊かさを誰もが享受できる消費社会の到来、と新聞で盛んに宣伝されている。

1

病院建設の工事現場の一画に設けられたプレハブの小屋、いかにも仮設といった感じの薄い板の階段をとんとんと上がった硝子の引き戸の向こうが医療法人清友会の病院建設事務所——道子の今日からの職場だ。

初出勤であった。九時に、と言うので五分前に来たが、軽くノックをして引き戸を開けると誰もいない。戸板をそのまま天板に使ったような大きな机が中央に置いてあって白く埃が積もっていた。

ここが、清友会の本部機能の半分を担っていると教えられたが、それにしては殺風景であった。大体、人がいない。

この同じ建物で面接を受けた時、道子は自分自身が腰掛けている木製のベンチや、書類の置かれた机の埃が気になっていた。もしこの部屋に出勤するのだったら、まず机と長椅子を拭きたいと思った。それらがその時のままの状態でそこにある。

道子はためらわずに部屋の隅のバケツと雑巾を手にした。勢いよく蛇口から水を流してバケツに水を張り、固く絞った雑巾で拭うと、机も椅子も生き返ったように艶を帯びて光る。埃っぽかった部屋がしんと落ち着いたのを僅かの時間立ったまま見ていた。ここが自分の職場なのだった。再就職なのだから今度こそ頑張らねばと大きく息をついた時、仮設の階段を踏んで誰かが戸口に近づいた。

ガタガタと音を立てて引き戸を開けて入ってきた山崎は、雑巾を手にしている道子を見て、お、と声を上げた。

「すみません、勝手に」

「いや、それはいいけど。ま、それくらいにして」

はい、と素直に返事をして、バケツと雑巾を片づけた。今からはこの山崎の指示で自分は動かねばならない。確かに自分の主たる仕事は掃除ではないようだった。

「この間も電話で簡単に説明したけれど、あなたにはこの清友会の人事教育課で、教師の経験を生かして、主として看護学生を相手の研修を担当してもらいます」

そう言いながら山崎はベンチの隅に腰を下ろした。道子も神妙に頷きながら、山崎の手の動きに応じて、向かい側に座った。


それまでいくつかの無床診療所しか持っていなかった医療法人清友会が、新しく病院を建設するに当たり多くの人員を募集していると、かつての教員仲間の金子が電話をくれた。

「ほしいのは医療事務員らしいんだけど」

電話の向こうの声が、ちょっと逡巡しているような感じだった。

「医療事務員？　医療に携わる事務員ということですか？　病院の受付とか？」

それもいいと思いながら言った。仕事に注文をつける気はなかった。できることなら、何だっていい。自身の力が生かせる仕事がいいに決まっているが、自分に何ができるのかもよくは分かっていないのだから、何にだって挑戦しようと思っていた。

「いや、良くは知らないけど、医療事務は月初めに結構残業があるらしいんだ。だとしたら、まだ子どもが小さいから難しいかなと思いながらね。けど、もしかしたら、別の仕事があるかもしれないし。何しろ病院開くんでどんどん採用してるみたいだから。それで、一度行って見たらどうかと思って」

半年前にN市に転居した。その通知に併せて、働き口を探していることを何人かに知らせたのだが、そんな風に心に留めてもらえているのは嬉しかった。

教えられた通り清友会に連絡し、就職の希望を伝え、採用面接試験を受けた。

小さい子どもが二人だと、医療事務は月初めに集中して残業があるんだけど、難しいよね。面接の時そう言ったのは、総務部長と紹介された男性だった。横で山崎が頷いていた。

やっぱり無駄足だったかと思った時、面接に立ち会った一人——専務という紹介だった——が、一歩下がって履歴書を睨んでいた顔を上げて、教師をやっていたのなら、山崎君のところにいいんじゃないか、と言った。

三日後に山崎から電話があって、採用すると言う。残業、無理ですけど、と言うと、いや、医療事務じゃなくて、私の部下——人事教育課に入ってもらいますと言った。教師の経験を生かせると思います、と。思わず胸の内でため息をついたが、どうやら「元教師」が決め手で採用になった。

教師を辞めて二年半が経っていた。

調も思うに任せず就職活動を中断したが、教師を辞めるという決意だけは翻さず、産休に入って間もなくの年度末で退職した。

就職先なんかすぐに見つかると思っていた。贅沢を言うつもりはない、小さな会社のささやかな事務職――タイプでも何でも、今からでも研修すれば身につけられるだろうと。だが、履歴書を持参すると、「元教師」に相手は戸惑いを隠さなかった。

うちは、高卒くらいでいいんです。大卒やら元教師なんて、そんな人は――。

同じことを何度か言われた。大学を出ておられるんなら、もっと大きな、立派な会社へ行かれた方が――。そんなことは気にしないでほしいといくら頼んでも駄目だった。

戦後のベビーブームと言われた時代に生まれ、大学に進学する人間も急速に増えていると思っていた。進学校に通い、周囲と一緒に大学に行った。就職して教師になれば、同僚は大学を卒業した人間ばかりだった。「大卒」が特別なことという意識はなかった。

だが、考えてみれば高校進学は大多数にはなっていたものの、大学に進学するのはまだ二割に過ぎず、女性はもっと率は下がる。特別なことだったのだ。大体自分だって中学校までは、高卒で就職し、良い結婚相手を見つけて主婦におさまるのが普通の生き方と考えていたではないか。

その価値観を覆すことになったのは中学の生物の教師Eとの出会いで、大学に行って広い世界を見なさい、勉強しなさいと彼女は言った。家が貧乏だから無理だと言うと、働いて家に金を入れねばならないのかと訊く。そこまでは求められていないが、学費は出してもらえないと答えると、豪快に笑った。そんなもの、奨学金とアルバイトで何とでもなる、私もそうやって大学を卒業したと。突然目の前の世界が開けた気がした。仕送りなしを条件に親を説き伏せて、四年間の学生生活を送った。卒業して教師になった。

そこまではまず順調だったと言えるのだろう。けれども、教師を辞めてしまった。当人が、自分には合わなかった、良い教師にはなれそうもなくて自ら辞めた教師失格者なのだと主張しても、世間から見れば「元教師」に間違いはないようだった。

二男は親元には帰らずに近くの産婦人科医で出産した。最初の診察の時、医師に、長男は児頭骨盤不適合で仮死産だったと告げたら、そんな風には見えないと首を傾げた。予定日になったので薬で陣痛を起こしたのだと言ったら、自然が一番、自然に陣痛が起こるまで待ちましょうと返って来た。深く納得していた。

勇樹の時は、病院の陣痛室と分娩室のベッドの上での苦しい時間があまりに長かったので、もし、陣痛というものがあれほど長く苦しいものなら、今度はぎりぎりまで産院に行く時間を遅らせようと考えていた。明け方、間違いないと思う痛みが襲った時、陣痛と陣痛の間の時間を測り、間隔がかなり短くなってから憲吾を起こした。

玄関の緊急ベルで起こされた医師が、まだ眠そうな雰囲気で診察して、途端に、お、と声を

に上がって、助産師の言葉に合わせて何度か大きく呼吸をしたら、するりと二人目はこの世に生まれてきた。

翌日の夕方、憲吾がドアを開けて病室に入って来るなり、高い声を出した。

「ベトナム戦争が終わった」

少し前からアメリカ軍はベトナムから撤退していたし、兆しは見えていた。が、実際に南ベトナム政府が降伏し、解放戦線がサイゴンに無血入城したと聞くと、こみ上げてくるものがあった。

「ベトナム戦争が、終わった――」

その瞬間、生まれた赤ん坊のことも忘れて、憲吾の顔を見つめていた。多分、憲吾も同じ思いだったろう。

「終わるんだ。ベトナム戦争だって、終わるんだ――」

低い声が出た。ずっと世界の矛盾の象徴であり焦点であった戦争、世界情勢を語る時、真っ先に取り上げられた戦争、が終わった。世の中が大きく変わるのだと思った。世界も変わる。自分もきっとまた希望を持って生きられるだろう。

だが、退院して、昼間、耕輔と名付けた二男と勇樹との三人で過ごす生活が始まると、いつも忙しいのに、何もしないうちに一日が過ぎていった。日々の生活を成り立たせるだけで精いっぱいで、結果的に思いがけず専業主婦になっていた。たまに、時間をやりくりし、子どもを友人に託して就職の面接に臨んだが、望むような返事はもらえなかった。

「N市に引っ越すか」

憲吾がそう言ったのは、テレビでロッキード事件のニュースを見ていた時だった。

耕輔が間もなく一歳になるという二月、アメリカの航空機メーカーロッキード社の日本への航空機売込みに絡んで、政府高官に三十億円もの贈賄があったことが明らかになった。国会に証人として喚問された小佐野賢治なる人物は——経営コンサルタントという言葉を道子はこの時初めて知ったのだが、そう紹介されていて、収賄側の一番の大物、元首相田中角栄の友人とのことであった——は肝心のところに来ると「記憶にございません」と同じ言葉を繰り返して内容に関わる証言を拒否した。そのとぼけた様子は、国民に向けて本当のことを言わない世界の存在というものを思わせた。この言葉は小学生までがふざけて口にするほどの流行語になった。七月に田中角栄元首相はじめ政府高官が逮捕された。

いったいこの世の中はどうなっているのか。自民党の金権体質はかねてから言われていることではあるけれども、金額の大きさは道子の想像を絶する。世の中はこんなことで回っているのか、一所懸命日々を生きている庶民がどこまでも虚仮《こけ》にされるこんな社会に、非力な自分たちがどうやって挑めばいいのか、などと思っていた時、憲吾が同じ画面を見ながら、全く別のことを言い出したのだ。

憲吾の職場はN市だった。思いがけない提案だったが、確かにその通りかもしれなかった。憲吾は友人からN市の市営住宅入居を勧められたと言う。

「公営住宅は収入が多いと申し込みそのものができないけれど、今の我が家は十分資格はあるだろう」

少し皮肉っぽい笑みを浮かべて言う。

憲吾一人の給料で家族四人が生活しているのだから確かに資格はあるだろう。その生計のささやかさと、テレビの中の億という単位の贈賄のニュースとの懸隔を改めて思いながら憲吾の顔を見つめていた。

「N市の革新市政下で暮らしてみるのも悪くないかもな。とにかく、あんたの仕事を見つけないと、俺の人生計画も狂ったままだ」

そう言われると、身が竦む。

「責めてる訳じゃない。とにかく先へ進もうということだ」

憲吾の言葉に黙って頷いた。

N市の市営住宅は申し込み者も多くて、何度か抽選にはずれた。やっと当選して転居したのは、勇樹が四歳になり、耕輔がもうすぐ二歳という年の四月の初めだった。

N市は市長選を控えていた。転居したばかりで選挙権はなかったけれど、近くにあった「赤旗」の出張所に購読を申し込みに行ったら、選挙への協力要請をされた。言われた通り、勇樹と耕輔の二人を連れて選挙事務所に行った。子連れでできることがあるのだろうかと思っていたが、子どもも一緒に宣伝カーに乗ってほしいと言う。シンボルカラーの緑のスカーフを二人の首に巻き、勇樹には同じ緑のハンカチを渡して、窓から振るように教えた。耕輔もほしがったので、飛ばさないように手首に結んだ。二人にとってはこの上ない面白い遊びだったようで、窓から乗り出すようにして手を振った。信号で車が停止してスピーカーからの声が止むと、勇樹が信号待ちの人たちに向かって、候補者のMの名を連呼して、お願いしまーす、と声を張り上げた。驚いてこちらを見る人の多くがすぐに笑顔になった。手を振り返してくれる人も多かった。二人は最後までご機嫌だった。

電話かけも頼まれた。耕輔が寝たのを見計らって、もらった名簿の順に電話をし、候補者の名前を出すと、ああ市長さんね、入れますよ、と多くは気持ちのいい反応が返って来た。そうか、現職なのだ、市民に親しまれているのだと、改めて革新市政の下に来たのだという実感を噛みしめていた。

M市長は再選された。

J農高での勤務の最後に近い頃、労組の分会長の権藤から、最初の選挙の時、政党の共闘がなかなかうまくいかなくて、辛勝の体《てい》だったことを聞かされた。だが、当選後、市長室を開放して市民との対話に努め、六十五歳以上の地下鉄・市バス料金無料化や私立高校の授業料助成

2

転居前の就職活動では、大卒、元教師が断られる理由に挙げられたけれど、清友会ではその「元教師」で採用された。再就職の初っ端から複雑な思いを抱えることになったが、職に就いたからには、その世界で自分らしく頑張るしかないと、目の前の山崎の顔を見つめていた。

「人事の仕事についてはまたゆっくり説明します。医療の世界のことは多分何も知らないだろうけど、それもきちんと知識を身につけてもらわないとこの仕事はできないから、時間を取って勉強してもらいます。が、とりあえず、今日から取りかかってもらおうと思っている仕事があるので——」

あの、と道子は山崎の言葉を遮った。

「ここ、今、ほかのどなたもみえないみたいですけど、他の人事教育課の方は？」

山崎は表情を変えずに二、三度頷いた。

「人事教育課と言っても課長の僕一人だから、昨日までは。今日からは二人になりますが」

え？　と思わず声を上げた。課長の山崎が何人かの部下を抱えている部署に配属されるのだとばかり思っていた。

「あなたに最初にやってもらうことは、感想文集を作ることです」

道子の戸惑いには何の関心もないという風に山崎はそう言うと、部屋の隅の床に積んであった大きな紙袋の一つを持ち上げて、拭いたばかりの机に置いた。袋の底についていた砂と埃が周辺に散った。構わず山崎は袋に詰め込まれた紙の束の中から何枚かを取り出した。鉛筆の丸っこい横書き文字が紙面を埋めている。

「夏休みに、うちでやった看護学生の研修の感想文なんだけどね」

「看護学生の研修って、何をするんですか」

「半分は医療や看護についての講義やディスカッション、半分は現場研修。実際に現場に入って見学したり、ちょっと手伝ったり」

何となくイメージは湧く。

「看護学生は、何と言うか、真面目な人間が多い。看護婦になろうと思う時点でそうなんだと思うけど。で、良い医療をしているうちのような医療機関が研修を呼びかけると必ず応募者があるし、一定期間の研修をすればそれなりに感動がある。書いてもらった感想文をまとめれば、本人たちも再確認ができるし、参加しなかった学生に配れば、宣伝にもなる」

良い医療——清友会ってのは民医連に加盟していてね。紹介してくれた金子が電話の向こうでそう言った。聞いたことあるかな、ミンイレン。

受話器を握りしめて頷いた。慌てて、はい、と声を出した。知っていた。

学生時代の二年間、寮で暮らした。一年の終わり頃、卒業を控えた薬学部の四年生の先輩と

「＊＊病院」

彼女は嬉しそうに笑った。

「民医連加盟の病院なの」

「ミンイレン？」

「民主医療機関連合会の略。綱領を持って良い医療活動を実践してるの」

ああ、と頷いた。その言葉を初めて聞いたが大体想像がつく。名前に「民主」を冠する団体。大学に入って一年、その言葉が頭につく組織を数多く知った。

「良い医療に携わりたいからね、ずっと就職を希望してたの。で、採用されたの」

「良かったですね」

そう言いながら、教師にはそういう「民主＊＊」などという就職口はないのだろうなあと、サークルの先輩たちのことを考えていた。

その民医連に縁あって就職した。そして、あの寮の先輩が携わっている活動に自分も加わることになったみたいだ。彼女と違って、畑違いという気はするけれど。

「その研修って有料なんですか」

そう言うと、一瞬、山崎は目を見開いた。それから破顔した。

「有料です。但し、払うのはこっち」

は？　と小さな声を上げた。

「学生たちにとっては、アルバイトでもある訳」

絶句していた。

そうだなあ、とあまり表情を変えない山崎が笑っている。普通は研修させてもらった方が金を払うんだなあ――。

「人事課だから、仕事は一般の企業における労務管理ではあるけれど、ここの人事の仕事の一つ、非常に大きな一つだけど、それは看護婦集めだと思ってもらっていい。看護婦は、どこも、いつまでたっても不足している。新卒学生は奪い合いだ」

山崎は真面目な顔になってそう言った。

「そのためにいろいろな工夫をしている。学生の内から知り合って信頼関係を結んでおくことが大事で、研修もその一つの手段です」

「あの、私、基本的なことが分かってないんですけど、看護学校って働きながら行くんじゃないんですか。信頼関係を築くとか、そんな暇というか、余裕あるんですか」

山崎は二、三度頷いた。

「昔からの看護婦養成のイメージだね。うん、それを知ってるだけでもいい方だ。でも、看護婦になるには実はいくつかのコースがある。看護婦に正看と准看があるのは知ってるね」

「名前だけは」

うん、とまた頷いてから、山崎は看護婦養成制度について説明を始めた。中卒もしくは高卒

行きながら働き、資格を取ってもそこで勤め続けるパターン。だからこういう看護学校は大体医師会が経営している。最近は高校の衛生看護科で高校生としての三年間を送って准看というのもある。准看は更に上の学校へ行って正看になることもできる。だが今一番ポピュラーなのは、高卒後三年の看護教育を受けて正看になるというコースで、これが一番早く正看になる道です。勿論看護婦は国家資格だから、試験に受からなければなれないけど。それとは別に、四年制の看護大学もできてる。けど、ま、これは、今は考えの外においていい——。

「研修を受けるのは、その高卒後三年の学校へ行っている人たちという訳ですか。働いていない、純然たる学生」

「そう、普通の学生。自治会活動も活発で、大学自治会の全学連に相当する看学連に結集している。僕たちが——僕はあなたと同い年です——学生だった頃と変わらない。研修の宣伝なんかも自治会を通すことが多い」

同い年か、と思いながら、ゆっくり頷いた。

「じゃあ、これまでのイメージが、今の説明でどう変わったか教えてください。まず、そもそも看護とは何か。いや、それはいきなり難しいか。じゃあ、看護婦の仕事はどういうものと考えているか。いたか、でもいい。そこのところから」

もう、面接は終わったと思っていたのにと思いながら、言葉を組み立てる。

——看護婦の仕事は、医者の補助だと思っていました。医者の指示に従って診療の手助けをする小間使い的なイメージ。

山崎がゆっくり頷く。

――でも、高卒三年、大学並みの教育を受けるのだとしたら、認識を変えなければというところです。少なくとも自分が「補助」と考えていたのは間違っていたのだろうと思います。

そう答えながら、その学生生活も、自分たちが送っていたものと違わないのだろう、自治会活動だってある訳だから、そう思った時、不意に道子の脳裏に、立ち並ぶタテカンとそこに記された赤や青の生乾きの塗料が滴る文字列が蘇った。ヘルメットと角材、スピーカーで増幅され谺するアジテーションの声。思わず目をつぶって、否々と心の中で首を振る。そんな訳がない、今話題に上がっているのは、堅実に看護を追求している看護婦の卵たちなのだ――もっとも、革マルは医学部にも多かったが――。

一瞬の心の彷徨を咎めるように眉根を寄せた山崎の表情を見て、彼が口を開くより早く道子は喋りだした。

――そもそも看護とは何か、については勿論まだわかりません。正直に言えば考えたこともない。でも、学生たちの中では、おそらくその辺り――つまり、良い看護とは、というようなことが、学習しながら追求されているのでしょうね――。

山崎は黙ったまま、二度頷いた。

学生時代、教育系のサークルに所属していた。そこにいた友人たちは、常に、良い教育とは

のに、差別されてなりたい教師になれない活動家も多くいたのに、自分は教師になって、結局、辞めてしまった。

　看護学生たちもきっと、かつての友人たちと同じなのだろう。良い教師になりたいと考えていた学生たちのように、良い看護婦になることを真剣に考えているに違いない。両方とも人に接することから始まる仕事だもの。良い看護婦になるためにも――アルバイトを兼ねているにしても――この清友会に研修に来るのだ。目の前の感想文の書き手たちはおそらく真面目な学生たちなのだ。全然違う世界に来たと思っていたのに、何やら自身の情けなさを思い知らされるようで道子は忸怩たる思いに駆られていた。片方で、放り出したものをもう一度かき集めてやり直しができるかもしれないというような気持ちも湧いていた。

「よし、大体いいでしょう。時間もないので今日はここまでにしよう」

　山崎が表情を変えずに言う。

「いずれ、看学にも行ってもらいます。とにかく看護婦は不足している。競争も激しい」

「看護婦獲得の競争？　看護婦はそんなに不足しているんですか」

　山崎は道子を見据えて大きく頷いた。

「うちは間もなく病院がオープンするから余計だけど、そうでなくとも、看護婦はどこも常に採用している」

「常に？　そしたらいつか余って来るんじゃないんですか」

「それが、補充するのと同じくらい辞めていくんだな。その意味では、看護婦の世界は通常とはちょっと違う、普通の労働者は、就職したら、そう簡単には転職を考えないが、看護婦は就職先はあるから、その辺り、割合簡単に考える。定着率は低い」

はあ、と心もとない返事をした。

「それもこれも、きつい仕事の割に賃金はじめ、労働条件が良くないからなんだが」

ふっと息を吐いて、

「もっと言えば、ずっと国の看護婦に対する政策が適当と言うか、好い加減なんだな。戦争があったり、病気の流行があったりすると、応急処置みたいに短期間で養成したりとか。だから看護婦養成でも、さっき説明したようにいろいろあって、看護婦内部でも格差がある。さっきあなたは小間使いと言ったけど、いまだに開業医の中には看護婦を下働きとしてしか見ない医者もいる」

山崎が黙り、道子も何も言うことができなくて、ほんの暫く睨み合うように向かい合った。いろいろ知らなければならないことが多そうだと思っていた。

「ま、ともかく」

山崎が気を変えるように明るい声を出した。

「看学生と普段から接触して、うちの医療の魅力を語る。うちの良い所を知ってもらって、卒業時に就職を決めてもらうのが、僕たちの仕事の大半です」

その言葉に引っかかった。

「元教師、にどういう意味があるんですか」

「元教師というだけで、まず注目される。医療や看護についていろいろな話をするにしても元教師と言えば説得力がある。勿論勉強して、中身を作らないといけないけど」

でも、と道子は俯いた。軽く唇を噛んで、それから顔を挙げた。やはり、きちんと言っておくべきだと思った。

「私は、教師が嫌、と言うか——自分に向いていないと思って、自分から辞めた人間なんです」

山崎が一瞬目を光らせた。

「元教師は事実だから仕方がないけど、それを生かすことなんて——自信がありません」

ふむ、と山崎が小さく声を出した。

「なるほど。わかった。だが、それを言うのはこれきりにしてほしい」

山崎が見つめる。道子も見つめ返した。

「あなたにとっては大きな問題だろうが、あなたがどういう事情で教師を辞めたかは、どうでもいいんだ。いずれ看学生に講義のようなことをすることもあるかもしれないが、看護学校で授業をする訳ではないし、元教師ということをそんなに負担に思う必要もない。だが、教師が嫌で辞めたというのは、少なくともここでは口にしないでほしい」

曖昧に頷いた。

「じゃあ、今日の仕事。まず、この研修の感想文を片っ端から読んで。研修のイメージも具体的になるだろうし、読んで、看護婦の卵が感じていることに共感したり、批判したりできる人事教育担当らしい感覚を磨いてください。さっきも言ったけれど、最終的には感想文集を作ってもらいます」

「あの、でも、これ、夏休みの研修の感想ですよね」

もう二ヵ月以上経っているではないか、という思いで声を出した。

「いいんです、これが活躍するのは、彼女らが就職について悩み始め、僕らが忙しくなる三学期です。これが僕らの武器になる」

山崎は澄ました顔でそう言った。

「じゃあ、僕はこれから出かけなくてはならないので、後で感想を聞きます」

「感想文の感想ですか」

真面目な質問だったのに、山崎はくすりと笑った。

「昼には戻ります。メシは一緒に行きましょう。それから、誰か来たら適当に自己紹介して。そしたらあちらも自己紹介するから、きちんと名前や肩書を把握すること。職員の名前その他を摑むのは、人事課の職員の基本業務だから」

言いたいことだけを言って、遅くなったとでも言うように、山崎は大きな音を立てて引き戸

3

看護学生たちの研修感想文を読むことは、山崎の言う通り、道子にとって何よりの医療の世界に対する学習になった。

彼女らのスケジュールは一週間単位で組まれており、講義や討論をする座学が入り口で、ここで医療や看護に対する問題意識や姿勢を確認する。そして、実技。医師の診察の前に患者の訴えを聞く看護婦の予診、診療の介助、処置室での注射や採血などの実際の患者の身体に触れる技術に関わる実習があった。それらは殆ど見学なのだが、患者の中には、驚いたことに、やってみるかね、と採血を学生にやらせる人もいるらしい。

私、ミカンでしか練習したことない、と言って尻込みしたが、誰だって初めての時は経験ないさと言われ、恐る恐る採血させてもらったと、感動的にその場面を描き出している感想文もあった。

清友会が拠点を置くN市南部は高度経済成長期、大気汚染という公害をまき散らして発展した。おかげで清友会の診療所は気管支喘息をはじめとする公害患者を多く抱えていた。そうした患者に対して献身的に治療にあたる清友会に厚い信頼を持っている患者の中には、研修に来る看護学生に親切に対応することで、清友会に対する感謝や親愛の気持ちを表現する人もあるのだと、後で山崎が解説してくれた。

さらに、民医連加盟の清友会は運動体であったから、研修の時期によっては公害患者の会の集会や、喘息児童とその母親らを中心に作っている親睦会の行事に参加したりなどの外に出かけていく行動が日程に組まれることもあって、それらは通常の医療の現場とは違う感動を学生たちに与えているらしい。実際の患者や住民と触れ合って感激している学生たちがそこにいて、読んでいくと、確かにここには「民主」という名を冠しても齟齬のない実態があるのかもしれないと道子は思い始めていた。

道子が就職して一ヵ月後、病院が完成した。覆いがとられ、足場が外されて、白い建造物が姿を現した。最終的には倍の大きさになる予定で、出来上がったのは東側半分だけなのだが、そんな中途半端な感じはなくて、堂々と初冬の光を浴びて、荘厳にさえ見えた。

工事現場のプレハブだった道子の仕事場も、病院の敷地の隅に新しく建てられた事務所に移り、道子にも専用の事務机があてがわれた。

開院前の一日、記念祝賀会が開かれた。その日は平日で、病院所属とされた職員の多くが出席した。道子も山崎に連れられて座に列なった。

「今日の仕事は、一人でも多くの職員と話して、相手の顔を覚え、できればどんな人間かを摑むこと」

そう言われて、山崎に従って、病院のホールを利用した会場に入った。立食式のパーティー

き出した。料理が盛られているテーブル付近がやはり込み合い始めたが、

「今日はおいしいものを食べようなんて気は、とりあえず起こさないで」

と釘を刺されていた。とにかく人を見ること、一人でも多く顔を覚えること、と。

山崎の方からも、前を通る人、傍に来た人に声をかける。おお山崎君、いろいろご苦労さんと、向こうから話しかけてくる人間もいる。その都度、山崎が、

「今度人事に入った村岡さんです」

道子を紹介する。相手の部署と名前を告げて、道子に挨拶を促す。

「医事課長の稲村さん」

今も目の前を行き過ぎようとした人物を呼び止めて、山崎が道子を引き合わせた。

「村岡です。よろしくお願いします」

山崎の後ろで殊勝に頭を下げながら、山崎が口にした部署と名前、そして目の前の笑顔を手掛かりに、ここのところ頭にたたきこんでいる全職員の履歴書ファイルを頭の中で繰って、該当する一枚を探り当てる。あれだ、稲村博、確か関西方面の大学を卒業、B診療所事務長を経て今回病院医事課課長予定――。写真からは大柄で押し出しが強そうな感じを受けたけれど、意外と柔らかな人当たりだ――。

履歴書と一口に言っても様々だった。文房具店で売られている用紙の設定通り似たような事実を書き込むのだから同じようなものができそうだが、実際は個性的だ。自筆だから字の上手

下手も印象を左右する。几帳面かどうかを字体が語るようにも見える。学歴を小学校入学から書く者も、「＊＊卒業」と最終学歴だけ書くのもいる。学歴・職歴を眺めていると、一人一人について想像をたくましくしてしまうが、余分な先入観は御法度だった。

道子はそれらの履歴書に、全部目を通すように言われた。そしてしっかり頭の中に叩き込むこと——。それが人事課の基本業務の第一段階だった。

職員名簿も作った。病院は職員の配属の方針がまだ確定していないようで、言われた通り開院後の予定名簿を作って提出すると、あくる日には、この五階A病棟のSさんは中央処置室に変更になったから、と訂正を指示されたりする。履歴書でしか知らないSなのに、小さい子がいるから、夜勤大丈夫なのかなと思ってました、などと一人前の口を利いている自分がいた。そんな風に全職員の名前と職種、配属部署を覚えた。初対面の職員に対して、頭の中の履歴書ファイルを繰って名前と所属をすらすらと口にして、「人事は怖い」と言われたりもした。今日の開院記念祝賀会は、その仕事の総仕上げと山崎の中では位置づけられているようだった。

職員の開院記念祝賀会の翌々日の土曜日の午後、看護学生を招待しての祝賀会が組まれていた。学生と二人で会の進行係を務めるように言われた。学生の方がプログラムも考えてくれてるから、彼女に従いながら気を配ってください。ああ、それから、会が始まる前に、病院見学をすることになっている。人数が多いから二つか三つのグループに分けてやります。一グルー

この一ヵ月、多くの来客に病院内部を案内した。まだ完成してなくて入れないところも壁越しにでも話すべきことは話すように言われて、ガイドになったつもりで、教えられた案内の内容を暗記した。何もかもわかっている顔をして、ここでオペ前の手洗いをします、などと言っていたのだが、ずいぶん後になって、実際の手術前の医師の、信じられないほど時間をかける、手の皮が剝けそうなくらいの「手洗い」を硝子越しに見る機会があって、間違ったことは言っていないと思いながら、少し気が引けた。

病院を案内し終えて、その後ホールに集まって、学生自身が作ったプログラムに合わせての祝賀会が始まった。

司会を担当するのは、市大看学自治会の執行委員長で、秋山です、と笑顔で名乗った。マッシュルームが少し伸びてしまったような髪が、首を傾げたりの動作と一緒によく動く、陽に焼けた元気な学生だった。

短い院長の挨拶の後、総婦長の音頭で乾杯をして、以後は学生たちがそれぞれ準備してきた演し物が続いた。道子は時計を見ながら進行状況を確認したり、テーブルの飲み物や菓子類が足りなくなっていないかなどに気を配るだけで良かった。

「では、次は、K看学のうたごえサークルのみなさんです。歌っていただくのは――」

秋山の良く通る声で紹介されて、舞台の左右からばらばらと飛び出してきたのは十人ほどのお揃いのトレーナーを着た学生たち。ラジカセからの音楽に合わせて踊りながら、テンポのいい歌を歌い出した。うたごえサークルと紹介があったのに、学生時代のイメージと違っていた。道子の知っている「うたごえ」は、広場や公園での集い、ファイアストームの周囲などにこそ似つかわしかったが、舞台に立つ時は、聖歌隊とまでは言わないにしても、整然と並んで歌を披露した。せいぜいスクラムや肩を組んで音楽に合わせて体を左右に揺するくらいだったと思う。

だが、あれからどれくらいの年月が経ったというのだろう、今、看護学校の学生たちは舞台で飛び跳ねている。大きく広げた両手を天に突き出したり、足を軽やかに上げたり下ろしたり、飛び上がったりもする。

そう言えば、と思い出していた。大学在学中の四年間殆どテレビを見なかったが、その間に歌番組というものがずいぶん変わったみたいだと思ったことがあった。以前は歌手の後ろで何人かが踊ることはあった。所謂バックダンサーという奴だろう。が、久しぶりに見たテレビの中では、若い歌手が歌いながら自ら踊っていた。よくあれで声が出せると感心したのだが、今は「うたごえ」もそんな風になったのかと少し歳を取った気分でいた。

看護学生を招待しての祝賀会も無事終わった。何人かの学生たちとも仲良くなれた。病院玄関前で、地下鉄の駅までぞろぞろと連なって帰っていく彼女らに手を振って別れを告げて、改めて背後に控える白い壁を振り返ってみる。

明後日に病院は開院する。ここまでが一区切り。これから本当の仕事が始まるのだと思いな

4

道子たちがT市から引っ越して入居したN市の市営住宅は、新築で、四棟で成っていた。ワンフロアは、中庭を背にして東と西向きにそれぞれ二十の計四十戸で、十階建てだから一棟で四百戸になる。

一歩踏みだせば田園地帯というようなT市の借家から移って来た道子たちには、都会のスケールの大きさと、それとは裏腹の狭隘さや圧迫感を同時に突き付けられる住まいだった。四階の東側、南の端から三番目の部屋が新しい我が家だ。

エレベーターが南北の端と中央にあった。この三基のエレベーター前のホールが各階の東と西をつなぐ通路で、結構広いスペースが確保されていて、雨の日などはそこで小さい子どもたちが三輪車に乗ったり、ままごとをして遊んでいた。

ある時、勇樹が声を上ずらせて玄関に飛び込んで来たことがあった。

「こうちゃんがエベレーターで行っちゃった」

エレベーターがエベレーターになってしまうのをいつも注意する。落ち着いて言い直せばちゃんと言える。が、今は道子も勇樹もそれどころではない。

「エベレーターが来て、ドアが開いて、そいで、こうちゃんが乗って行っちゃった」

時々、誰も乗っていないのにエレベーターが停まってドアが開くことがある。多くは悪戯で、すべての階のボタンが押してある。機械の方は律儀に一階ごとに停まってドアを開閉するのだ。二人で、エレベーター前で遊んでいたのだが、勇樹が気づかない内に、耕輔がその開いたドアから一人で乗って行ってしまったらしい。

どこかの階でエレベーターホールに出て、いつもと様子が違った時、二歳になったばかりの子どもはどうするだろう、と思った時、果たしてこれ以上ないと思うくらい大きな泣き声が耳に届いた。

「こうちゃんだ」

勇樹が叫んで、あそこだ、と指さしたのは中央の三階のエレベーターホールだ。手すり越しに耕輔の姿が見えた。行ってくる。言うなり、勇樹は走って行った。一階下の七軒ほど向こうだが、多分エレベーターを降りて、わが家を探しながら真ん中のホールまで行ってしまって、途方に暮れて泣き出したのだろう。勇樹は階段を駆け下りて行った。追いかけた道子は、耕輔がまた乗ってしまうといけないと思い、中央のホールでエレベーターを呼んだ。

一階下で降りると、目の前に、まだべそをかいている耕輔と、耕輔の前にしゃがんで頭を撫でている女性、その傍に神妙に立っている勇樹がいた。

「ああ、大野さん、ありがとうございます」

女性は、新築のこの住宅に自治会を作る活動の中で親しくなった二回りほど年上の大野澄子

澄子がそう言うと、勇樹も、

「もう一人で、エベレーターに乗っちゃあ、ダメだよ」

耕輔に言い聞かせている。澄子と顔を見合わせて笑ってしまった。勇樹は、多分、お兄ちゃんとしての責任をずしりと感じていたのだろう。

一棟四百戸単位で自治会が作られた。その活動に参加したことで、憲吾も道子も知り合いをたくさん作ることができたが、自治会活動に手を挙げた人間に、勇樹や耕輔のような小さい子どもを持つ親はいなかった。大野夫婦は孫のように二人を可愛がってくれたし、道子たちよりもずっと若い新婚の夫婦もいて、彼らも子どもができた時の為の練習、などと言いながら、二人を遊びに連れ出してくれたりした。道子が就職活動で面接に行く時なども、気軽に預けることができた。だが、同じくらいの年齢の子どもたちと遊ばせてやりたいとも思っていた。

四棟ある内の一棟の一階部分が市営の保育園になっていた。二人を連れて保育園の傍に行くと、低いフェンスの向こうでお揃いの水色のスモックを着た園児たちが遊んでいる。滑り台や砂場、小さなジャングルジムのような遊具もある。あそこに行きたい、と勇樹も耕輔も言う。そうだよねえ、行けるといいねえと、道子も言う。何とかここに二人を入れたいと思った。だが保育園の入園は申し込み自体ができなかった。働いていないと申請ができないのだ。預かってもらえなければ働けないのに、働いていないと保育園に申し込むこともできない。保育園に預けて働きたいと思っている多くの若い母親が、このジレンマのような壁の前で立ち往生しているに違いないと思っていた。

転居して半年経って、清友会に採用されることが決まった時、すぐにその保育園を訪れた。園長が相談に応じてくれた。年が明ければ五歳になる勇樹は保育園のクラスでは四歳児、耕輔は四月生まれで二歳になっているけれど一歳児クラスになる。たまたま四歳児のクラスに一人空きがあるが、私が決められる訳ではない。すぐに役所に申請をするようにと園長は言った。一歳児の方は、これは元々の倍率も高いし勿論空きはない。今年度いっぱいは無認可保育所のようなところにまず入れる。そういうところに入れて働いていれば保育に欠ける実情とみなされる。その上で、来年度二歳児に正式に申し込むように。四歳児の方も、とりあえずどこかに預けて困っている実績を見せて、何度も役所に電話するなどの働きかけをすれば、こちらは空きがあるので何とかなる可能性はあるとアドバイスをくれた。

役所で勇樹と耕輔の保育園入園を申請した。知り合った何人かから情報を得て、地下鉄で二区離れた地域に託児所を見つけ、二人とも預けた。その事情を山崎に話すと、ではこちらからも役所に働きかけようと言ってくれた。山崎に話して一週間後に、勇樹は四歳児クラスに入ることができた。足掻《あが》けば何とかなるものだと思った。

病院開院以後も、山崎は精力的に新卒看護婦獲得に動いていて、殆ど事務所にいなかった。道子も時々は山崎と一緒に看護学校を訪問して、自治会の役員やサークル活動に熱心な看護学

中途採用者たちは――道子もそうだったが――前の職場や自身の生活と折り合いをつけてバラバラの日付で就職する。その一人一人の新入職員研修の一日目の午前中が、人事教育課、すなわち道子の担当だった。

この県に民医連ができるきっかけになった大きな台風被害。その時、一般の医療機関はなすすべもなく手をこまねいていたけれど、この地で元セツルメント活動をしていた医師たちや地域住民が、全国の民医連加盟の医療機関に救援を求め――。そんな風に、教えられた通りに清友会の成立の事情を話し、地域に支えられる医療活動の特徴と理想を話した。それから、就業規則や賃金体系、福利厚生などについて説明した。大きな顔をしてそんな話をする道子を、就職していくらも経っていない新米とはおそらく誰も思わなかっただろう。これから職員として働こうとする彼ら彼女らは、学校の生徒と違って、道子の言葉を一つも聞き逃すまいと集中して聞いていた。

三月になってからは、新卒者を中心とする四月の新入職員の受け入れ準備に追われた。五十人近い人数だった。一週間の日程で、全員一緒だったり職種別だったりの様々な内容の研修を組んでその準備をした。各現場との細かな連絡や調整などにも時間を費やした。忙しく働きながら、何かしら妙な気分に囚われていた。仕事が次々にできて、体はそれに応じて忙しく動いているのだが、頭の片隅のどこかがおかしいと叫んでいるようなのだった。心と体のバランスが崩れているような落ち着かない気分をずっと抱えながら働いていて、電車の中で高校生が、休みになったら——と話しているのを聞いて、はっと思い当たった。春休みがない——のだ。

教師には春休みがあった。三月という月は、三学期末の成績の処理などを終えれば、生徒はいなくなる。学校は休みになる。一学期末や二学期末とも違って、三月は学年末・年度末で、多くのことが一段落を迎える月だった。人事異動も含め、四月からの新年度に向けての準備がいろいろあるにしても、まずはほっとして、ある種の解放感に浸る。仕切り直しの月で、休みに向かって仕事が楽になる月とも言えた。

だが、ここの三月は新入職員への対応で、いつもに増して忙しい。そのことに思い至って、自分は教師ではない、もう春休みはないのだと、教師を辞めて三年も経って初めて、しみじみとそのことを実感していた。


半年近く、耕輔を託児所に預けた。道子が勇樹と耕輔を連れて出る時の足は自転車で、前に耕輔、後ろに勇樹を乗せて走った。そんな風に幼児二人を乗せるのは違反なのだと言われたが、多くの母親がそんな具合に自転車を走らせていた。

出勤時は勇樹を住宅内の保育園に送り、その後耕輔を託児所に送り届ける。縁側のような入り口で保母に託すのは、勇樹が赤ん坊の時のもも木保育所と同じだった。耕輔は勇樹が一週間で託児所を退所して住宅の保育園に入った時、こうちゃんもホイクエン、と駄々をこねたが、大きくなったらね、と言うと納得してこっくりと頷いた。保証のない言葉だったから、

5

夏休みの看護学生の研修に、一度くらい合宿のようなことをやってはどうだろうと山崎が言う。学生の夏休みが近づいて、カレンダーを見ながら何回かの研修の準備をしていた。

「研修の最後くらいに、山か海で」

「卒業旅行ですか」

山崎は苦笑した。

「そんな大げさなものではないけど、一泊——では寂しいかな、二泊三日くらいで、遊びと講義と半々くらいの」

どう？　と言うように道子を見つめた。

「いいかもしれませんね。山か海——公営の研修施設のようなところを使いますか」

「そう、僕も探すけど考えといて、講師は二人ばかり面白い話をしてくれる人の当てがあるから」

「山崎さんが喋るんじゃないんですか」

研修中の講義は山崎が、日本の医療の歴史や現在の医療制度などという中身で話すことが多い。

「外へ行ってまで、僕が講義することもないでしょう。もうちょっと魅力的なプランにしましょう」

「そうですね」

ここで頷くのは彼の講義が魅力的でないと言っているようなものだと思いながら、笑顔でそう言った。山崎は気にしない風に、労働者学習協議会のOさんに基本的な情勢を話してもらって、F大を退職したM先生は、少し前に北欧三国の福祉施設を視察してる筈だから——と講師について説明し始めた。

その二人の都合も聞いて、八月に入って最初の月曜日から四日間通常の研修を行い、最後の金土日の三日間を合宿に充てることになった。会場も、隣県でさほど遠くない割に山深く、ハイキングコースもある地域の研修施設が確保できた。順調に準備は進んだ。

ただ、この話が始まってから、ずっと道子の心に巣食っているものがある。いつものことなのだが、休みの日に仕事をすることを憲吾に了解させねばならないという問題だった。

この仕事に就いてから、土日に出かけて行くことが多くなった。看護学校や看学連主催の行事に参加したり、看護学生たちに参加させたいと思う、地域で運動を進めている団体の集会や講演会に誘ったりすると、当然道子も出向いて行かねばならない。土曜日は、半日勤務のところも多くなっているが、清友会はまだ一日勤務だったので、最初から保育園のお迎えその他は憲吾の仕事になった。問題は日曜日だ。憲吾は日曜日に用事が入ることが多い。その日に道子

それだけではない。労働条件、おかし過ぎないか、というのが憲吾の言い分だ。平日普通にデスクワークをして、土日は土日で外へ出かけて行く。せめて、平日のどこかで代休を与えるべきだろう、と。それは道子も同感で山崎に話してみたことがある。出ずっぱりだと家事に手が回らないし、何より子どもと接する時間が少なくなる。もし平日に代休が取れれば、その日は保育園に早く迎えに行って子どもと一緒に過ごせる。憲吾が休みを取れれば家族で遊びにだって行ける。

「気持ちは分かるが」

山崎はいつもの無表情でそう応えた。

「そういうことを想定して人事手当がついている」

確かに、道子の給与には「人事手当」というものが加算されている。大した額ではないが。

「それに就業規則にそういう規定はない」

そこで話は終わってしまう。

だから、憲吾とはいつも揉めた。おまけに今回は、宿泊を伴うのだ――。

金曜日の午後出発して、夕方早い時刻に施設に着いた。学生の参加者は十四名、それに山崎と道子と、この春就職したばかりの、学生たちの先輩にあたる若手看護婦が二人、応援に来てくれていた。

初日の夕食後、Mの講演を聞いた。北欧の、社会保障の進んでいる中、歳を重ねても自立して生きている老人たちの生き方が紹介された。

——私も実は「嫁」の立場で、仕事をしながら姑を看取りました。でも今度は自分の番。やがて高齢化社会が来ると言われていますが、老人としてどう生きるのかは切実な問題ですとMは言った。憲吾の結婚を待って同居したのに、再婚して去って行ったさわを思い出した。再婚はさわにとって自立だったのだろうか。

その後は、Mも入って広い和室に総勢で車座を作って、人が自立して生きることについての議論が始まり、時間が経つと恋愛や友人関係の悩みなどを話し出す学生もいて、入浴その他で抜けたり戻って来たり、人数を変化させながら話し合いは遅くまで続いた。これが合宿の妙味だろうと、道子も憲吾との馴れ初めなどを訊かれるままに話しながら考えていた。道子も学生時代は寮の和室で遅くまで話し込んだこともあった。あれからもう十年になるのだと思っていた。

O講師は二日目に到着予定だった。

二日目は青空の下、川の傍のハイキングコースを散策した。

川原でお弁当を広げて、また少し遊んで、みなで大きな声で歌を歌いながら宿舎に帰りついた時、車が脇を走り抜け、玄関先、道子らの目の前で停まった。ドアが開いて勇樹と耕輔が飛び出して来た。学生たちの中に軽いざわめきが起こった。

休日に仕事で出る時、憲吾に用事があれば、勇樹の方は友人の家に預けることもできたし、彼だけならと憲吾が連れて行くこともあったが、やっと三歳の耕輔はなかなかそうはいかなくて、結局いつも道子にくっついていた。幸いなことに、若い看護学生相手の仕事だから、耕輔の存在が却って場を和ませたりもして、連れて行くのはさほど負担ではなかった。そして、たまたま今回の参加者の中に、少し前の行事で耕輔の遊び相手になってくれた学生がいたのだった。

勇樹と耕輔は学生たちに囲まれて笑顔だ。出かけて来る時、憲吾が二晩はきついし、日曜日は用事があるから、耕輔だけでも任せたい。土曜の午後に合宿所まで連れて行くと話がついていて、山崎にも了解を取っていた。

その山崎が玄関先に出てきて、車から降りた憲吾ともう一人の男性と話している。同乗者がいたらしい。

「こちら、講師のO先生、ご主人の車で来られたみたいだ」

傍に行くと、山崎が道子に男性を紹介する。え？　と思わず声を出した。良く陽焼けした顔にたっぷりの白髪が映える初老の男性が口を開いた。

「村岡さんの奥さんですか、初めまして。いつもご主人にはお世話になっていますが、今日はまたまたお世話になりました」

皺の中に埋もれてしまいそうな人の好い笑顔でそう言う。知らなかったが、労働問題やら、憲法問題やら、いろいろな研究会的な活動の中で、Oと憲吾は以前からの顔見知りだったらしい。

その0を拾ったのは偶然で、最寄りの駅に着いた彼は、タクシーに乗るつもりでいたが、駅にタクシーは常駐しておらず、合宿所に電話をしようと思っていたところへ、トイレ休憩で駅に寄った憲吾が、待合室に0を見つけたということだったらしい。

「いやいや、おかげで助かりましたよ」

0はまだ笑顔のままだ。こんな偶然もあるのかと思いながら、

「でも、山崎さん、M先生を送りながら、0さんを迎えに行くんじゃなかったんですか」

そのために、山崎はハイキングに同行せず留守番していた筈だった。

「うん、ちょっと手際が悪かったな――だが、0さんとご主人が知り合いで良かった。結果オーライだ」

いつものように表情を変えずに答えた。


憲吾と勇樹は帰って行った。耕輔を連れての学生対応は、これまで何度もあったとは言え、宿泊は初めてのことだったが、耕輔は道子にまとわりつく訳でもなく、名前を憶えていてくれた学生にくっついて、ほかの学生にも時々遊んでもらいながらおとなしくしていた。0の講義が始まると、当然だがすぐに退屈して、眠くもなったようなのを機に、部屋にさがって蒲団に

がら、部屋を抜け出して講義が行われている座敷に急いだ。そっと襖を開けると、Oの良く通る声が響いていた。

——七〇年代の初め頃から、高度経済成長に由来するいろんな問題——最大のものが公害でしょう。水俣病に始まって、我々の地域では大気汚染ですね。喘息患者が急増した。それらに対して、もう我慢しない、できないとみんなが声を上げ始め、大型開発より公害対策や福祉を重視すべきだ、政治を変えようと、自分の思いを一票に託した。そして革新県政や市政が次々生まれました。一九七五年の統一地方選挙では過去最多の革新首長が誕生したんです。

そうだった、と道子は思う。耕輔が生まれた年に多くの革新首長が実現した。あの年、ベトナム戦争も終わった。世界はやっぱりどんどん良くなると思えた時期だった。

——でも、実は、あの時はなかなか難しい状況があったんです。我々のA県は知事選に負けました。ま、一度も知事を取ったことがないのだからそれは別として、東京や大阪は四年前に続いて革新都知事、府知事が勝った。勝ったけれど、例えば大阪は、支援したのは四年前の社共を中心とする革新共闘ではなく、同盟——全日本労働総同盟というのが正式な名前ですが、これは民社党一党支持です。それと、総評——日本労働組合総評議会、こっちは社会党支持で、これに公明党も組んで反黒田——黒田さんというのが四年前に当選した革新知事の名前ですが——に回ったんです。だから、政党としては共産党だけだった。

かなり政治的な話だ、大丈夫かな、と後ろから学生たちの様子を窺うが、昼間の疲れで眠くなってもおかしくないのに、みんなまっすぐOを見つめて話を聞いている。

――何でそんなことになったかというと、自民党の共産党を除く野党抱き込み作戦が基本にある、どうも彼らは共産党が怖いんだね。だから、何とか共産党を野党の中で孤立させようとする、ここが基本なんですが――。

ふいに、道子の脳裏に、二年半にもなるのだが、忘れられない光景が浮かんだ。

大型電気店に入ると、たくさんのテレビが並んでいた。すべてのテレビが国会審議を中継していた。その場に用はなかったから通り過ぎようとしていた。けれども、突然聞き覚えのある声が、聞き逃せない事柄について話しているのに気づいた。宮本顕治……リンチ……殺人……。低く濁った特徴ある声の主は民社党の春日一幸とすぐに分かった。驚いて振り向くと、たくさんのテレビの中の、たくさんの春日一幸が、一斉に宮本顕治を殺人犯として糾弾していた。

戦前の裁判でさえ、有罪にできなかったスパイ査問時の突発的な事故が、殺人事件として蒸し返されている。何かとんでもないことが起ころうとしている、と背筋に悪寒を感じながら立ち竦んでいた。

自民党がことあるごとに「自由社会を守れ」と言いながら反共宣伝を行っていたが、それでも足りないと、戦前の決着済みの事件を掘り返しているのか――権力の執念のようなものを感じた。この流れ――戦前の治安維持法や、特高警察の存在を容認するような反動的潮流――が

そして、確かにあの後の選挙、あの年の十二月の総選挙の反共攻撃はすさまじかった。結果は、公明、民社が伸び、共産党・革新共同は議席を二十一減らして十九議席に後退した。次の年の七月の参院選は、改選九議席に対し四議席減らし五議席の獲得にとどまった。

Oの話は続いていた。

――東京でも、前の時のような共闘がなかなかできなくて、美濃部さんが一時は不出馬を表明するというような事態もありましたが、学者や文化人、市民団体が頑張って、何とか以前と同様の革新統一ができて美濃部さんは再選されました。

大阪の方は、さっき言ったように、政党としては共産党だけが黒田さんを推しました。それでも、老人医療や障害者医療の無料化、保育所や府立高校の増設など、黒田さんは府民本意の政治を貫いていたから、大差をつけて当選しました。これはすごいことだよね。ただ、与党が共産党だけになって議会運営は難しくなった――。

まあ、でも、そういう訳で、七五年はたくさんの革新自治体ができた。それなのに、三年後の今年の春、京都府知事選で二十八年続いた蜷川革新府政の後継者の候補が敗退しました。

そこで、Oは、ちょっと言葉を切った。それから、息を吐くようにして続けた。

二十八年ですよ、いや、長いのがいいばかりじゃないけれど、それだけ府民に支持されて、僕たちにしてみたら、日本の革新の総元締めみたいな、運動のよりどころみたいなね、気持ち的にはそういう位置にあったんですよ、京都は――。

その一瞬、中空を見上げたOの示した表情に胸を衝かれた。虚ろと言っては言い過ぎの、悔しさと無念を覆う無表情。二十八年も続いた京都革新府政というのは、古い支持者にとっては心のよりどころであったのだ。その革新府政が今年崩れたのだった。

Oは学生たちに向き直った。

――今はね、ある意味正念場です。革新県政や市政を転覆して、人減らしや合理化をして低賃金で労働者をこき使い、公害をまき散らして金儲けばかり追求する企業主導の社会か、自由と民主主義を大事にし、権利が守られる働きやすい職場、福祉の行き届いた暮らしを実現する、国民や市民中心の社会か、どっちを目指すのか、今、両者がせめぎ合っているんです――。

それからOは、政府は、日本も医療費が増大しすぎているというキャンペーンを張って、これを抑制するための策を眈々と練っている。革新N市はこれに逆行する施策で、六十八歳からの老人医療費無料化を実現した、この市政を守りましょう、日本中の革新自治体を守りましょうと訴えた。ですが、本当に厳しい情勢になってきました。年末には沖縄県知事選挙もあるし、来年は東京都知事選、大阪府知事選の年です。大事な革新自治体を守るために、遠い地域でもできることはある、頑張りましょう、と締め括った。選挙の決起集会みたいだと、ちょっと心配になったが、学生たちは一所懸命拍手を送っていた。

寒くなった。季節のめぐりが早い。清友会に就職して一年と少し。いろいろなことがあった。年が明けて暫くすれば、また今年の春のように、新しく就職する職員に関わる研修をはじめとした様々な仕事があるのだろう。やっと、仕事のサイクルというものが分かってきたかなと思う。一年だ、教師を辞めて、全く新しい社会に入って、一年——。

そして、春になれば勇樹が保育園を卒業して小学生になる。

「村岡さん、お帰りなさい」

すっかり暗くなった中を、自転車に耕輔を乗せて保育園までたどり着き、灯りのついた門の前で自転車を停めた時、園庭から出て来た大野澄子に声をかけられた。澄子の脇には勇樹と同じクラスの立花篤子がいる。

「あれ、大野さん、今日は篤子ちゃんのお迎えですか」

そう言いながら耕輔を抱き下ろす。彼はすぐさま園舎の勇樹のクラスに向かって走りだした。

「こうちゃん、走ると危ないよ。——勇樹君のお母さん、こんばんは」

耕輔の背中に声をかけてから、篤子は灯りの中で道子に笑顔を向けて挨拶した。年長クラスにもなると、女の子は大人びている。

「今日は立花さん、残業なのよ」

大野は保育園に入るような小さな子どもはいないけれど、時々、帰宅が遅くなる誰彼に頼まれて子どもを迎えに来たり、預かったりする。保母たちとも顔見知りで、面倒見のいい、地域の若い母親の後援者的な存在だった。

「それで、今日は、学童へ行くの、ね」

篤子の言葉に、え？　と声を出した。

「そうだ、村岡さん、あなた、勇樹君の学童、申し込んだ？」

「ああ、ええ、いえ、まだ――」

小学校に入学すれば当然保育園は卒業で、低学年の間は下校時間が早いから、親が帰宅するまでの間を一人にしないために、学童保育所というものを親たちが作っていると、澄子からも同じ保育園の親仲間からも教えられた。自分たちで運営をするのだから、時間も取られるし大変だけれど、でも、絶対入れた方がいいよ、と。そうか、助かるな、と思っていた。一年生を鍵っ子にするのは忍びない。そう考えていたのに、忙しさにかまけてまだ申し込みに行ってない。

「早く申し込んだ方がいい。結構希望者多いみたいだから。篤子ちゃんはもう申し込んであるんだけど、見てみたいと言うから今からちょっと寄ろうかなって。良かったら、今から一緒に行く？」

いた。慌ててそちらに走った。

「とにかく親の会で運営している訳だから、みんな、何らかの役割を担ってもらうことになっています。村岡さんには物資の担当になってもらおうと考えています。ある意味一番忙しい。今、物資の担当者は一人で、とても大変だから。村岡さんは頼りになりそうだ」

大野澄子と一緒に学童保育所に行って、とりあえず入所の意思を示し、三日後に改めて説明を聞きに行った時、親の会の会長の海野は笑顔でそう言った。額が少し薄いけれど、頂点から後ろ側に長く伸びた髪をポニーテールのように縛っている。丸い顔に丸い眼鏡がどことなく漫画の世界のようで、怒った顔を想像しにくい顔立ちだ。

三年前に親たちが市と交渉して設立したという学童保育所は、家賃は市に頼ることができたが、指導員の給与は親が出さねばならなかったので、負担を軽減するために、様々な物資を販売して利益を上げてその一助としている。とりあえず、今これを売ってるんだけど、一着でも二着でも売れないかな。入所希望者多いけど売ってもらえば入所は確実。

海野は道子が澄子と一緒にとりあえずの顔つなぎに行った時、笑顔でそう言った。彼が手に取って見せたのは紺色のジャージの上下で、申し込みの遅れに不安を抱き始めていた道子が、じゃあ、職場で宣伝しますと言ったらカタログを渡してよこした。翌日の昼休み、病院の食堂で食事中の顔見知りに声をかけたら三人が注文してくれた。その成果を持って海野を訪ねた。

村岡さんは頼りになるという言葉の根拠はどうやらそれで、やり過ぎたかなと思いながら、道子は物資販売の担当になった。

物資販売のほかにもいろいろな仕事があって、それぞれの進捗状況を話し合う「運営の父母の会」を月一回、それとは別に、子どもの学童保育所での生活に関わることを話し合い、子どもたちの成長を確認する「教育の父母の会」を月一回やると海野は言う。

「そのほかにも季節ごとに花見や花火大会やキャンプ、運動会や地域のお祭り参加もあるし、しょっちゅう何かの行事の実行委員会をやっている。とにかく、はっきり言って忙しいが、学童保育所中心の忙しい生活はできないという人は入所をお断りします」

そこまで言うかと思うくらい、子どもの入所を希望する親を前にしての説明会の時も、海野は「忙しい」を連発した。二年生以上の親たちがそれに頷く。だが、笑顔だった。忙しいけど楽しいよと何人かが言った。

春になり、勇樹は一年生になった。ランドセルを背負って小学校に通い、放課後は学童保育所に行った。道子も殆ど毎日のように夕食後に学童保育所に行くことになった。物資販売担当は、頻繁に在庫確認の作業が必要だったし、担当の仕事だけでなく、指導員が体調を崩した、休みの間の代替要員をどうしようとか、町内会からこれこれの苦情が来た、どう対処するかとか、果ては、誰それが最近不安定なのはどうも親の夫婦仲がおかしいことからきているようだ

しょっちゅう忙しく接触している親たちは、いつの間にかすっかり気の置けない仲になって、ある種のコミュニティを作っているようでもあった。

勇樹が小学校に入学してから、彼の学校生活や学童保育所のあれこれにばかり気を取られていた。職場と学童保育所と自宅の三ヵ所だけで生活しているような日々が続いて、昨年夏の看護学生の合宿で、O氏が話していた春の東京都知事選や大阪府知事選で革新勢力が敗退した時も、ああ敗けた、日本はどうなるんだろうと気落ちしながら、それはそれと脇にやって、新しい生活に必死だった。

7

外を歩くと暑いと感じる季節になった。そろそろ事務所に冷房を入れてもらわないと、などと考えながら事務所に戻ってくると、ああ、丁度帰ってきました、お待ちくださいと、電話に向かって話しかけてから、経理の高階鈴子が受話器を掲げた。慌てて受け取ると、どっかの看護学校の学生さんだって、と鈴子が小さな声で付け加える。

夏の研修の問い合わせだった。昨年の合宿に参加した県立看護学校のBさん。楽しかったし、とても勉強になったので、今年も参加したいと言う。ああいう話は学校では聞けないし、もし今年も合宿をやるなら後輩たちにも勧めたいと。

嬉しいけれど、今年はまだやるかどうか決まっていない。やることになったら、また自治会経由でチラシを届けるのでその時はよろしくと、電話の礼も添えて話を終えた。

少し前、山崎に今年は合宿をどうするのかと訊ねたところだった。やるなら早い内に宿舎など確保した方がいいと思っていた。

「そうだな」

その時、山崎はそう応えて、暫く黙った。

「とりあえず、通常の研修のスケジュールを組んでみて」

思い直したようにそう言ったが、合宿、去年、結構評判良かったと思うんですけど、と話を向けても、もう反応しなかった。そう思って見れば、ここのところの山崎は、いつも何か考え込んでいて、心ここにあらずとでもいう雰囲気だった。

結局合宿の話は出なかった。そして通常の研修を計画しようという時、病院の看護婦の田村美奈子が人事課に派遣されて来た。この間まで内科病棟の婦長だった。清友会の婦長は全体に若くて、美奈子には、勇樹や耕輔と同じくらいの子どもがいる。婦長は夜勤はないものの、よくやれているなと思っていた。

「ううん、やっぱり、きつかった。しょっちゅう夫婦喧嘩」

道子が率直に、感じていたことを告げると、美奈子はそう言って笑った。

「だから、今度の話、喜んで受けたの」

美奈子と二人で看護学生の研修の準備をした。看護の中身については本職だから当然美奈子は道子より詳しく、その分専門的な内容に関わる提案もあったが、実行に移す段になると、費用や人手の問題も絡んで企画化できないことも多く、結局、昨年とあまり変わらない内容になった。美奈子は、その自分の提案が一つ一つ落ちていく過程にむしろ感心するように、他職種の人と交わって仕事をすることの意義を学んだと頷いていた。

看護学生たちの夏休みの研修が一段落すると、美奈子は病院へ帰って行った。内科病棟には美奈子に代わって新しい婦長がいる。どこへ帰るんですか、と山崎に訊ねると、婦長室、と返って来た。確かに職員名簿には「婦長室付け婦長　田村美奈子」と道子の筆跡で書かれているのだった。

専務の姿を暫く前から見ないと思っていた。勿論、道子と専務は仕事の上では何の接点もない。自分が働く清友会という経営のトップとして認識しているだけの存在である。けれども、たまたま同じ建物の中に机があった。病院が完成して、その敷地内にプレハブではない本部事務所が建った、と道子は思っていたのだが、これも病院が軌道に乗るまでの、様々な業務を片付ける、いわばまだ仮の建物で、そのため狭くて、専務といえども一室を持つことはなく、道子の机のある一画とは、大きくて頑丈そうな衝立一枚を隔てただけの部屋の隅が専務の仕事場だった。

冷たい風が吹き始めた頃から、そこに専務の姿を見ない。

「専務、長期の出張ですか。ここのところずっと見かけませんけど」

深い意味はなかったが、衝立を眺めて、ふと、珍しく隣の机に朝からずっと座っている山崎に訊いた。ふむ、と声がした。また最近のぼんやりした対応で躱《かわ》されるのかと思ったが、山崎は道子を見つめ返した。

「去年の春の新入職員研修の資料をまとめてくれないかな」

そろそろ春の準備を始めなくてはならないとは思っていた。だが、道子の問いに全く答えない山崎に、膨れっ面をしそうになった時、

「誰がやるかは分からないから、誰でも、それを見れば、何とかできるように」

いつものように無表情で、そう言った。

「どういうことですか。誰でも、って」

「専務もいなくなった。何がどうなるか僕にも分からないが」

そこで山崎は口を噤んだ。突然、ここのところの山崎の長い沈黙や、仕事の進捗状況を点検もしない様子などへの不審感が一気に湧き上がった。

「専務がいなくなったって――何がどうなるかって――何を言ってるんですか」

睨むように山崎を見つめた。

山崎が道子の視線を逸らす。

「こんな言い方は嫌だが、分かりやすく言えば、まあ、合理化、か」

黙って山崎を見つめる。

「申し訳ないと思うが、僕はあなたを守れそうにない」

「人事課がなくなる。それで、私はどうなるんですか。山崎さんは？」

「あなたは多分、病院に異動だろう」

「病院——」

「医事課です」

え、と小さい声を上げた。

「そんな、無理です」

医療事務の仕事は患者の目に見えるところでは、診療時間内の受付、カルテ出し、会計などがあるが、見えないところでの大きな業務として保険請求がある。外来と入院それぞれに、患者一人につき一ヵ月に一枚のレセプトと呼ばれる請求書を作成して各保険者に請求する。病院で行われる医療行為を収入に換える大事な仕事だ。

その保険請求は、基本的に残業で行われていた。請求書は毎月十日が締め切りだから、月初めから十日間だけの仕事で、医事課の人員定数は通常の診療が回る範囲に抑えられ、保険請求は残業で乗り切るというのがこれまでのやり方だった。

就職の時の面接時、医療事務だと残業が多くて、小さい子どもを二人抱えている道子には無理だろうと、清友会を教えてくれた金子も言ったし、面接の場でもそういう話で、いったんは就職を諦めかけた。だが、人事教育課にということで採用になったのだ。その時無理だったものは、今だって無理だ。

「でも、そしたら、山崎さんは？」

「僕がどうなるかは分からない」

山崎は表情を変えずに淡々とそう告げた。

8

ソ連がアフガニスタンに侵攻した。社会主義国の筈の——その辺りが怪しいということは、学生時代から言われていた。自由と平等の国ではなく、独裁者が君臨する国だと。社会帝国主義と呼ぶ人もいた——それでも、世界で初めて社会主義革命を成し遂げた国だったのだ。そのことを思えば心は騒ぎ、しかし、漏れ聞こえてくるその国の現実を思うと心疼く。

そのソ連が、またも——そう言うのは、道子の学生時代にも、ソ連のチェコ侵攻ということがあったからだが——他国に侵攻した。大国主義というのか、覇権主義というのか、およそ許容できない事態が起こっているのだった。

革新自治体が日本を覆いつくして、世の中はどんどん良くなるのだと思えた時もあった。け

発言が自衛隊幹部によってなされた。マスコミが騒いで、それを口にした当人は更迭されたけれど、そもそも有事法制の研究は政府の指示によるもので、今も続いている。日米防衛協力のガイドラインもできた。首相は靖国神社に参拝するし、元号も法制化された。政治の右傾化を危惧していたＪ農高の分会長権藤の顔が思い浮かぶ。平和な暮らしや民主主義が少しずつ浸食されていくようだ。

こうした動きに対抗すべき勢力の方はすっきりしない。社会党は「保革を分ける分水嶺に安保を踏み絵にするのはもはや時代遅れ」などと胸を張って言ってのける。秋の総選挙で共産党は議席を増やし、社会党は減らした。道子のような単純な人間は、増やした共産党にこそ学んでほしいと思うのだけれど、社会党は反対側へ身を寄せていく。そして、それと対応して労働戦線の再編が叫ばれている。総評は社公中軸論を取り、幹部は「左右の全体主義」という言葉を使って共産党を排除する。世界も日本も不穏だ。道子自身の進退が、とんでもない処に追い詰められているこの時に。

医事課への異動が示唆された。月初め十日間、ほぼ夜十時までの残業という勤務は、小学一年生と保育園児を抱えた道子には、夫が退勤時間になればさっと帰宅できて、後は特に用事もないというのでない限り、不可能と言うしかない。

そう思いながら、道子は自分の心の中に、可能ならば病院の仕事をやってみたいという気持ちがあることを自覚していた。できる訳がないと思いつつ、である。

二年間本部の人事教育課で仕事をしてきて、それなりに頑張ってきたとは思う。だが、いつもどこかで、この職場の根幹の部分を飛び越えて仕事をしているような気がしていた。元教師という履歴で採用され、新米なのに昔からの職員のような顔をして新入職員や看護学生に清友会の歴史を語り、医療活動を紹介した。手抜きはしなかったが自分自身が心もとなかった。自分は、自分が本当のところでは知らないことを、さも何もかもわかっているように振る舞っている――そして皮肉なことに、それは確かに教師に似通った面でもあった。教師だって何もかも分かっている訳ではない、得意な分野もあれば苦手な部分もある。だから、学習指導要領に沿って指導の要点を記した、教師の「虎の巻」と言われる書物もある。それに従っていると、いつの間にか時の政権の思惑に嵌まっているということにもなりかねないのだが。

とにかく、「元教師」の経験を生かして人事教育課の仕事に携わりながら、道子には、本当のところで清友会の仕事に関わっていないような不安定な気持ちがあった。それは例えば「現場コンプレックス」とでも言えるような感覚だったかもしれない。

今度の人事異動のような案が出てくるのは、そこのところを見抜かれていたのではないかという気もする。

現場の経験がないのに、いきなりいろいろなことを頭に叩き込んで仕事をするんだから大変だね。そんな風に言われたこともあった。一度は現場に入らないとね。そうですね、と応えた

が当たり前である医療事務は道子にはとても無理だと考えていたら、こんな無茶は起こらなかっただろう。彼らをそんな気にさせてしまったのは、道子自身の現場への憧れのような気持が、もしかしたら言動に滲み出ていたのかもしれない。そう思うと、今回の異動の内示に強い拒否の態度を示しながらも、道子は片方で忸怩たる思いも抱えてしまうのだった。


異動の話を憲吾に伝えた。反応は思った通りだ。

「馬鹿な、そんなことできる訳がない」

憲吾は一蹴した。天井から吊り下げられた電灯が憲吾の頭を真上から照らしている。憲吾の顔の辺りは翳《かげ》になって、一層暗い表情が道子に迫る。

「無理だって言うべきだ」

「言ったけど、聞いてもらえない」

憲吾の目つきが鋭くなった。

「そんな仕事が、小さな子ども二人抱えた女性にできる訳がないだろう、清友会は何を考えているんだ」

勿論、反論できることではなかった。明日、もう一度言って見る、視線を避けて、小さい声でそう言うしかなかった。

出勤して来ても、衝立の向こうにやはり専務はいない。直接の上司の山崎に言っても始まらない事態なら誰に訴えればいいのか。せっかく近くに机があるのだから、直に専務に話してみようかと思うのだが、そもそも、その専務がいない。いなくなった、と山崎は過去形で言った。何がどうなるか分からない、と。人事教育課は多分なくなるとも言った。それらは多分繋がっている。

清友会は病院の開院のために多くの新入職員を中途採用した。道子もその一人だった。必要があって採用されたと思っていた。頑張って仕事をしてきたと思う。だが、もしかすると、そもそもあの時の道子の採用はきちんと位置づけられた上でのことではなかったのかもしれないという思いも、今回の話があってから道子の頭に巣食っている。

「元教師なら山崎君のところに丁度いいじゃないか」と専務に言われ、採用になった。課長一人しかいなかった人事教育課の山崎の下に部下を配置する考えが元々あって、そこに道子が当て嵌められたのだと思っていた。

だが、違ったのかもしれない。病院開院のために必要だった事務職は医療事務で、募集していたのも、それ。たまたま変わり種の元教師という人間が飛び込んできて、専務の目に留まった。人事教育課に課員を配置するという構想はなかったが、配置して仕事を作るのも、まだ方向性がはっきりとは定まっていない経営の、今後の本部事務所業務の仕事の整備の一環としてあってもいい、という程度のことだったのではないか。急激に大きくなっている経営の、まだ

そんなことを、衝立の向こうのひっそりとした空間を思いながら考えていた。

9

山崎に言われて、人事教育課をたたむための整理をしていた。看護学生の研修の手順書を作り、学生をはじめ様々な連絡先の名簿を整理し、これまでの講義の記録や実習の内容をまとめ、外へ出る活動の経過や簡単な総括も記し、今後の注意点なども添えた。年次別の職員名簿など、人事関係のファイルも整理した。自分で自分の首を絞めるような仕事だった。それでも、始めれば一所懸命になってしまう。労働者とはこういうものかと自分を笑いながら真面目に取り組んだ。山崎はいつもいなかった。

人事教育課の机の脇には小さな応接セットが置かれている。就職の申し込みなど人事課を訪ねてくる客と応対するための場所で、客がいない時には職員の休憩場所にもなる。「村岡さん、お昼にしよう」

経理の高階鈴子が弁当と膝掛けを持って近づいてきてソファに座る。鈴子は、元は地元の企業に勤めていたが、清友会の発足時声がかかって就職した古参の職員の一人だ。道子より二回り近く年上の、この事務所では道子以外の唯一の女性職員で、いつもあれこれ、道子が知らないことをこっそり教えてくれた。

道子は二人分の茶を淹れて、鈴子の向かい側に座って弁当を広げた。

「何か進展あった？」

鈴子が道子の顔を正面から見つめて訊く。見つめ返して、ゆっくりと首を振る。山崎から異動の話を聞く一週間ほど前に、やはり鈴子と二人、ここで話した時のことを思い出していた。

あの時も、こんな風に事務所に上司と呼ぶべき男たちが誰もいなくて、二人だけで弁当を食べていた。窓の外は強い風が吹いていて、時々窓硝子が軋むような音を立てた。

「何かあったみたいだよ」

その時、鈴子は弁当の包みを解きながら、少し憂鬱そうな顔つきでそう言った。

「何かって何？」

鈴子の複雑な表情を見ながら訊いた。

「男どもの権力争い」

ずばりとそんな返事をする。

「権力争い？　なんてあるの」

驚いて、誰もいないのに思わず周囲を見回しながら訊ねると、

「そういう風に言っちゃ良くないね。言い方を変えると、病院をきちんと回していくための真面目で本気の議論。でもあっちもこっちも寄せ集めで、いろいろ問題が起きてる。その対応をどうするかで、考え方が一つにならなくて〝争い〟みたいになってしまっていることは間違い

病院開設に向けては、あちこちの職場からいろいろな業種の経験者を引き抜いて来て、やっと病院が軌道に乗ることになったと山崎から聞いていた。何しろ、病院経営は清友会としては初めての経験なのだ。

病院には本当に様々な職種がある。医師や看護婦、薬剤師、検査技師、放射線技師、理学療法士などの医療従事者は誰でも想像がつくが、栄養士も調理師もそれを補助する調理員もいる。補助と言えば看護助手その他、それぞれの職種の補佐的な仕事をする職員はかなり多い。事務もいろいろで、現場での患者対応や保険請求をするのは医療事務だが、患者の目に見えないところで診療情報を整理・管理する病歴管理も、看護婦その他医療従事者の秘書のような仕事をするクラークと呼ばれる人たちもいる。備品や消耗品の管理をする総務の仕事もある。ボイラーの運転なども含めて建物全般の保全に関わる施設管理の仕事に携わる人、夜間の守衛や、掃除をする人間だって必要だ。

建物ができ、病院として機能させていくという時、それらを担う人間が「新米」では病院は回らないから、勢い、多くの経験者の引き抜きが必要だったということだろう。病院内には、寄せ集めの中堅やベテランが犇《ひし》めいて、ともかく病院は動き出したが、万事順調という訳ではなさそうだった。

道子は権力争いという鈴子の言葉に口が利けないで、ただ、鈴子を見つめていた。

「あそこにいて、何も感じない？　何も聞こえてこない？」

専務の席が窺えることを言っているのだろうとは思ったが、首を振った。

「そうか。無理か」

鈴子は一人頷きながら、

「男って、本当に困ったもんだ」

ため息をついて、これ、意外とおいしい、食べてみる？　と生協の冷凍食品らしい肉団子を、箸をひっくり返して一つ摘まむと、道子の弁当箱の蓋に転がした。道子は心をかき乱されたまま、鈴子の顔と肉団子を交互に見つめていた。

そう思って見れば、少し前から、道子が退勤する頃、何人かが専務のところへ集まるようになって、会合でもあるのかと思うことが時々あった。集まってくるメンバーは、いつも同じという訳ではなくて、ただ、大方は、道子が履歴書を見たり、直接話したりして知っている、幹部とも言うべき人たちだったが、中には知らない顔もあった。職員ではないということだろう。全員が男性であるのは確かだった。

そして、いつからか、専務の姿が事務所から消えたのだ。

でも、まさか、あの時の鈴子の話が、自身の身に関わってくるなどとは、思いもよらなかった。

「旦那さん、どう？」

鈴子の言葉に、またゆっくりと首を振る。

鈴子は今度の異動の、内示とも言えない通知を本気で心配してくれている。

「どうしていいか分からないの。どこかに訴えたいのに、山崎さんは自分には力がないというし、実際、あの人自身どうなるか分からないんだろうし」

「労組も駄目だしねえ」

鈴子がため息をつきながら言う。

清友会にも労働組合はあった。現在の病院医事課長の稲村が創設したのだそうだ。道子も就職と同時に加入した。加入自体は就職時山崎に勧められた。課長以下の職員のほぼ全員が加入している労働組合。労使協調路線ですか？　その時、道子は冗談でそう訊いた。まあ、そう馬鹿にしたものでもない、と山崎は答えた。だが、今、この本部事務所の労組の代議員を務めるIは、まだ正式の話ではないけどと言いつつの道子の訴えに、労組は人事に口出ししません、とさらりと応えた。労働組合活動に大きな影響がない限りは、と。

間もなく「通達」というものが出て、専務の辞職が発表された。当分診療所事務長経験者のKが専務代行の任に就くとあった。

次の週からKが専務の机に座った。道子の知る限り、いつもにこやかで、けれどもどこやら大雑把な感じもする人物だった。当たって砕けろの思いで、山崎がいない時、Kに訴えてみた。衝立を一つ越えるだけの専務室に威圧感はなかった。

「仕事が終わってから保育園へ迎えに行って連れて来て仕事をすればいいいんですよ。僕も共稼ぎだったけど、そうやって乗り越えて来ましたよ」

道子の訴えを頷きながら聞いていたKは、この異動を受けるのは難しいんです、何とか変更できませんかと道子が締め括ると、こともなげにそう言った。

「私は片道一時間近くかかるんです。終わってから迎えに行って連れて来て二時間、それであの子たちのご飯どうするんですか、お風呂は？　洗濯は？」

畳みかけた。

「病院の保育所に預ければいい。みんなそうしていますよ」

即答だ。思わずKの顔を見つめた。

病院の敷地内に院内保育所が設置されていた。夜勤の看護婦その他の職員が、小さな子どもを、市立などそれぞれの保育所に迎えに行った後、そこに預けた。夕飯はそこで済ませることができた。

「上の子は一年生です。夜の十時や十一時に帰宅して、どうやって朝まともに学校に行かせるんですか。一日や二日のことならともかく、それが日常になるのは無理です。Kさんだって共働きしながら子どもを育てたとおっしゃるなら、その時のこと思い出して私の条件を考えてみてください。できる訳ないと思いませんか」

喋り出すと、次から次と言葉が溢れた。

「いやあ、何とか切り抜けてきましたよ。頑張りましたよ」

した彼と改めて向かい合うと、背の高い人だとは思っていたが、恰幅の良さに少したじろいだ。Kは、大きな目をまっすぐに道子に向けていた。

「みんな、それぞれのやり方で、頑張って来たんです」

真面目な顔つきだったが、口調は明るかった。笑顔でも浮かべそうな口振りだった。

「片道一時間ではなかったけど、別の不利な事情だってあった筈でね。みんなそれぞれの条件の中で頑張ってきたんです。こっちにぶつけるんじゃなくて、親を頼るとか、預けられる人を探すとか、自分で工夫してくださいよ。どうすればいいかって僕に訊かれたって、それこそみんな条件が違うんだから自分で考えるしかないんです。まあ、一番いいのは月初め十日間は、ご主人に全面協力してもらうことですね、お父さんなんだから」

全面協力――それは、憲吾に、今彼が仕事が終わってから関わっている、様々な活動を、月初め十日間は全部やめろということだ。昨夜の憲吾の鋭い目つきを思い浮かべた。胃が痛くなりそうだった。

「気持ちは分かりますよ。でも、やってみれば何とかなるものです。みんなそんな風に破れかぶれでやってきたんですよ。子どもは柔軟です。案外慣れるものですよ」

Kはにこやかに笑みを浮かべた。

何人かの友人たちに相談した。団体交渉のように院長や事務長と話し合いを持ったらどうだろうとか、やっぱり山崎を通じて蹴ってもらうのが筋ではないかとか、何とか労組を動かせないかとかの意見が出た。年末も押し詰まっていた。正月早々の課題だねと言い合って、年末年始の休みに入った。

だが、年が明けるとすぐに、人事異動の発表があった。二月の保険請求明けが異動日だった。人事教育課がなくなるとは書かれていなかったが、道子の抜けた分の補充はなかった。

第四章　医事課

1

いつもより少し早く出勤した。病院の敷地内の本部事務所ではなく、敷地の主である病院への初出勤。タイムカードは持っていくように言われた。前の週までは本部事務所のタイムレコーダーで打刻していたカードを手に、病院の地下にある機械をちょっとの間見つめてから、ゆっくりと差し込み頭を押さえた。軽い音がしてカードがかすかに跳ね上がるのを掌で確認した。出勤時刻が印字された。今までの打刻の位置と微妙にずれている。インクの色も違う。これが異動の証だと思って暫く見つめていた。

「手の空いてる人はちょっと集中して」

医事課長の稲村が、道子を後ろに従えて医事課の部屋に一歩入ったところで、声をかけた。早番の二名が中央カウンターで朝の受け付けをしているのを除いて、まだこの日の仕事にとりかかっていない医事課の職員みんながこちらを向いた。夜の診療がある月水金曜日は、三分の一程が午後からの出勤になるが、連休明けの今日は火曜日で、ほぼ全員が顔を揃えている。

「今日付けで本部から異動の村岡道子さんです。まあ、みんな良く知っていると思うけど。村岡さんも全員分かりますね」

はい、と小さな声で応えて頷いた。勿論みんな名前は知っている。昨年の春の就職時に新入職員教育など、あれこれ関わった職員もいる。独身者が多くて全体に若い。課長の稲村と主任の岡田は既婚者だが男性。ただ一人女性の既婚者がいた。結婚してまだ一年で、お腹の大きい野村友里だ。その友里が満面の笑みでお腹の辺りで小さく手を振った。先月病院ロビーを通り過ぎようとした時、追いかけて来て、道子の異動を心待ちにしている、心強いと何度も繰り返した。

「まだ、小さい子どもが二人いるお母さんだから、いろいろ難しいこともあると思いますが、助け合ってやっていきましょう」

そう言って、稲村は道子に挨拶を促した。

「今日からこちらにお世話になります。村岡です。今稲村さんがおっしゃったように、小学一年生と保育園の年少組が一人います。正直、どこまでできるか不安でいっぱいですが、よろし

えたまま移って来た。先の見えない初出勤だった。

子どもは犠牲にしない。基本的に両親のどちらかが一緒に夜を過ごす。憲吾はできる限り協力するが、道子も職場で交渉して早く帰れる日を作る努力をする。それでだめならきっぱり諦めて退職する。それが憲吾と一ヵ月話し合って出した結論——と言っても、具体的なところでは、毎回動揺も諍いもあるのだろうとは思ったが——だった。とにかく保険請求まではまだ二十日ある。その間は無理なく働ける。この間に働き続けるためにできることを考えなくてはと思っていた。

診察の開始時刻になって、内科だの外科だの、勤務表に組まれた会計窓口担当がそれぞれの診療科に行ってしまっても、何人かが事務室に残っていた。

じゃあまずカルテ作りから覚えてもらおうかと主任の岡田が言って、羽嶋君、よろしくと声をかける。ゆっくり話をしたことはないけれど、いつも笑顔の気持ちのいい青年と道子の頭に分類されている羽嶋が、はいはいと元気のいい声を出した。

羽嶋は道子を奥の隅に導いた。

「カルテ作り、これがなかなか重要な作業で、当分これ専門でも、十分存在価値があります」

何種類かの用紙の包みが積み上げられ、ハサミやカッターナイフ、セロテープなどが雑然と置かれている作業机の前まで案内して、羽嶋は胸を張ってそう言った。

「まずこの真ん中に、この芯を二枚、ホッチキスでつける。これがうまくできるようになるのが医事課の第一関門です」

羽嶋は澄ました顔で道子を見つめる。

カルテの表紙は中央に折り目のついたＢ４サイズの厚紙で、その折り目の部分に、二センチ幅くらいのこれも縦に折り目のついた細長い紙をホッチキスで綴じつける。ホッチキスは表紙の横から差し込んで中央まで届く奥行きの長い特殊なもので、この針をきちんと折り目の上に載せるのがなかなか難しいと羽嶋が言うように、ちょっとコツが要りそうだった。折り目の上にぴったり針が重ならないと、二つに折った時に、針が歪んだ分背表紙が膨らんでしまう。

「そうなると扱いにくいし、美しくない。医事課の美学に反します」

羽嶋は胸を張りながら、澄ました顔で言う。思わず吹き出しそうになるのをこらえて、頷いた。

「そして、この芯のこちら側にこの2号紙を貼る」

羽嶋は罫線の入った薄い用紙を指した。横罫だが、真ん中に縦にも一本線が入っている。

「これがカルテの一番肝心な部分で、左側が病気の内容や治療の経過を書くところ。まあドクター専用というか、基本的に無視していい。大体英語かドイツ語だから読めない。――あ、村岡さん読めるか」

ううん、と道子はかぶりを振った。

「横文字はダメ」

「右側が僕らにとっては仕事の対象で、ここに実際にやったことが書かれる。薬をどれだけ出したとか、どういう検査をしたとか、いろいろ。それがいくらになるか計算するのが一番大事な仕事。毎日の会計も、保険請求も」

最後の言葉にちょっと緊張したが、羽嶋の教え方は冗談絡みなのに丁寧だった。芯には2号紙のほかに検査伝票などを貼る台紙を糊付けし、紹介状その他を貼付するために一部は芯のまま残しておくのだった。

カルテ作りは単純な作業だったが、注意が要った。それなりにコツを摑んでくると面白かった。仕上げたカルテを所定の位置に積み上げた時、岡田が顔を見せた。

「村岡さん、第一関門突破です」

羽嶋が大きな声を出した。

昼休みに課長の稲村に面談を申し込んだ。

病院の隣にある喫茶店で向かい合った。病院が建つ前からある、年配の夫婦が経営する小さな店で、そろそろ畳もうかと思っていたら、病院ができて突然繁盛し始めた、勿体ないから閉められない、残りの人生、のんびり楽しもうと思っていたのに、こう忙しくっちゃあどうしようもない、どうしてくれるのよなどと、客の病院職員にそう言っては笑わせている。気さくな店だった。

「野村さんは間もなく産休ですが、妊娠が分かった時から、保険請求を八時に切り上げてるんです」

何とか、独身の職員と同じだけの残業をしなくて済むように配慮してもらえないかという道子の訴えを黙って聞いた後で、その辺りは、今度の話があってから僕も考えていると稲村は言い、運ばれて来たコーヒーを一口飲んで、そう付け加えた。窓硝子を通した冬の低い陽射しが稲村の広い額とふくよかな頬を柔らかく照らしている。

「野村さんは八時に帰るんですか、毎日？」

稲村はうんうんと言うように二度頷いた。

「昔は、つまり診療所だけの頃は、大体男性が九時、女性が八時で終わっていたんです。誰かが都合がつかなくて残業できない時は、ほかの人がカバーできた」

成程と思った。そういう体制ならできるかもしれない。

「今はそうではないのはあなたも知っての通りです。日曜日は一応朝から出て五時には終わるようにしているけど、土曜と平日は大体十時です。最近はそれで終わらなくなってきて、男性の帰る時間がもう少し遅くなっている」

そこまで言って、稲村はコーヒーカップに視線を落とした。暫く唇を引き結んで黙っていたが、

「やはり、職員が働き続けられる条件でなければ良くないと僕は思う。そう思って、野村さん

「ベテランのUさんが出て、残業できないと駄々をこねる私が来た」

先回りしてそう言った。稲村が苦笑した。道子が来るのと同時に、古株の男性が一人別の部署に異動している。

「村岡さんのせいじゃない。だがあなたの言ったのは事実です。Uさんは独身、残業するのに支障はなかった。むしろ野村さんのような人を良く助けてくれていた」

どうやら稲村にとっても今回の異動は頭痛の種なのだ。

「野村さんもこれまでのように保障できるかどうか――」

呟くようにそう言うと、語調を変えた。

「一度、ご主人とお話ししたいと思っているんです。こちらの実情をよく話して、できるだけの協力をお願いしようと思う。やっぱり、ご主人に協力してもらわなければ始まらないから」

Kと同じことを言う。

「あなたの要望はよく分かりました。いや、分かっていましたという方が正しいかな。何とか考えます」

そう言って、ちょっと用事があるからと、カップの底に残った冷めたコーヒーをあおるように飲み干すと、稲村は伝票を摑んで、今日は僕が払います、今日だけね、と言い置いて去った。

「どうしたの、珍しい人と差し向かいだね」

稲村のコーヒーカップを片づけに来た店主の妻が、道子の顔を覗き込む。

「私、病院へ異動になったの」

「あれ、え？　稲村さんとこ？　医事課？」

こっくりと頷いた。

「残業もするの？」

彼女はその辺りのことをよく知っている。医事課の女子職員たちがこの店で気楽に愚痴をこぼす。道子も聞いたことがある。

「そりゃ、大変だ。村岡さん、小さい子どもさんがいるんでしょう」

「そうなの、大変なの。できるんだろうかって」

甘えるようにそう言った時、

「山崎さん、守ってくれないのかね」

カウンターの向こうから店主が声を上げた。思わず店内を見渡す。もう誰も知り合いはいなかった。

「そんなこと言ったたって、いろいろ事情があるんだわさ」

夫にそう言葉をかけながら、

「それでも、大きな声じゃ言えないけど、この頃病院はちょっと変だよねえ、前の専務も辞めたんでしょ」

2

分厚い二冊の本が渡された。

「薬価表と点数表です。これがないと僕らの仕事は始まらない」

それぞれ三センチくらいの厚みがありそうだ。二冊一緒に受け取ると、ずしりと重い。橙色の表紙の方には「薬価基準」、白と緑の表紙の方は「医科点数表の解釈」と表題があった。

「じゃあ、それと算盤を持って、行きましょう」

二日目はいきなり窓口に入って会計をやるのだと言う。今日は私が仕事を教えますと、出勤してすぐに主任の岡田に言われた。

「何にもわかっていないのに、いきなり、そんな、できる訳ないですよ」

岡田が自分より若いことを道子は知っている。これまで労組の会合などでは気楽に話していた。ついそんな口調になる。

「そりゃあ、できる訳ないです。でも、やりながら覚える、これがわが社のやり方なんだね。意外とこれが、説明から入るより早いんです。まあ、何と言うか、体で覚えると言うか、ね」

「昨日のカルテ作りとか、カルテ捜しみたいなことならそうでしょうが、保険請求の仕組みが全く分かっていないのに、いきなり窓口に入ったら、患者さんに迷惑ですよ」

一日目の昨日は、カルテ作りの後、カルテの収納がどんな風になされているか、どんな風にカルテを分類しているかなどを教えられ、翌日の予約のカルテを捜した。捜さなくてはならないのは、いろんなところにカルテが持ち出されているからだ。別の予約で抜きとられていたり、診断書や証明書などの書類を書くために、その書類と一緒に医局の医師の机の上にあったり、担当者が持っていたりする。カルテはなかなかラックにじっとしていてくれない、と羽嶋は笑顔で言った。あれこれの仕事を教えられたが、彼の説明は仕事全体の中での意味がよくわかった。なのに、今日の岡田はいきなり会計だと言う。

「一人でやれと言ってる訳ではないから。まあ、行きましょう」

手提げ金庫を持って、さっさと整形外科の診察室に向かって歩き出した。

医師と看護婦に挨拶し、狭い窓口の机の前に座る。後ろに岡田が立った。

整形外科は予約制で、昨日の内からカルテは中央受付に置かれている。道子が羽嶋と一緒に揃えた。受け付けを済ませた患者は自分のカルテを受け取り、道子が今座っている窓口まで運ぶ。それを道子たち事務員が予診の看護婦に渡す。

カルテを自分で運ぶ、つまり自分のカルテを見ることができる、そういうことはこれまでの医療機関では殆どなかった。そのことは、看護学生に対して、清友会の医療の特質の一つとして少し自慢げに道子が説明してきた事柄の一つだった。

「自分の病状や治療内容を知るのは、患者の権利ですから」

そう言うと、たいていの学生は目を瞠って、ため息をついた。

ない、みんなカルテをいつでも見られるというだけで、安心していると羽嶋が説明してくれた。それでも、医師以外が書き込んだ日本語の部分や検査伝票などは、熱心に見ている患者も多いと言う。

整形外科の診察の順序などの岡田の説明を聞いている内に、診察が終わった最初の患者のカルテが戻って来た。

「まず、開いて」

記載のある最後のページを開く。昨日道子が押した今日の日付印の下、縦線の左側に読めない横文字が何行かあって、右側は日本語だが、五、六個連なった文字が記号のようでこちらも読み取れない。

「読めないと思ってるでしょう、医者の字はなぜかみんな下手――違った、達筆でね。でも、日本語だからその内に読めるようになります。とりあえず、それ塊で覚えて。腰椎ブロック、と書いてある。その下の文字は読める？」

塊で覚える？　すごいことを言うと思ったが、岡田の言う「腰椎ブロック」のような医療行為は多分繰り返されるのだろう。塊で読みとって、それに点数をくっつけて覚えるのだろうと納得した。

「えっと、腰椎ブロックの下は、キ・ツ、次は、マル？　次はカ・イ、かな？　最後は何だろう」

「F先生の字がそれだけ読めれば立派です。ツじゃなくてシだけど。キシロカイン。神経ブロックに使う薬。腰椎ブロックの点数は点数表に書いてある、キシロカインは薬価表を見て計算して薬価を点数にするのが原則です。その前にまず、再診料——」

次のカルテが来てしまった。このカルテの主と思われる患者が、妙な顔で道子と岡田を見つめている。

「ごめんね、Kさん、この人新米なんだ。じゃあ、代わろうか」

慌てて立ち上がって椅子を岡田に譲ると、岡田は何の苦もないように、カルテの右端に点数らしき数字をいくつか書き込み、算盤を二回はじいて、Kさん、お待たせしました、と声を張り上げた。どうやら、現場の雰囲気をまずは味わわせようというのが岡田の意図のようだと思っていた。

それから岡田の脇に立って、医師の記載した文字群を塊で覚え、岡田が記入する点数もくっつけて覚えるよう努めた。下手なのか達筆なのか分からない字も、何度も眺めている内に塊がほぐれ文字として読めるようになってくるから不思議だった。戻って来るカルテが途切れた時、岡田が一つ一つの医療行為の意味を説明してくれた。

すべてが新しい世界だった。不安をいっぱい抱えての異動であることとは別に、経験したことのない仕事の楽しさを実感していた。一日一日新しいことを教わるのは面白かったし、何と言っても若い職員が大勢いて明るい職場だった。昼休みにみんなでバッティングセンターに

そして三月になって、何の進展もないままに、保険請求に突入してしまった。

レセプト用紙は透けるように薄い上質の紙だ。筆記用具は先の細いデスクペン。このペンは縦に文字を書こうとすると引っかかって抵抗するのに、アルファベットを綴るように横書きで文字や数字をレセプト用紙に記入する時、かすかな軋みを思わせる音を立てつつ、けれども滑るように走る。保険請求用に、早く書ける特別のペンなのだろうかと思った。

レセプトの文字は読めなくていいと言われた。判読不能という返戻はまずない。何より大切なのは早く書き続けること、つまりたくさんのレセプトを早く仕上げることだった。患者一人に月一枚、何の薬を何グラムあるいは何錠何日分、注射は手技料と薬何々を何ミリリットル何回、検査やレントゲン、勿論診察料。一人の患者に対し、一ヵ月間に施された医療行為を点数に換算して一枚の請求書に仕上げる保険請求。

昼間は受付や会計その他の診療に関する日常業務があったから、保険請求は基本的に夜の仕事だった。全ての目に入る事物から自然の色と光と感情を奪う蛍光灯の冷たい気怠い光とそれは不可分だった。

二十人もの人間が一つの部屋で一斉に働いているのに、人語というものが殆どなくて、あっても咳払いや生欠伸か、せいぜいため息だ。羽嶋をはじめ、いつも明るい若い事務員たちも、保険請求に入ると途端に無口になった。カルテを開く音、繰る音、たたむ音、そしてやっぱりペンの軋る音と算盤の音。上質の紙の上をデスクペンが軋る。算盤の玉がぶつかり合い、はじき合う。指が勢いよく右に引かれて、シャランと玉を揃えるご破算の音が響く。

初めての保険請求に入る前、憲吾がどうしても帰れないという三日間は残業なしで帰ると稲村に申告して、実際そうした。三月はそうやって保険請求期間を終えた。稲村は難しい顔をしていたが何も言わなかった。道子がまだ一人前の仕事ができないから許されたのかもしれない。それでも、おそらく羽嶋やそのほかの男性陣に皺寄せが行ったのであろうと思うと申し訳なさが募ったが、誰も何も言わなかった。

3

初めての保険請求が終わって三日後、帰宅した憲吾が、飛びついてきた耕輔の頭を撫でながら、道子の顔を見つめて言った。

「今日、職場に稲村という人が来た。あんたのところの課長だって?」

「稲村さん? え、何しに」

「ま、後でゆっくり話そう」

着替えのために奥の部屋に行こうとする憲吾に耕輔がまとわりついている。

「こうちゃん、お父さんの邪魔をしないの」

勇樹が耕輔を後ろから羽交い絞めにする。耕輔が声を上げて暴れて、二人で転げまわる。何

隙に憲吾は背広を脱いでネクタイを外し、部屋着に着替える。勇樹の手から逃れた耕輔が憲吾に飛びついた。

子どもたちが寝た後、久しぶりに二人で向かい合った。保険請求の間はこんな時間は取れなかった。十日間は長かったのに、あっという間に過ぎたような気もする。

「稲村さんは突然来たの。それとも電話でもあった？　何を話したの」

憲吾と連絡を取りたいと言われ、職場と電話番号は以前に教えていた。

「電話があった。昼休み前だったから少し待ってもらって、昼飯を食べながら話した。彼は大学時代に生協の活動をしていたんだそうだ」

「大学の生協？」

「そう、そこで、民衆の立場に立つ経営ということを学んだ。清友会もその精神で経営されていると考えて就職を決めた。将来、民主政権を確立した時、その政治を支える立場からの事業や経済活動が要る。清友会はその下準備をする場だと思ったと言った」

「民主政権の下準備――」

すごいことを考えているのだと思った。日本での民主的な政治や経済活動を根幹に置いた社会の創り方を考えていたということだ。

「だけど、現実の政治状況の中で、今、清友会は苦しい立場にある。資本主義社会である以上、実際の仕組みを無視して企業の経営はできない。そういう中で、何とか、人民の宝の清友会を守らなければならない。今は苦しいけれど頑張り時なんだと言った」

小さく相槌を打った。

「それが、私の残業に繋がる――」

憲吾は、真面目な顔で頷いた。

「ここで頑張って清友会を守ることは、日本の未来を担うことに繋がるんだから、協力してほしいと言った」

それはあまりに短絡的で自分本位だ。履歴書だけでは分からない、稲村の一面を示しているようだと思った。どこやら微笑ましい感じすらある。

「で、なんて答えたの」

「自分は労働者の権利を守るために職場で労働組合を作りつつある、あと少しで結成できる。今が正念場なのはどこでも同じだと言った」

「稲村さんは」

「この時代に労働組合を作る――と言って、暫く絶句していた」

その時の稲村の驚く顔が目に見えるようだった。十数年前に清友会の労働組合を作ったのは稲村だったと聞いた。憲吾はかつての彼と同じことをしているのだ。勿論、当然職場の状況に違いはある。その頃とは社会の情勢も違う。だが、労働組合の必要性については一致している筈だ。

に活動を始めて、登山やスポーツ大会、文化行事などの企画の中心になって若い人をたくさん集めた。大学を卒業したのは七〇年代の初めだったが、その頃は、多くの職場がそんな風に楽しく活発だった。その憲吾が、道子が教師を辞める頃、管理部門を集中させた部署に異動になった。その部署には労働組合の分会がなかった。

「周りから出世コースに乗ったと言われたけど、どこに行ったたって労働者なんだから、労働組合は必要だ」

その頃、憲吾はそんなことを呟いていた。そして、その管理部門の集中している職場に、労組の分会を作ることを考え始めたのだった。

憲吾が職場でどんなことをしていたか、詳しいことは道子は知らない。道子はその頃、再就職がかなわず、まだ幼い二人の子どもと毎日格闘し、時々面接試験を受けては、元教師の経歴で不採用になり落ち込むということを繰り返していた。

N市に転居して暫くしたある日、その日も二人の子どもを寝かしつけようと一緒に横になって、そのまま寝入ってしまっていたのだが、電話の音で起こされた。憲吾だった。少し声が高い。酔っていると思った。こちらの言うことは無視して、今から客を連れて行くから、酒とつまみを頼むという。時計を見るともうすぐ十時だ。腹を立てながら冷蔵庫を漁っている内に到着した。

憲吾が連れて来たのは少し額が後退し始めた年配の男性だった。亀原と名乗った。二人とも好い加減に酔っている雰囲気で、客間にも居間にも使っている玄関脇の四畳半に座り込んで飲み始めた。道子は台所に引っ込んでいたが、その内に客がしきりに、奥さん奥さんと呼ぶ。仕方なく顔を出すと、実は奥さんに話があって、図々しくお邪魔したのだと言う。もう、酔っ払い、と思いながら黙って向き合うと、

「どうしても、奥さんの気持ちを確認しておきたくてね」

酔っている筈の亀原の目がぎろりと光った。ちょっと緊張した。

「私は、彼を買っています」

そう言って、ちらりと憲吾に目をやる。

「ありがとうございます」

素直に礼を言った。

「その彼がね、今時流行らない労働組合を職場に作ると言うんです。ご存じですか、彼の今やろうとしていること」

はい、と返事をした。具体的なことは知りませんけど、と付け足した。

「うちの職場には労働組合はありません。でも、親睦会があります。私は幹事です。それで十分、皆が気持ちよく働いていけると思っていた」

声が大きい。やっぱり酔っている。だが、真面目な話だと思った。

「うちの職場に来たということは、将来を期待されているということです」

るか分からない」

やっぱり、はい、としか答えられない。

「奥さん」

亀原の目がまた光った。

「そこのところをどう考えていますか。今日はそこを奥さんに訊きたくてお邪魔しました。私は彼を応援したいが、彼に仕事でも指導的立場になってもらいたい。彼は今分岐点にいる。それで、奥さんの考えを聞きたいと思って、今日は夜分申し訳ないと思いながら押しかけてきました」

亀原は軽く頭を下げてから、改めて道子を見つめた。その時になって、目の前の男性が、憲吾が以前職場の話をした時に、親しみを込めてカメさん、と呼んだその人だと気づいた。確か係長だと言っていた。

「私は具体的なことは知りません。彼が労働組合を作ることで、この先どういうことになるのかも、勿論何も分かりません」

亀原の視線を押し戻すように見つめ返して、口を開いた。

「ただ、彼の人生ですから、彼がそうしたいと思う通りに、後悔しないように生きてほしいと思っています」

それは、憲吾の制止を無視して教師を辞めた自分だから、ずっと、いつか彼にも言わねばと思っていた言葉であった。

「納得できる生き方をしてほしい。その結果、どんなことになっても、そのことで彼を責めたりはしないつもりです」

亀原はほんの暫く黙って道子を睨んでいた。それから、そうですか、そうですか、と二、三度頷いた。

「分かりました。それを聞いて私も決断できました」

ほんのり赤味を帯びていた亀原の顔の色が、その瞬間、濃くなった。

「私は政治的には保守です。だが、みんなが働きやすい職場を作りたいという点では彼と一致する。彼の方法が労働組合なら――私は職場を分断したくないから――組合を作る彼を応援します」

ありがとうございます、と道子と同時に、酔って眠りかけていると思っていた憲吾が大きな声を出した。


あの日から三年近くになる。三年も経ったと言うべきかもしれない。その間に、道子の目からは時代がどんどん分かりにくくなっている。

国民に中流意識が定着したと言われている。何が起こっているのかゆっくり考える暇もない内に、道子を置いて時代がどんどん変わっている気もする。もう資本家と労働者を対立させて

運動の右翼的再編などと言われる——革新の一翼であった筈の社会党の右転落に合わせて運動が沈滞していることに繋がるのだろう。だが、労働組合なんて古臭いと言われ、稲村でなくともこんな時代にそんなことができるのかと言う人がいても、憲吾の職場の組合作りは進んでいるのだ。

道子が退職した一年前の七四年春闘で獲得した賃上げは春闘史上最高と言われたが、経済団体はその後巧妙に労働運動を抑え込んだ。実際、少し前に名前を変えたが、七四春闘直後に「大幅賃上げの行方研究委員会」という経済界の問題意識そのもののような会議ができた。そして、総評をはじめとする労働団体は骨抜きにされそうになっている。

同じ七四年、そうした動向に抗して組織された労働組合の懇談会、統一労組懇——統一戦線促進労働組合懇談会——が結成された。憲吾が就職した職場の労組は結成時からこの統一労組懇に参加していた。本部がそういう労働組合であったことは、憲吾が分会を作るのに有利であっただろう。

だからと言って、この国の労働運動全体の状況から見れば、管理部門で簡単に分会が作れる訳はなくて、だから三年もかかっている。それでも進んでいる。

管理部門と言っても全員が管理者である訳ではないから、そこで実務を担う比較的若い職員たちから憲吾は話を持ちかけていったと言う。別の職場から異動してきて、前のところでは分会で活動していた。まだ籍はある、ぜひやりましょうと言う青年もいた。職場に親睦会はあったけれど、その企画は年配者中心の飲み会や旅行で、それまで若者向けのレクリエーションは労組が主催していたというのは大きかったかもしれない。この部署に移って言われるままに一度労組を脱退したけれど、そういうことなら再加入しますと言うのも出てきた。そういう青年たちから組織し、次第に年配者にまで及んでいっているということだった。

酔った勢いのように亀原が夜中に訪れた時から三年、組合の結成は目の前に迫っていて、意気軒高な憲吾の話は、情勢の中で苦しんでいる清友会を救うために道子の残業を保障せよという、憲吾を説得する筈の稲村の出鼻を挫いたようだった。

翌日、食堂で遅い昼食をとった。時々、献立とは別に、食堂の調理師が、余った食材を使って作った料理を、ご自由にどうぞ、とメモを添えて大皿に盛って出してくれることがある。今日も焦げ茶色の小さな短冊切りの佃煮のようなものが皿に残っていた。おいしい。さて、これは何だろう、この味は知っている筈だが——と思いながら口に運んでいた時、いいかな、と言いながら、稲村がお盆を持って道子の隣に座った。

「聞いてるよね、昨日ご主人の職場にお邪魔したんだけど」

はい、と応じた。

「すごいねえ、今時、労働組合だ。僕も初心を思い出しましたよ」

稲村は笑顔だ。

ろいろ考えさせられました。いや、いい時間だった」

それから真面目な顔になった。

「僕は、清友会の幹部は頭がいいと思ってるんです。先を読む力がある。政治も労働運動もどんどん右寄りになっていて、ご主人も話していたけど、定員削減が言われ、人事院勧告実施も危なくなってるんだとかね。情勢は厳しい。医療で言えば、七三年の老人医療無料化以来医療費が跳ね上がったと言って、国は医療費抑制策を練っている。それは庶民いじめだが同時に医療機関の経営を圧迫する。それを見越して、うちはあれこれの引き締め政策に早々と踏み出している訳です」

声を潜めるようにして話す。

「僕もそれは仕方ないと思っていました。ただ、職員にあまり皺寄せが行ってては良くないし、悩みどころだなあ、とはね――」

そこで稲村は言葉を切って、味噌汁の椀を取り上げ、箸を使い始めた。道子は大薬缶のお茶を湯呑に注ぎ、稲村の盆の上にも載せ、また先程の佃煮に箸を伸ばした。

稲村がまた話し出した。

「ご主人には、残業への協力もね、約束してもらいました。こちらも二日か三日、残業なしの日を作りたいと思っています。何とかやりくりしないとね。ご主人と良く打ち合わせて、どうしてもという時は帰ってください」

ありがとうございます、と声に出した時、さっきまで噛みしめていて、今喉を通ったばかりの佃煮が椎茸だと気づいた。戻した干し椎茸の軸だ。

「これ、すっごくおいしいですよ。椎茸の軸の佃煮みたいです」

笑顔を作って稲村に教えた。

4

四月になって、研修を終えた新入職員がそれぞれの部署に配属された。新入職員の内の多くは知っていた。書類だけも含めて人事教育課時代、採用に関わっている。あの人があそこに行くことになったのかというような気持ちで見ていた。

だが、医事課の新しい五人の事務職員に少々驚いていた。二人は大学で自治会活動などをしていた男性で道子も採用業務に関わった。が、それとは別に高校を卒業したばかりの十八歳の女子が三人採用されていた。道子の異動の後で決まったのだろう。

清友会に就職した時、基本的に事務職員は学生時代に自治会やサークル活動などで頑張ってきた人間を採用していると山崎から聞かされていた。普通の企業と逆ですね、と応じて笑った。ならば、たいした活動家じゃなかった自分は失格じゃないだろうかと思いながら。

高校新卒の事務職員も勿論いると山崎は言った。特に女子は真面目で実務に強い。大歓迎と

からそうした姿勢の人間を採用した方が手っ取り早い。

今年の医事課の新入職員は山崎が言ったのと少し違ってきているような気がする。清友会の方針は変わったのだろうか？

保険請求は三ヵ月も経験すると大体できるようになる。そして保険請求ができる頃には受付や窓口会計は勿論、様々な制度に対応した書類の扱いなども何とかこなせるようになる。つまり医事課では一人前だ。

四月に入った五人の新入職員がほぼ一人前とみなされるようになった七月、人事異動があった。四月の五人は増員された訳ではなく、仕事に習熟した時点でこれまでの職員を別の部署に異動させるのだった。その辺りは想定していたことだったが、今回の発表には思いがけない異動が加わった。稲村課長が診療所に行き、交代で須崎という独身の男性が来て医事課長になるという。

「何で須崎さん？　稲村さんが動くとしても、何で岡田さんが課長じゃないの」

羽嶋が主任の岡田に訊いている。須崎は診療所の医事主任だ。年齢も岡田と変わらない。ならば病院の医事主任の岡田が課長に上がるのが順当と考えるのは自然だと道子も思う。羽嶋に詰め寄られて岡田が俯き加減に目を逸らしながら、ゆっくり首を振っている。岡田さんに訊いたって無理だよと心の中で呟きながら二人の様子を見つめていた。

それよりも稲村が医事課長でなくなることが道子には気がかりだった。稲村は、何かと道子に気を遣ってくれる。毎月の十日間の保険請求期間の内、三日は定時に帰ることが許されて、何とか道子は働き続けていられる。課長が交代して、それが可能だろうか。

廊下の向こうから稲村が歩いて来る。手を振って小走りに近づいた。稲村の方もにこやかに手を振り返す。憲吾と話してからの稲村は、まるで夫婦共通の友人のようで、向こうから憲吾の労働組合設立の進捗状況を訊ねたり、保険請求中の子どもの様子を心配してくれたりする。

「稲村さん」

周囲を見回して声を潜めて話しかけた。

「異動なんですね」

稲村はこっくりと頷いた。

「もしかして、私のせいじゃないんですか。私が時々残業しないで帰ることが問題になったとか、そういうことじゃあ――」

稲村は笑顔を見せたが、肯定も否定もしない。

「僕のことより、あなたがね、ちょっと心配です。引き継ぎの時、須崎君にも言ってはおきますけど――」

須崎は履歴書でしか知らない人間だ。稲村は彼を知っているのかどうか、語尾を濁した。そ

頷いた。今度の異動発表に、山崎が本部総務課の課長になったことが示されていた。これまでの人事教育課の人事部門の業務を含むとあった。

「内緒の話だけど、山崎君も、あなたをもう一度本部へ戻そうとしたらしいけど」

稲村は声を潜めて言った。

「駄目だったみたいです」

山崎も道子のことを気にかけてくれているのか。それはちょっと嬉しかったが、実際には、彼自身が前に言ったように、そんな力はないのだろう。

「自分のこともですけど、稲村さん、もし本当に私のせいだったら」

ごめんなさいと言うのも変だと思いながら、やはり気になった。

あのね、と稲村はまた、声を潜めた。それから、時々職員や患者が通る廊下に立っていることに改めて気づいたように、道子を通行人から死角になる隅に誘った。

「僕のことはいいんです。最初はそりゃあ、ちょっとショックでしたよ。でもね、考え直したんです。これまでは、自分のどの時間も清友会のことに使ってきた、それが、自分のすべき社会変革の道だと思って頑張ってきた。今でもそのことが間違いだとまでは思わない。けど――」

社会変革の道――。

「ここの中心メンバーだって、一所懸命やっているんです。でも、なかなか難しいんです。ただね、こうなって考えたんです。僕達、まともに党の会議もしてこなかった。この前の大会についても議論しなかった。選挙も闘ってない」

そうなのだ。本部事務所の時は共産党員としての会議もあった。時々は街頭宣伝やビラ配り、新聞の拡大などの活動にも加わった。だが、医事課の中に共産党員はいるのに会議はない。活動の要請もない。異動したばかりの頃は、妙だなと思った。だが、だんだん月初めの十日はそれどころではないという感覚になるし、終わった後も暫くはくたくたで、やっぱりそれどころではない。

道子が病院に異動した二月の末に、日本共産党の第十五回党大会があったが、大会の最終日が三月一日で、保険請求に突入していた。大会では、気になっていたソ連のアフガニスタン侵攻問題が語られた。そして、社公合意で右に傾いている社会党を横目に見つつ、統一戦線というものを政党の組み合わせだけで考えるのでなく、国政革新で一致する団体・個人が共同する方向が示された。

それは、少なくとも道子にとっては、これまでの考え方を大きく修正しなければならないものだった。社会党や総評と袂を分かって闘えるのか、共産党とその周辺にいる人間ばかりにならないだろうか、それで運動が成立するのか——。重要な問題だと思うのに、それについて議論する場はなかった。

そういう中で先月衆参同時選挙があったが、周囲では何も提起されなかった。結果は、与党

ている。

嘆きながら、道子自身は、仕事と日々の生活以外はもう何も考えられないような毎日を過ごしている。

稲村は話し続けている。

「初心をね、思い出さなければと思い始めたんです。診療所は今のところまだ時間がある、余裕があります。地域医療という点で病院とは役割が違うからですが、その診療所で僕は改めて共産党員らしい生き方をしようと思っているんです。今は大変な時期ですよ。社会党が右転落した自己を正当化するために躍起になって反共攻撃をしている。保守勢力が戦後第二の反動攻勢に出ている。本来清友会も、こうした情勢だからこそ、働く立場からも、誇りを持てる民主的経営にしたい訳だが――」

そこで、稲村は軽く唇を噛む仕種をした。

「まあ、今度の異動を一つの機会にして頑張ろうと思ってます。大丈夫。負け惜しみじゃないから。僕も僕らしく生きようと思っています」

稲村の目が光っていた。

「だから、あなたは何も責任を感じなくていい。勿論、元々そういうものでもないし。ただ、力がなくて、あなたを守れないのがね、ちょっと悔しい。産休明けで帰って来る野村さんも心配だし」

そう言って、少し寂しそうに笑って、稲村はまた手を振って離れて行った。

5

七月の保険請求明けに、稲村と入れ替わりに須崎徹が病院医事課長に就任した。

その日、朝出勤すると、履歴書だけで知っている須崎が課長の机の前に立っていた。すらりと背が高い。出勤して来る一人一人が気づいて慌てて近寄って頭を下げるのを待って、黒縁眼鏡の奥から観察するように見つめ、鷹揚に頷くということを繰り返している。仕方がない、挨拶に行くかと道子が思った時、道子に気づいた須崎がすたすたと近づいてきた。

「村岡さん、おはよう。須崎です」

慌てて、おはようございます、と返した。少し見上げなければならない。細いからまだいいけれど、これで横幅があったら威圧感があるな、と思った時、

「保険請求が終わったばかりだけど」

須崎が道子を見据えたまま言った。

「来月からは、ほかのみんなと同じように残業をしてもらいます。僕は平等主義です。特別な扱いはしませんから」

思わず息を呑んでいた。気が付くと、周囲も静まり返っている。慌てて、でも、と声を出した。上ずっていた。

その言葉は遮られた。

「だから、それを認めないと言ってる。これから病院は二期工事に入って拡張される。仕事はどんどん増える。自分勝手は通用しないんだ」

「それなら人を増やしてください」

思わず叫んでいた。須崎は一瞬たじろいだようだったが、ふっと息を吐いて道子を見下ろした。

「厳しい情勢の中で、生き残りをかけて病院を経営しているんだ。そんな甘いことでやっていける情勢じゃないだろう。頑張るという姿勢を見せてほしいもんだがねえ」

言い捨てて机に戻ると、音を立てて椅子に腰を下ろした。それを合図に、凍りついていたような周囲が動き出した。道子は一人、暗澹たる思いで立ち尽くしていた。


まだ保険請求が始まっていないのに、毎日のように須崎に残業拒否は認めないからそのつもりでと言われ続けた。八月の保険請求が始まった時、須崎は分担を変えた。それまで道子は患者数の少ない地域を割り振られていたのだが、みんなと同じだけのカルテ枚数の地域を割り当てられた。岡田や羽嶋が自分たちが多くなってもいいからと、須崎に掛け合ってくれたが須崎は「平等」という主張を翻さなかった。

結局「平等」に残業をした。憲吾は周囲に事情を話して、できるものは全て月の後半に移し、月初めの十日間はできる限り定時に職場を出た。時には同じ保育園の親など地域の友人にも頼ったが、勇樹が学童保育所の帰りに耕輔を保育園に迎えに行って、家で憲吾の帰りを待つこともあった。

学童保育所にはそんな風に小さい弟や妹を保育園に迎えに行く子どもがいた。それがもしかすると「かっこ良く」映っていたのか、一年生になった時、これからは僕がこうちゃんを迎えに行ってあげると張り切って勇樹が言うのに、はいはい、いつかお願いね、と笑って返したことがあったが、まさか本当に頼ることになるとはと、思いがけない展開に呆れたりもした。

憲吾は仕事を持ち帰り、労組の準備会などの会議は自宅を使った。夜、憲吾の職場の友人が家に集まることを勇樹も耕輔も大歓迎したのは、実際ほっとしたと憲吾が言った。たまに子連れで参加するメンバーがいると、狭い市営住宅の一室が賑やかな保育所のようになった。以前、耕輔が看護学生たちに可愛がってもらったように、勇樹と耕輔は憲吾の同僚たちに懐いた。人見知りをせず育っていて助かったと、これも後で憲吾が良く口にしていたことだ。

そうは言っても、時には子どもの夕食が菓子パンだけのこともあったり、風呂も入らずに眠ってしまったりすることもあったようだが、憲吾も子どもも、何とか十日間を持ちこたえてくれていた。

野村友里が退職した。産休が明ければ復帰する筈だったが、誰かから稲村と須崎の交代のことを聞いたのだろう、休み明け前に様子を見に来て決めたようだった。

があった。友里はかぶりを振った。

「村岡さんこそ——村岡さんを守って私も続こうと思ってたんだけど、自分だけさっさとやめてごめんなさい。でも、子どもがいたら働けない職場になるなんて情けない」

友里は悔しそうに唇を引き結んだ。


医事課の職員として、何の特別な配慮もない仕事が常態になった。月初めだけとはいえ、毎日十時までの残業は体を極度の疲労に追いやった。稲村課長時代、保険請求中特別に三日間定時に帰っていたのは子どものための筈だったが、それは道子自身の健康のためにも必要だったのだということに後になって気づいた。

疲れ切って帰って、「明日、＊＊を子どもに持たせるように」と保育園に貼り紙があったと聞くのは辛かった。夜中の二時、三時までエプロンや雑巾を縫った。静まり返った部屋の中で一人針を運んでいると、怒りも悲しみも湧いて来ない。頭も心も空っぽで、ただ疲労感だけがあった。一針一針、疲労を自分の体に縫い付けるように、ひたすら針を運ぶしかなかった。

日毎に、月毎に、体を痛めつけていたと思う。医事課に移って一年を過ぎた頃から、残業期間に入って暫くすると、激しい頭痛に襲われて嘔吐を繰り返すようになった。皮肉なことだが職場はそうした症状への対処は言わばお手のもので、少しの時間ベッドで点滴を受ける、すると不思議なことにすっきりと治るのだった。最初の頃は点滴終了後の帰宅を許されたが、度重なると、点滴後は仕事に戻るように言われた。

右腕のだるさが抜けなくなった。仕事をしている時は勿論、そうでない時でも芯が重い。右手で傘が持てなくなった。包丁が思うように動かなくなった。髪を洗うのが億劫になった。ああ、これが世に言うケイワン――頸肩腕症候群――かと思っていた。

空が見えなくなった。見ようと思えば意識して頭をもたげればいい。どうやっても見られないということではない。だが、普通にしていると、いつも目から上はどんよりと暗く、視線は目から下にしか行かない。頭の上から何かかぶせられているようだ。鉢かづき姫だ、と思っていた。

――口より下は見ゆれども、鼻より上は見えもせず。

女児を残して逝く母親が、死に際して、観音のお告げのままに娘の頭に大きな鉢をかぶせ、それ故に苦労するという「御伽草子」にある鉢かづきの話。鉢をかぶせても下から覗き込めば顔立ちだって分かりそうなものだと思うが、鼻より上は見えないと書かれている。ならば、娘の側からすれば、かぶせられた鉢より上は見えないだろう。鉢かづきの苦しさは、今の自分のようだったのだろうか。「御伽草子」では、最後は鉢が取れて美貌が現れ幸せになるが、自分の鉢は取れる時があるのだろうか。

とんだ鉢かづき姫だ。星も見えない。

誰かが、怒鳴ると言うほどではないけれど声を荒らげている。道子は患者から預かった書類に向かっていた手を止めて会計の窓口を見やった。

医事課へ移って一年半、病院の二期工事が進んで、これまで各診療科の窓口で行っていた会計が、全部まとめられて中央会計になった。その会計の今日の仕事は一通り終わって静かになっていたが、何人かの未収金のカルテが残っていた。

病院が勝手に決めた流れに素直に乗って名前を呼ばれるまでじっと待っている患者ばかりとは限らない。診察が終わったら外へ出て用事を済ませ、殆どの患者がいなくなって静かになったところへ戻ってきて、会計を済ませる人もいる。時には数日後に来る患者だっている。会計窓口に担当者がいない時に、ひょいと現れるそんな患者に対応するのは、たまたま近くにいた職員ということになる。

四月に就職してやっと半年の若い小山咲子が、カウンターの向こうの患者のHと向かい合っていた。時々整形外科に通うHは言葉は荒っぽいけれど性格はさっぱりしていると道子は見ている。怒っている雰囲気だけれど、無茶を言う患者ではない。大丈夫だろう、咲子も患者のあしらいを場数で学ぶしかないと思った時、

「でも、保険で取れると決まってるんです」

叫ぶように咲子がHに向かって言うのが聞こえた。

「……の時は、取れるんです」

いけない、と思わず傍に駆け寄った。

「Hさん、どうされました？」

咲子の横に立って、問いかける。

「おお、あんた、今日の会計がおかしいんだ。とんでもない額だ。ちょっと見てよ」

咲子が、ほっとした様子で、開いたカルテを道子に差し出した。

「慢性疾患指導料が、今月から――」

「え、Hさんが、何で？」

慢性疾患指導管理料を算定する病名は、高血圧とか糖尿病などの内科系疾患が殆どで、Hには関係ない筈だが。

「Hさん、先月から降圧剤出てます」

咲子は道子に向かって言ったのだが、聞こえたようで、Hが、ああ、そうだよ。ちょっと血圧高くなってきて、でも、先月は安かったぞ、と言った。

事情が分かって、Hと向き合った。

「あの、ですね――」

薬の投与が始まり、高血圧症という疾患名がつくと、一ヵ月後から指導管理料を算定することが保険で決められていることを丁寧に説明した。

「良かった。Hさん、だんだん顔が怖くなってきて――。ありがとう、村岡さん」

もういないHにそうするように、ちょっと唇を突き出して咲子が言う。

「あのね、あなたの対応で良くなかったのは、取れる、と言ったことだよ」

そう言うと、咲子がきょとんとする。無理もない。一つ一つの医療行為について決められている点数を説明する時、収入として算定できるという意味で「これをやると、＊＊点、取れる」と教えがちなのだ。

「取れると言うのは病院側の言葉で、患者にしてみたら、取られるということだから」

咲子ははっとしたように目を見開いてから、頷いた。

「そうか、感じ悪いですよね」

そう言って萎れる咲子の肩をポンポンと叩く。自分の仕事に戻りかけた時、もう一度礼を言う咲子の声を背中で聞いた。


道子が医事課に移って二年になり、二期工事で病棟が増え、医事課の仕事も増えて中途採用で何人かの新しい職員が入った。

飯田真紀は咲子や亜由美より一ヵ月程遅れて就職した。大学院に行くつもりで失敗した。無理を言って拾ってもらったと言った。だから良い子にしてないとねと、大きな目で悪戯っ子のように笑った。明るい性格でよく笑い声を響かせていた。容貌も華やかだった。笑ったら目は普通細くなるのに、彼女の目は大きいままだ、おかしい、と羽嶋が道子に囁いた。本物だ、いや違うと、若い咲子と亜由美が遠目に真紀を見ながら、真紀は付け睫毛かどうか小さな声で言い争っていた。そんな呟きや囁きをあちこちに生んで、その頃、医事課の雰囲気はまだ騒然と明るかった。

その真紀に「頚肩腕症候群」という診断病名がつき、残業制限の診断書が出たのは、それから十ヵ月もしない寒い時季だった。

ケイワンだって、やっぱりケイワンだってと大騒ぎしていた時の真紀は、まだそれまで同様はっきりと自分の意思を主張していた。少なくとも精神的には健康に見えた。

月初め十日間、夜十時までの残業を一年以上も続けていると、誰もが肩や腕の痛みを訴え始める。女子職員の多くが程度の差はあれそんな状態を抱えている。

誰もが自分は頚肩腕症候群になっているか、なりかかっていると思っていた。けれども、それを自身の職場である病院、そもそもその病気を生み出した現場の病院で診断してもらおうとは思わなかったのだ。それを真紀はやってのけた。あっぱれだと思った。だからこそ、真紀には残業制限の診断書を盾に、たまっている仕事に目をつぶってでも定時に帰ってほしいと道子は思った。そうでなければ、何のための診断書か。

「仕事が終わるかどうかは管理職に任せようよ。とにかくあなたはうちの先生の診断書が出たのだから、大手を振って帰れる訳でしょう。帰るべきだよ」

上、真紀は帰るも可、けれども補充のできる状況ではないから、彼女の仕事は残りのスタッフで分担するようにと告げたからであった。

残業をしていても真紀の仕事はちっともはかどっていないようだった。真紀自身も苛立っていた。苛立ちを抑えるために処方された何種類かの安定剤を飲んで、入って間もないコンピューターの前に座ってキーを打つ真紀は以前の真紀ではなかった。最初の頃、ピアノを弾くように軽快にキーを叩いていた真紀の指は、気怠そうにキーボードの上を這い、停止し、やがて右腕ごとだらんとキーボードからずり落ちた。きちんと編み込んでいた長い髪は、無雑作に後ろに垂らされて、化粧をしなくなった青白い顔にまとわりついた。べったりと机に俯せると、机の上は真紀の髪が広がって、黒一色に覆われた。真紀は真紀らしさを完全に失っていた。

コンピューターが医事課に導入されたのは二カ月前。それ自体は須崎の言うように、残業時間を軽減するための方策であったのかも知れない。けれども、導入の過程で、それまで以上に残業時間が増える可能性は十分考えられた。

そして、実際、手始めにと、道子の所属する外来係より早く導入された入院係は、それまでの月初め五十時間の残業が七十余時間と急増した。残業の終わる時間は十時が十一時、十二時になった。時には一時、二時にもなった。真紀はそんな中で急激に体を壊したのであった。

7

ベッドとベッドを仕切る薄緑のカーテンをそっと引くと、真紀は閉じていた目を開けた。青白くやつれた顔にぱっちりと開いた大きな目はうるんで光り、ねっとりと絡むように道子の視線を捉え返す。

「どう、気分は」

トイレに行くふりをして真紀の様子を見に来た。

真紀は横になったまま緩慢に笑いながら、ほつれた黒い髪の一筋二筋を、点滴の針の刺さっていない左手で額から払った。

「ねえ——」

真紀の声が粘りを帯びている。普段は母音をきれいに発音する高い声が、カーテンに仕切られたスペースの澱んだ空気の中で、くぐもって甘えているように響く。

「私、もう駄目。一生壊れたままのような気がする」

「何を言ってるの」

道子は狭い空間の息苦しさにたじろぎながら、叱るように言った。強いと思っていた真紀は、今自分をも律しかねる体たらくで、精神安定剤でふらふらになっている。

真紀の体調の崩れは急激だった。保険請求になると真紀は、時々点滴の指示をもらってベッ

道子は黙って真紀の顔を見つめた。一ヵ月程前までの彼女の顔つきを脳裏に思い描いていた。

――どんなことがあっても辞めちゃ負けだよ。頑張るんだよ。

そう言って道子やほかの女子職員を励まし続けてきたのは真紀の方だった。

――こんな生活を続けたら、一生病人として生きていくんじゃないだろうか。

――保険請求の度に寿命を縮めている気がする。

道子や真紀よりずっと若い咲子や亜由美までがそんな風に情けない言葉を呟く時、それを叱るのはいつも真紀だった。仕事では経験の浅い方なのに、真紀は女子職員みんなに気を配っていた。特に子どもを抱えた道子を心配し、何かと力になってくれた。

――私が助けてあげるから何でも言ってね。勇樹君が学校へ持っていく雑巾だって、体操服のゼッケンだって縫ってあげるから。

その真紀が辞めたいと言う。

「ねえ、村岡さんは辞めないの。続けていけるの。もうすぐ外来係にもコンピューターが入るよ。できないよ。今以上に残業が増えたら、村岡さんだって、もうきっとできないよ。一緒に辞めようよ」

真紀の目から溢れる光は、一層強く道子に絡みつく。

「コンピューターってどういうもの？」

二ヵ月前、初めてその機械が医事課に運び込まれた日、隣室のドアを開けて出て来た同期の亜由美を捕まえて咲子が訊ねるのを、道子は耳をそばだてて聞いていた。

「テレビみたいだった。それで、その前に薄くて、こんな」

亜由美は両手を肩幅ほどに広げ、

「横に長い平たいタイプライターみたいなのがあって、それで中身を打ち込むの。すると、画面にそれが出る」

へえ、ふうん、とあちこちで小さな声が湧いた。みんな聞き耳を立てていたのだ。

「テレビみたいなのか。その前に座って、そのタイプライターみたいなのにカルテの中身を打ち込むのか」

羽嶋が呟く。コンピューターと言われても、医事課では誰一人イメージを思い描けるものはいなかったのだ。うん、そう、それで、と亜由美が言いかけた時、ドアが開いて須崎が顔を出した。亜由美は慌てて、机の上から、言いつけられたらしい資料の束を掴んで、またドアの中に消えた。

まず入院係にコンピューターが導入された。医事課の事務室の隣の物置に使っていた小部屋を片づけ、そこに大きな段ボール箱がいくつも運び込まれた。入院係が全員呼ばれた。ドアが閉まり、締め出された外来係は、隣の部屋を気にしながら、ついに導入されたコンピューター

まったく理解できていない代物であることにも改めて思い至っていたのだった。

そうして入院係のコンピューターとの格闘が始まった。最初は楽しそうに見えなくもなかった。何しろ、初めて触るのだ。新しいおもちゃをあてがわれたような感じもあった。キーボードは、コンピューターを触ったことのない者がすぐに仕事ができるように特別に作られているとのことで、文字の配列が国語の授業で習った五十音図のようだった。但し、左右が逆で、左上がア、右にカ、サ、タ……と続き、アルファベットや数字、記号のキーが別にあった。真紀や亜由美が明るい声で教え合ったり、失敗を笑い合ったりしていた。

だが、キーボードの扱いに慣れても、レセプトを機械で印刷発行できるまでには、いくつもの難関があった。そして、それができるまでは、片方で今まで通り手書きのレセプトも作成しなければならないのだ。入院係の顔つきはだんだん険しくなった。残業時間がどんどん増えていった。

そして真紀が壊れ始めた。

「ちょっと手をとめて、短時間打合せをしますので聞いてください」

静まり返った部屋で算盤をはじく音だけが響いていたのが、それもぴたりと止まってもう一切の物音がしない。みんな黙って課長の須崎の次の言葉を待っている。

「外来でも来月よりコンピューターを導入することになりました。今回の保険請求が終わり次第、機械搬入、使い方の説明など日程が目白押しになります。詳しいことはプリントにして配布しますが――」

道子の胸は激しく動悸を打っていた。須崎の言葉がストレートに心臓に響く。胃の奥が締め付けられるような痛みを訴える。

――コンピューターの導入は業務の合理化を目指し、現在の残業時間を減らそうという意図の下に行われる訳ですが、導入の過渡期にあっては、時には今よりももう少し頑張ってもらわねばならないことも出てくると思われます。どういう問題が出てくるか、どういう事態が起きるか、その辺りは正直言ってやってみなければわからない。しかし、どういう事態になっても、みんなで一致団結してですね、これに当たっていきたい、とまあ、こういうことです――。

静まり返っていた。誰も何も言わなかった。道子は自分の膝が震え始めているのに気づいて、膝掛けの上から膝に手を置いた。寒い訳ではない。だが震えが止まらない。立とうと思ったが立てなかった。深呼吸をした。それから思い切って口を開いた。甲高い声が出た。

「それは今以上に残業が増えても、とにかく今の人数でやり切るということですか」

須崎の目が光った。

「もし、そうなら、私は――できません。もうこれ以上はできません、今だってぎりぎりいっぱいです。体はもうずっと半病人みたいで、私は家庭の主婦で二人の小さい子どもの母親だか

そこでふいに声が詰まった。思いがけなく涙が溢れた。もう子どもたちと何ヵ月もゆっくり接していないような気がする。体調を崩し始めてから、子どもに優しくできなくなっているような気さえする。

「私は十時に帰ります。今以上のことはできません」

こみ上げてくるものを飲み込んで言った。動悸が激しくなっている。部屋は静まり返っていた。膝ががたがた震える音に誰かが気づくのではないかと、道子は必死に両手で自分の膝を押さえ続けた。

次の日から何度も須崎に呼ばれ、脅しのような注意を受けた。いろいろなことを言われ、それらに一々動揺した。だが、そうして呼び出される度に道子の気持ちは固まっていった。何も反論せず、ただ、これまで通り十時に帰ることだけを主張し続けた。

翌月、外来用のコンピューターが運び込まれた。まずは「頭書き」と呼ばれる、患者の氏名や住所、保険の記号番号などカルテで言えば表紙の部分を入力するのだと言う。これまでの受付や会計担当などと並んで、「コンピューター入力」が勤務表に組み込まれた。二台のコンピューターを遊ばせないように、少なくとも常に誰かが機械に向かっているように考えられていた。

普段はともかく、保険請求期間のこの仕事は、自由になる時間に少しでもレセプトに向かうことができた状態を変えた。その分、残業時間が増えた。

道子は宣言通り十時に帰った。他の人に道子が残した仕事が回って、その人は更にまた残業が増えることを須崎に指摘されるのは辛かった。診断書が出ているのに帰らない真紀はこの呪縛にあっているのだ。

それでも、道子は十時になると席を立った。お先に失礼します、と、ドアのところから静まり返っている部屋の中央に向かって声をかけ、ドアを閉めると、体から飛び出すくらいの勢いで動悸を打つ心臓を鎮めながら、暗い廊下をロッカー室に向かった。勤め続けるなら、もう自分にはこの道しかないと思っていた。たった一人のストライキ、という言葉が胸の中に広がっていた。

だが、帰宅すると、自身の気持ちを持て余した。憲吾が何か言った途端に、頭の中に須崎やそれに向き合う自分の声が響き渡る。耳を押さえてその声をかき消すと、まだ蛍光灯の下でペンを走らせたり、キーを打ち続けているであろうみんなの顔が浮かぶ。すると、涙が溢れて、いつの間にか憲吾の前で大声を上げて泣いているのだった。


——みんなが夜中までやってるのに、よく自分だけ十時に帰って行けるなあ、その神経が理解できないよ。

——不況で病院が次々に倒産している中で、みんなが一致団結して乗り切ろうと言ってる時

入って三ヵ月になってもまだ保険請求をそれで行うことはできない。みんなが当たり前のように、夜中まで残業をするようになっていて、その中を、道子は一人十時になると席を立つ。静まった部屋が、その時刻の直前、一層しんとして咳払い一つ聞こえなくなると思うのは錯覚だろうか。その中を道子は静かに、でもやっぱりガタガタと音を立てて椅子を引き、立ち上がる。みんなからの見えない視線が痛い。

だが、今日、ちょっと驚いたことがあった。いつも、十時になったらすぐに席を立つのだが、この一冊で終わりにしようと取り上げたカルテの中身が予想を超えて複雑だった。半ば迷いながらレセプトにペンを走らせていた。どうしよう、途中だけれど切り上げるか、この一枚だけ仕上げてしまうか――。その時、隣の机の咲子の手がすっと道子の机の端に伸びてきた。思わず目をやると、彼女の指が小さい紙片の端に置かれている。「10：00」と書かれていた。思わず彼女を見つめると、知らぬ顔で紙片を引っ込めた。

途中までのレセプトに付箋をつけて引き出しにしまい、カルテを片づけて立ち上がった。咲子の椅子の背に不自然でない程に手をかけて音がしないように二度叩いてドアに向かった。いつものように室内に向かって、お先に失礼しますと声を出す。咲子は知らぬ顔をしていたけれど、道子の心臓はいつものように激しい動悸を打たなかった。ほっとするような穏やかな気持ちで帰路に着くことができた。

8

翌六月の保険請求時、ちょっとした事件が起きた。

病院は救急外来にも対応していたから、一、二ヵ月に一度程度、その受付の仕事が回ってくる。女性は、夜の診療がない日の病院の玄関が閉まる五時から九時半まで、男性は毎日九時半から朝の八時半までの勤務で、救急で受診する患者の受け付けをする。時には救急車の対応もするし、日によって捌き切れないくらい忙しいこともあるが、一人ののんびりできる時もある。

救急外来の受付窓口は裏口の傍にある。裏口は病院玄関が閉まった後は基本的に病院の出入り口になるから、多くの職員が退勤時ちらりと受付窓口に視線を投げて、お疲れさん、と声をかけたり手を挙げて通り過ぎる。

その日、道子は救急外来の受付についていた。ひとしきり押し寄せた患者対応が一段落して、ほっと椅子に腰を下ろした時、裏口に向かう集団が窓口に近づいてきた。

「村岡さあん」

「お疲れさまあ」

口々にそう言いながら通り過ぎようとしているのは、亜由美や咲子ら医事課の女子職員の殆どだ。みんなにこにこ笑っている。

「ちょ、ちょっと」

思わず大きな声を出すと、

「帰るの」

「今日は帰ることにしたの」

「ご飯食べて、休憩取って、さあまた保険請求だ、嫌だねえって話してて、突然帰ろうってことになったの」

絶句したままでいる道子に、彼女らは口々にそう言う。

「飯田さんは」

「点滴」

真紀はまた点滴をしている。

「帰ることにしたって言いに行ったら、頑張ってねって笑ってた」

「笹村さんは？」

咲子や亜由美が顔を見合わせて首を横に振った。笹村郁子は医事課勤務も長く、少し前に入院係の主任になった。道子から見れば一番体を酷使しているのだが――。

患者が入って来た。それを機に彼女らは手を振って帰って行った。患者のカルテを診察室に回し、窓口に腰を下ろした時、郁子が立っているのに気づいた。

「村岡さん、みんな、通った？　帰った？」

うん、と頷く。

「何か言ってた？」

「今日は帰るって。それだけ。驚いたけど。笹村さん、事情、知ってるの？」

「よく分からないけど、夕食の後突然帰ろうってことになったみたい。誘われたけど、ね。何かすごいなって思いながら、やっぱり私はできないなって――」

「うん、何か、すごい。だけど、明日は大変だろうね」

「須崎さん、怒り狂う。私も怒られそうだ」

寂しそうにそう言って、郁子は仕事に戻って行った。山猫ストだ、と思っていた。

私も怒られそうだと郁子が言ったけれど、翌日真っ先に呼び出しを喰らったのは道子だった。

呼ばれるのは昼休みが多いのだが、その日は違った。朝の受付についていたが、誰かと交代して来るようにと言われた。場所は面談室というのも初めてのことだった。

「いったい、どういうつもりなんだ」

小さな部屋に入るなり、椅子にかけろとも言わず、須崎は怒鳴った。

「あんなことをして、医事課をどうしようって言うんだ」

「何の話ですか」

郁子が言った通り、怒り狂っているような須崎の真正面に座りたくはなかったが、立ってい

「何のことか、言ってもらわなければ――」

「昨日の女の子たちが帰ったことだ。何故あんなことをさせた」

「昨日、彼女たちが残業をせずに帰ったことなら、私は何も知りません。救外の窓口にいたらみんなで帰って行くんで、びっくりしましたが」

須崎が、昨日の彼女らの行動を道子が組織したと考えているらしいと知って驚いたが、須崎の方も道子の答えに一瞬絶句した。それから、少しトーンを落として言った。

「いい加減なことを言うな。あんたがけしかけずに、誰があんなことをやる」

この人はそんな風にしか考えられないのか。果てしない残業を彼女たちがどんなに辛く感じているか、本当に分かっていないのか――。

「誰にけしかけられた訳でなくとも、普段の労働がきつすぎるから、突発的に起こってしまったんじゃないですか」

須崎が少し怯んだ。

「須崎さんは、彼女たち一人一人の気持ち、いえ人格というものをあまりに軽く見てるんじゃないですか。いつもおとなしく言うことを聞いて、言うなりになると思っているみたいですけど」

「俺に説教をするのか」

須崎がまた怒鳴ったが、やや声が小さい。

「説教する立場ではありません。でも、職員一人一人をもう少し大事にしてください。もう一度言いますが、今回のことに私は何にも関係していません。でも、あんな形でも、自分たちの気持ちを表に出せたことはすごいなと、正直思いました。その気持ちを汲んでやってくださ い」

今回、自分が関わらない処で起こった事件であることが、却って道子の心を強くして、言いたいことを言っていた。

うるさい、と須崎が叫ぶように言う。

「大体、あんたが悪影響を与えてるんだ。あんたが勝手な時間に帰るから、みんなそれでいいと思うんだ。自分の責任というものも少しは考えてみたらどうだ」

どうやら、道子が扇動した訳でないことだけは納得したようだ。

「私の行動が影響を与えていないかということになれば、確かに彼女たちの心の奥底にそれはあるかもしれません。でも、私は責任を感じる立場ではありませんから」

須崎がまだ何か言いたそうだったが、

「もういいですね、受付、代わってもらっているので、申し訳ないので戻ります」

断って席を立った。須崎は無言だった。

その後、昨日のメンバーが一人一人須崎に呼ばれて叱られたらしい。咲子が寄って来て、小さな声で、村岡さん、強いなあって、改めて思いました。よくあんな対応にいつも耐えてます

9

月末に、また須崎に呼び出された。

待合室の南に向いた大きな硝子窓からたっぷりの陽射しが入ってくる。もう夏だ。須崎の顔はいっぱいの光を浴びてのっぺりと薄く見えた。眩しい。鉢かづきは明るい太陽の恵みも喜べない。

「また保険請求だけど、どうするつもりだ」

「どうするつもりって」

「帰る時間」

「ああ――」

眩しさに目を細めた。

「十時に帰ります」

須崎が小さく頷いたように見えた。

「何回話しても平行線だからごちゃごちゃ言う気はないが、残業は業務命令でやってる。命令を無視して十時に帰るんだから、業務命令違反をやってることになるが、それは認めるな」

道子は驚いて、二度瞬きをして須崎の顔を見つめた。

就業規則に定められた勤務時間以外の残業を強制されて、それを周囲より少し早く帰ることが業務命令違反だというのは納得がいかない気がするけれど、そのことに反論するより、業務命令違反という言葉の次に用意されているものが気になった。

「もし私が業務命令違反をしているということになると、どうなるんですか。何か処分でもするということですか」

「いや、それは知らない」

道子は黙って須崎を見つめる。

「今日はあんたが、今後どうするかの確認だけするように言われている」

では、今日の呼び出しは須崎より上の誰かの指示ということだ。

「改めて確認をするということは、その後何かありそうに思えます」

「そうかもしれないが、俺には分からない」

話が途切れた。道子は窓の外に視線を遣った。強い陽射しで、空気まで眩しい。一度目を瞑ってから、須崎を見つめる。

「須崎さん、この間、コンピューター導入を成功させるためにも職場内の団結がいると言いましたよね。私もそれはそう思います。ただ、その団結を作るために、残業について一人の例外も出さないという方法は、本当に効果があると思ってるんですか」

須崎の目がぎろっと動いた。道子は構わず続けた。この間の咲子の紙片が心を強くしていた。

すよ。むしろ、個々人の条件に一定の配慮をするということの方が、みんな生き生きと——」

須崎に遮られた。

「俺はそうは思わない。みんな同じように仕事をしてこそ団結はできる。あんたみたいにみんなが勝手なことを言い出したら、きりがないだろう。やらなきゃならない仕事があるんだから、そこに働くものなら、団結してやり切る立場に立つべきだ」

暫く黙って睨み合った。ここから先は堂々巡りだと思った時、須崎が口を開いた。

「もういい、後は事務長と話してくれ。二、三日内に事務長に呼ばれるだろう」

事務長か、と思いながら、はい、と道子は素直に声を出した。


業務命令違反という須崎の言葉が引っかかっていた。その夜、憲吾の帰宅は遅く、子どもたちが寝ついた後、道子は食卓に向かい、肘をついたまま、ただじりじりと待っていた。

「残業を途中でやめて、十時に帰って来る私は、業務命令違反になるの？」

帰宅して、着替えに奥の部屋に向かう憲吾について歩きながら、道子はそう訊ねた。

「それで、もし、業務命令違反だとしたら、何があるんだろうか？」

憲吾は黙ったまま、カッターシャツと通勤用のズボンを脱いで、Tシャツと綿パンに着替えると、やれやれと言うように台所を顎で示した。食卓に座ろうということらしい。

「どういうことが起こると思ってるの？」

ほんの少しだけ飲むか、とコップを二つ出し、缶ビールを分けて注いで、一つを道子の前に置きながら、憲吾はそう言った。

「例えば——解雇、とか」

目の前に置かれたコップの中に立つ泡を見つめながらそう答えた。

「何か、それらしいことを言われた?」

ううん、とかぶりを振った。そこまではない。業務命令違反を認めるかと言われただけだ。

「まあ、相手がどう出るか見るしかないけど——業務命令違反を認めて自ら身を引くという筋書きを考えているかもしれないな」

憲吾はコップに口をつける。二口で飲んでしまった。

「とにかく、絶対、自分から辞めると言わないことだ。仮に解雇ということを向こうが言い出したら、その時は解雇の正当性を争うことができる。経営側は表立った争い事を嫌うし、頼りない労働組合でも解雇となれば動くかもしれない。だが、自分から辞めると言ったら——それで終わりだ」

憲吾は、それだけ言って、風呂に入る、と立って行った。道子は座り続けていた。

自分から辞めたら終わりだが、解雇だったら争える——憲吾の言葉を反芻していると、何かが道子の中で蠢き始めた。解雇などという不名誉よりは、自分から退職願を叩きつけた方が潔いという気持ちが自分のどこかにもあるような気がする。だが、辞めたら終わりなのだ。人間

三日後、明日から保険請求という日の午後、事務長室に呼ばれた。明日の予約のカルテを揃えている最中だった。

「それは、誰かと代わって、すぐに行って」

須崎が大きな声を出す。

「あ、でも――」

「いい、僕がやる。どこまでやった？」

傍にいた岡田が引き受けてくれた。できているところを岡田に示してから事務長室に向かった。

ノックをするとすぐに応答があった。ドアを押し開けて、ぐるりと部屋を見渡す。二期工事が完成して新しくなってから初めて入る事務長室だった。広い。テレビドラマに出てくる企業の重役室の雰囲気だ。正面の壁に時計がある。二時五分。特に意味はなかったが、その数字を頭に刻んだ。

「まあ、そこへ」

大きな机の前に座っていた事務長の那須が立って来て、コの字に置かれたソファを手で示す。三人掛けの端に腰を下ろした。沈み込むほどにクッションが柔らかい。

那須は髭面ではないのに、なぜかそう思ってしまう厳つさがある。学生時代に研究室に巣食っていた革マルのリーダーに似ている。喋り方も少し似ていると前から思っていた。その那須が、なあ、村岡さん、とおもむろに口を開く。

「何ヵ月も仕事を放棄して早く帰っているそうだが、保険請求という仕事がそんなに嫌いか。医事課で働くのは性に合わんか」

道子を見つめて、那須の口から最初に出た言葉はそれだった。驚いた。何故、こんなことを言うのだろう、本気でそんな風に考えているのだろうか。

「いえ、仕事は好きです。受付も会計も保険請求も、医事課のみんなと一緒にやる仕事が好きです」

那須は怪訝そうな顔をする。本当に驚いているのかもしれない。自分のことはどんな風に伝わっているのだろう。医事課のみんなの苦痛は何も聞かされていないのだろうか。

「では、なぜ一人だけ早く帰る」

「体がもたないからです」

クッションに深く沈んでいる体が頼りない。かがみこむか背もたれに寄りかかってしまいそうだ。体を預ける場所を探しているような背筋を、頑張って伸ばして答える。

「前は子どものためでした。家庭を守るためでした。でも、今はただ自分の体をこれ以上痛めつけないためです。これ以上残業を続けたら壊れてしまいそうだからです」

「自分だけ帰って、平気なのか。ほかの人はどうでもいいのか」

それでは自分勝手ではないかと那須は言った。みんなと一緒にやるなら、みんなと一緒に――。

「なあ、村岡さん」

はっと目を開けた。何ということか、眠っていたらしい。

那須の声は低かった。いつもはそうでもないが今日の語り口は柔らかかった。中身は決して心地よいものではないのに、道子の耳にまるで子守唄のように響いたのか。眠いとも意識せずに沈み込んだソファの心地よさに体を委ねて――眠っていた、らしい。那須が話していたのは、確か、組織で働くということの意味だった。

――そのことと個人の生活は対立項だ。たとえば戦場でみんなが思い思いに勝手なことを主張し始めたら、戦争には敗ける。

そう言ったのは聞いた。戦争を引き合いに出すか、と思ったが口に出さなかった。その後の記憶がない。いや、どんな考えを持ってもいいが、方針には従う、それが組織原則というものだと、確かそんなことも言っていた。みんなが自分の考えに従って勝手な行動をしたら組織は無茶苦茶だと――同じようなことをこの間、須崎が言っていたなと思っていた。そんな分かり切ったこと――と思った後、どうしたのだろう。他のところだったら、こんなに甘くないという声も聞いていたような気がする。これからもっと厳しくなる、と言って、情勢を語り始めたのではなかったか――。

――老人医療の無料化以来、日本の医療費は拡大の一方だ。いや勿論、老人医療の無料化は運動の成果だ、勝ち取った大事なものだ。だが、病院がサロンになっていると言われるくらい老人患者が増えたよな。国の老人医療費は五倍に跳ね上がっている。おまけに、福祉元年と言われたあの年、中東で戦争が起こった。覚えてるか、オイルショックがあって、あの後からはずっと不況が続いている。革新が強い時はそれでも削れば猛反対にあうから手をつける訳にはいかなかったが、保守の時代だ。経済も成長率が落ちて赤字財政に変わってきている。ずっと赤字国債を発行し続けて、そんな中では無駄遣いもいい加減にしろということだな。そこで、土光さんの第二臨調だ。「減量経営」。行政サービスも削られる。その土光臨調が医療を目の敵にしている。医療機関は生き残りをかけて厳しい競争を強いられる。収入が伸びなければ支出を抑えるしかない。医療機関はコストの半分近くが人件費だ。つまり人件費を――

聞いていたつもりだった。だが、自分が時々居眠りの状態でいるらしいことは自覚していた。高校の授業で居眠りをした。みっちゃん、舟漕いでたよと言われたそれは、おそらく一瞬と言っていい程の短時間だ。似たようなことを事務長室でやってしまったのだと思っていた。時々舟を漕ぐ――。

だが、実は逆で、時々目を覚ましたのだということが後でわかった。何度かの覚醒の後に、自分で驚いて、これは謝らねばと那須の顔を見た時、彼はうんざりした表情で、もういい、帰れ、と短く言った。怒らせたかと思いながら、はいと応えてふわふわのソファから立ち上がっ事務室に帰ったら、心配してくれていたのだろう、羽嶋や咲子、亜由美ら何人かの職員が、道子を迎えるように椅子から立ち上がった。眠ってしまったらしいと話したらみんなびっくりした。それはそうだろう、一番驚いているのは自分だ。

怒られなかったの？

うん、怒られなかった。

じゃあ僕も呼ばれないかなあ、ふかふかのソファで寝たい、と羽嶋が楽しそうに言ったが、疲れてるんだよねえ、と亜由美が羽嶋を無視した。

10

月が変わって、保険請求が始まって二日目の昼休み、また須崎に呼ばれた。

「呼んだのはほかでもないんだが」

須崎は重々しさを装うように口を開いた。

「M診療所に移ってもらうことに決まったから」

一瞬、驚いて、道子は目を見開いて須崎を見上げた。勝った、と心の内に叫ぶ声を聞いた。自分の顔にゆっくりと笑みが広がっていくのを感じていた。須崎はちょっと眉を顰めた。

「いつですか」

「今月の保険請求明け」

急な話だ。普通なら無茶だと言うところだが、人事教育課の時と違って、やっているのは、医療事務の経験者ならすぐにでも交代できる仕事だ。自分にしか分からない仕事の仕方というものは、医事課では殆どない。その意味では機械の一部のようなものだとも言えた。そしてそういう仕事が自分は嫌いではないと、須崎の顔を見ながら、改めて道子は思っていた。

「誰か、代わりが来ますか」

それは聞いておかなければならない。

「M診からY君が来る。こちらは助かる」

Yは若い独身男性だ。須崎の言い方にかすかに嫌味を感じたが、医事課の職員のためには良かったと、道子はほっとした。

「まあ、いろいろあったけれど――残業は、診療所は病院より少ないし、まあ、病院もじきにコンピューターが軌道に乗って残業はなくなるが――まあ、そういうことです。しっかりやってください。診療所へ行ってもあんまり勝手なことはせんように」

そんな須崎の言葉を聞き流して、道子はぴょこんと頭を下げた。

「ありがとうございます」

笑顔を返しながら、大きな声で言った。

「村岡さん、行っちゃうのォ」

語尾を長く延ばして真紀は甘えるように訴えた。その方がいいんだねえ、きっと、村岡さんにはそれがいいんだねえ、でも――と真紀は言葉を切って道子を見つめた。

「行っちゃ、いやだ」

小さな子どものような真紀の言葉は道子の胸を打った。何も言えなかった。


真紀は退職願いを出した。

保険請求が終わって道子がM診療所へ異動する前、レセプトを提出し終わった保険請求の最終日、病院横の喫茶店で真紀と向き合った。

「こんな時間に珍しいね。村岡さん、M診療所に行くって言ってたよね。いつ?」

マスターがおしぼりと水を運んできて、そう言う。この時間は妻の方は夕食の支度で引っ込んで、マスター一人だ。

夕方の五時を過ぎてもまだまだ昼間の雰囲気だが、退勤時刻を過ぎたこの時間帯の、それも土曜日だ。この喫茶店に来る病院職員は多くない。

「明後日の月曜から移ります。今日で今月の保険請求、終わったので」

「あれ、もう行っちゃうの。今日が最後か。最後にうちに来てくれて嬉しいけど、寂しくなるなあ」

「急な話で、ばたばたっと動きますけど、また来ます。病院に用事があることもあるだろうし，こっちに来たら寄ります」

マスターは静かに頷いて、しかし、病院は何だかいつも急だよなあ、と呟く。

「私は、今月末で辞めます」

真紀が笑顔で告げる。マスターは、え？　と一瞬驚いた表情を作ったが、黙って二度頷いて、どこに行っても元気でな、と囁くように言った。マスターも真紀の状態は分かっていたのだろう。

「私は、結婚しても、子どもを持っても働きたい。でも、その保障のある職場ではないということを思い知った」

喫茶店の古いソファにもたれるようにして真紀は話し出した。いくらか健康を取り戻したように見えるのは、退職の決断をしたことの精神的な作用が大きいのだろう。

「前向きに捉えようと思う。逃げ出す訳ではなくて、今の職場にだけこだわることはないんだと。私はまだ若いし、今なら再就職だって可能だもの。ここで働きながら結婚して子どもを産んで、そして続かなくて退職したら、それっきりになるかもしれない。最初は、私が頑張って変わる職場なら頑張らなくてはと思っていた。でも、大きすぎる、重すぎる。私は微力。ここで一生を押し潰されてしまいたくない」

真紀の訴えるような話に、道子は頷くばかりで、何も言えなかった。野村友里が辞めて真紀

真紀が改めてと言うように道子を見つめた。

「村岡さん、良かったね。よく頑張ったね」

自身でうんうんと頷くように首を縦に振って、真紀は柔らかく微笑む。

「辞めていく私が、一緒に辞めようなんて言った私が、言える言葉ではないけど、でも、良かった。本当によく頑張った。村岡さんのその姿を脳裏に刻んで、私は次のところで頑張るから」

そう言って、明るい笑顔を見せてから、

「でも、矛盾したことを言うようだけど、どうして辞めるという選択をしなかったの？　一度も辞めようと思わなかったの？　聞かせて、私の今後のためにも」

今度は真剣な面持ちで迫って来る。本当に良く動く表情だと思いながら、

「そうだねえ、よく頑張れたと自分でも思うけど――」

道子はゆっくり言葉を選んだ。理由ははっきりしている。

教師という職業を、言わば自分の勝手で辞めた。それは当時の道子にとって大事な選択だったけれど、社会的に見れば我儘な選択だったと思う。我儘を押し通して退職し、新たな職を得たのだから、何がどうあっても辞める訳にはいかない、逃げる訳にはいかない。それは道子の、人としての矜持だった。

「私は一度逃げたの。教師という職業からね。二度は逃げられない。それでは自分をあまりに

貶めることになる」

そうか、と真紀は頷いた。二度逃げてはいけないのか、じゃあ、次の仕事は、慎重に選ばないと——。笑顔だったが、真面目な顔つきでそう言った。

店を出る時、おばさんによろしくと二人で声を揃えた。頷いたマスターが、うちもそろそろかなと思ってるんだ。いつまでも変わらないってことはないよな、と呟くように言った。

第五章　診療所

1

M診療所への初出勤の時も、本部事務所から病院に移った時と同じようにタイムカードを持って行った。職員用のサッシのドアを開けて狭い土間に入り、少し古びた感じのタイムレコーダーで打刻して、他の職員のカードが並んでいる状差しのようなラックの空いているところに差し込む。病院は大所帯だから、タイムカードを収納する場所も部署ごとに決まっていたが、ここは全職種が入り乱れているのが何となく楽しい。

出勤時刻は診療の開始時刻でもあって、すでに待合室には患者が溢れている。その待合室の背後にあたる狭い廊下を歩いて突き当りの階段を上った二階に事務室があるのは知っている。開け放されたままのドアから、事務室にそっと体を滑り込ませた。

「おはようございます」

俯いて机の上を漁っていた三田明美が顔を上げて、ああ、と笑顔になった。高校を卒業して四年目、医事課の咲子や亜由美より二年上で、最初からM診療所に配属された。驚くくらい履歴書で記憶しているのと同じ顔がそこにあったが、道子に笑いかけると、目が糸のように細くなって、ちょっと履歴書の写真とは違う顔になった。

白衣やシューズなどを道子に手渡し、机やロッカーの説明をしてから、

「診療が始まってるから、みんなの紹介は後で。とりあえず二階だけ案内するね」

そう言って、明美は先に立った。

M診療所には人事教育課時代、何度も来たことがあった。看護学生と一緒に公害患者の自宅を訪ねたり、彼女らをこの地域の様々な催しに誘ったりしたが、その時、診療所にも案内して看護婦と交流した。診療のない午後に行くことが多かったから、看護婦たちがお茶やお菓子でもてなしてくれた。わざわざ、自分や学生のためにお菓子を用意してくれたのだと思っていた。

だが、違っていたようだ。ここが休憩室、と案内された二階の十畳程の和室には、長机を三脚、大きな座卓のように並べた中央に駄菓子や果物が山になっていた。

明美が、その山を指して笑顔で言う。

「ここにあるものは、誰が食べてもいいの。家にある余ったお菓子や、みんなに食べさせたい

明美はそう言って、けらけらっと笑う。

「ケーキか。焼いたこともあるけど、今はそんな余裕ないなあ」

「残念。でも、そうだよね」

明美が頷く。

「だけど、ここに来て、何か太りそう。三田さんは全然太ってないね、食べないの」

道子がそう言うと、明美はちょっと眉根を寄せるような笑顔を作った。

「太れないの。どんなに食べても太れない」

「羨ましい」

「と、みんな言うけど、本人は辛いんだよ」

そう言って、また、けらけらっと笑った。


M診療所の事務職員は、男性が事務長の伊藤と三十になるかならないかと道子が記憶しているスポーツマンという感じの医事主任の佐々木、女性は若い明美とパートの野路節子がいた。節子は四十代で、もう十年以上も勤めていて、M診療所は誰よりも古い。顔も体もふっくらとして、明美とは好対照だった。

「もう一人いたんだけどね、Y君と同時にいなくなっちゃった」

午前の診療が終わった後、夜の診療の当番で午後から出勤した伊藤も含めてみんなが集まった事務室で、改めて道子が紹介され、それぞれが自己紹介した後、明美がそう言った。

M診療所にはパートの節子を除いて五人の事務職員がいた。今回、若いYが道子と交代で病院に異動した訳だが、それと殆ど同時と言える先月末、退職者が一人あったと言う。道子よりいくらか年上のその女性のことは履歴書だけで知っていたが、夫の遠隔地への配転という事情で辞めた。こちらは突然ではなく少し前から事情は分かっていたのだが、補充はなかった。

「だから、村岡さんには二人分働いてもらいます」

明美がにこにこと笑いながらそう言う。

「ここで一番偉いのは明美ちゃんだからね」

佐々木が言うと、

「一番仕事してるから、と、ちゃんと理由を言ってください」

明美が澄まして応じた。


M診療所出勤一日目のその日は、午前の診療後、診療所の内部を案内してもらい、患者の動線などの説明を受けた。

二日目、佐々木が診療の窓口に着いた後ろに立った。節子が受付担当で、患者のカルテを出して診察室へ運ぶ。節子にカルテの収納の仕組みを質問しながら、全体の動きを眺めている と、診察が済んで会計用の籠に入れられるカルテとは別に、看護婦が十冊ほどのカルテを持っ

のだ。公害認定を受けている患者のそうした治療は自己負担がない、つまり会計がないから、症例検討などで使わなければそのままラックにしまわれることになる。病院にもそういう患者は勿論いたが全体の中の割合は多くない。それに比べると、M診療所の公害患者は圧倒的な割合だ。

「特に朝の早い時間は公害患者さんが多いから、待合室が賑わってる割に会計の仕事は少ない」

佐々木が説明してくれた。

午前の診療が終わり、佐々木と一緒に休憩室に上がった。蒸し暑い。うわあ、と声を出して、佐々木が冷房のスイッチを入れた。つけっ放しでいいって言ってるんだけど、切るんだよな、などと呟いている。

「感想はどうですか」

机に向かって座り込んで、お茶を淹れ、弁当を開きながら、佐々木が訊いた。

「本当に、患者さんで犇めき合ってる割には、仕事はゆったりしてますね」

うん、と佐々木は頷いて、綺麗に渦巻き模様に焼き色のついた卵焼きを箸でつまむ。

「これ、上手でしょう。僕が焼いたんだよ」

へえ、と声を出して、

「お弁当、自分で作ってくるんですか」

「大体彼女と交代で。勤務の都合があるから僕が作る方が多いかな」

ふうんと小さい声を出す。こういう話になると道子は縮こまる。最初姑と同居したことも関係しているだろうし、清友会に就職する前は一時期専業主婦のようだったこともある。ごく自然に食事の支度は道子がするのが当たり前になっている。だから、道子が残業続きだった時、子どもたちの食事は外食だったり、スーパーの鮨だったり菓子パンだったりが多かったらしい。憲吾を教育し損ねたとは思っている。

道子も弁当を開いた。病院時代は食堂に頼むことができて、結構おいしかったからずっと作っていなかった。時間的にも随分助かった。異動して、新しい生活になるのだと頑張って再開した。それに、M診療所の近くに昼食のとれる店は多くない。

「仕事の話に戻るけど。ここに比べると病院は厳しいよね。Y君にはよく言っておいたけど、今頃びっくりしているかも。大体、八時半出勤だし」

黙って頷いた。

病院は半年前に、九時出勤が三十分早められた。さすがに労組から、就業規則に定められている時間を安易に変更するのはおかしいという意見が出た。

診療所職員は猛反対した。その結果、驚いたことに診療所は今まで通り九時―五時勤務ということになった。

「病院と診療所の差があり過ぎますよね。同じ経営なのに」

「診療所は昔からの職員が多いからね。自分たちの条件は変えないぞと、テコでも動かないようなのがたくさんいる。病院は新しい職員が多い。だから、仕事の仕方を変えようと思う人間にとっては扱い易い」

「それは分かります。でも、そういうことじゃなくて――」

片方は体を壊す程の残業に苦しみ、退職を余儀なくされていく。片方は談笑しながらゆったりと仕事をする。なぜ、こんな違いがまかり通るのか。

「佐々木さんだって病院の医事課に異動になるかもしれないんですよ、そんな他人事みたいに――」

「僕はね、まず、ならない」

道子の言葉を遮るように佐々木は言った。どうして、と道子が口に出す前に、佐々木が殆ど無表情と言っていい顔つきで続けた。

「僕は、病棟看護婦の夫だからね」

思わず息を呑んだ。佐々木の妻は夜勤をやっている病棟の看護婦だ。最近主任になったのではなかったか。小さい子どももいる筈だが、彼女が病棟勤務を外れたという話は聞かない。成程、彼を病院の医事課のような勤務条件に置いたら、有能な看護婦を一人減らすことにもなりかねないのだ。

「まあ、いろんなバランスをとって、清友会は成り立っているということかなあ」

そう言うと、佐々木は無心にというように箸を使い始めた。

人民の宝の清友会を守るために今が頑張り時なのだと言って、道子の残業について憲吾を説得しようとした、医事課長だった稲村のことを思い出していた。彼は憲吾と話して、大事なのは清友会の活動だけではないことを納得した。自身が診療所に異動が決まった時、彼は病院とは違う頑張り方をすると言った。何故彼は病院と診療所を一緒に、つまり清友会全体の働き方、頑張り方としてその問題を考えなかったのだろう。

「でね、その代わりという訳ではないけど、僕ら、活動の方はそこそこ頑張ってるよ。これもバランスの一つだと思ってるんだけどね。そう言っちゃ何だけど、病院は、特に医事課は、何もやってないでしょ」

ぼんやりしていた道子の顔を覗き込むようにして、佐々木がそう言う。

「医療改悪に民医連としてはしっかり立ち向かわないと。老人医療有料化案も去年国会に出されて、今のところ何とか食い止めてるけど、やばいよ、実際」

病院事務長の那須が、老人医療無料化以来政府の医療攻撃が厳しくなったと言っていた。

「困るのはさ、無料では申し訳ないと思ってる老人が結構いるってことだよね」

道子もそれは知っている。病院のサロン化だの何だのというマスコミを使っての攻撃が老人自身にも沁み通って肩身の狭い思いをしているのだ。少しくらいなら払えるからと病院の窓口で言う人がいた。だからそんなに反対しなくてもいいと。彼女は自分が無料になる分は病院の

な素直な人たちを説得するのは難しい。

「それから、もう一つ大事な活動も、やってなかったでしょ」

食べ終えた弁当を包みながら、佐々木が声を潜めて意味ありげな笑みを作って言う。

「大事な？　――共産党の？」

急に、少し違う次元の、だが、気になっていた現実に引き戻されて、思わず小さな声になって周囲を見回してから訊いた。看護婦たちは、今日はみんなで昼食会だと言って出て行った。今は和室には佐々木と道子しかいない。佐々木が頷く。

「会議やってた？」

かぶりを振る。

「新聞の配達や集金もやってないでしょ」

今度は頷く。

「学習は？　情勢は激動してる。国内では反行革、世界では反核が叫ばれている。運動を進めるためには勉強が大事だよ。それと、ここのところ、ソ連の日本共産党批判がすごい」

そう言えばまだ病院勤務だった冬の頃だったろうか、憲吾が「赤旗」に連載されていた「スターリンと大国主義」を夢中で読んでいた。他人事のように見ていた。

「学習するのも任務なんだよ。来年は選挙もあるから。学習、あまりやってない？」

頷く。

「まあ、その分、ここで頑張ろう。ちなみに、僕は支部長。後できちんと説明するけど、会議は木曜の五時から。夜診《よるしん》のある時はできないからね」

佐々木が、道子を見つめてそう言った。

本部時代毎週やっていた党の会議は、病院では声もかからなかった。「赤旗日曜版」の配達や集金もなくなった。稲村はそういうことを気にしていたようではあったが――。

ふいに、稲村が診療所へ行ったら頑張ると言ったのは共産党の活動のことだったのだろうかと思った。少し混乱していた。

2

知らなかったが、M診療所ではすでにコンピューターが導入されていた。と言っても、病院で入院係に入ったのと同じ時期に、機械が運び込まれたのであって、まだ本格的に稼働している訳ではない。事務室の隣の小部屋に、テレビとタイプライターと亜由美が言ったブラウン管とキーボードが置かれていた。少しずつ「頭書き」と「病名」を入力してきて、それがほぼ終わり、診療の中身を入力し始めていたところだと言う。

異動二日目の午後も明美がオリエンテーションの続きのようなことを話してくれる。本当に明美が責任者なのではないかと思うくらいだ。

明美がコンピューターを前にして話し始めた時、事務室の古い大きな冷房の機械がドーンと重い物が床に落ちたような音を立てた。その後、ヒュゥーと頼りなく息を吐くような音を出して止まった。

「もう、いい加減に新しいの、入れてくれないかなあ」

そう言いながら、明美はいったんスイッチを切る。途端に部屋の空気がねっとりと肌に絡みつくような気がする。暑いけど、ちょっと我慢ね、明美はそう言って、

「これね、待合室にあったんだけど、時々止まるようになって、待合室には新しいの入れたんだけど、勿体ないって、こっちを事務室に持ってきたの。良く冷えるんだけど、喧《やかま》しいし、電気代喰うんじゃないかな。新しいの買った方がよっぽど経済的だと思うんだけど」

そう言いながらスイッチに手をかけて、一、二、三と数えるようにほんの暫くそのままでいて、えいっと声を出してスイッチを入れた。グオーンと大きな音がして、機械がまた動き出した。よし、と言って、明美がまたコンピューターの前に戻る。

「だけど、レセのプリント、今月はやめた」

「今回の異動のせい？　だよね」

明美が頷く。突然だったから、さぞかしこっちでも驚いたことだろう。

「コンピューターはY君が中心だったの。病院に行けば大変になるから、最後くらいのんびりしてもらおうということになった」

頷いた。

「村岡さん、病院でどこまでやった？　大分進んでる？」

明美が訊く。

「進んでるのは入院係、それでも、まだ機械と手書きと両方やってる。外来は頭書きだけ。ここよりずっと遅い」

ふうん、と明美は真面目な顔になった。

「カルテ枚数多いもんね。それで、患者数の割に職員が少なくて残業多いんだよね」

うん、と頷いた。実態はある程度伝わっているようだ。

「私もY君みたいに、いつか病院に行けって言われるかな」

ちょっと驚いて、明美の顔を見つめた。確かに明美が咲子や亜由美と一緒に病院にいてもおかしくない。彼女は佐々木のような条件にはないのだ。

「ま、そんなこと今考えても仕方がない。やることやろう」

明美はすぐに元気な表情に戻って明るい声を出した。

「それでね、仕方ないから私がコンピューター担当になりました。だって、伊藤さんはいまだに、えーっと、なんて言いながらポツンポツンと打ってるし、佐々木さんも大して変わらない」

そう言いながら、明美は笑顔だ。

思ってるんだけど、どう思う。あの二人は、私が決めたとおりにやるよって言ってるけど」

保険の種類は、健保組合を持たない中小企業等の従業員が入る政府運営の政管健保――政府管掌健康保険――をはじめ、共済、国保、組合健保などいろいろあって、保険ごとにレセプトの色や罫の色が違う。本人と家族も違う。政管健保の本人は、白地の紙に黒の罫と最も基本的なものだった。

明美の言葉に、うん、と頷いた。

「いいんじゃないかな。でも、私、まだ診療内容の入力の仕方、全然わからないから、教えていただけますか、先輩」

背筋を伸ばしてそう言うと、明美はキャッと悲鳴のような声を上げた。

「よろしい、教えましょう。明美先輩は厳しいよお」

そう言って、けらけらっと笑った。


明美に医療行為の入力を教わった。

病院時代は、この機械に向かい合っている分保険請求の残業が増えるのだと、苦痛でしかなかったコンピューター入力だったが、空き時間に自分のペースでキーボードを叩くのは、ちょっとしたことでも自分らしい工夫ができて面白くすらあった。同じ作業をしても、余裕があればこんなに楽しいのだと改めて思っていた。疲れたら、いや疲れる前に休憩できるのも大きい。

みんなで協力して、月末までに政管健保本人のカルテ内容を入力することができた。

プリンタの軽快な音と一緒に、仕上がったレセプトが流れ出てきた時はおもわず歓声を上げてしまった。今までの手書きの、判読が難しい程のものと比べたら、何とも美しいレセプトだ。

印刷したレセプトは、まだ入力ミスや入力漏れも考えられるから、カルテと突き合わせてチェックしなければならないけれど、早く間違いなく入力できるようになったら、コンピューターを窓口に置いて、その日の診療内容を入力し、連動するプリンタで領収書を発行して会計をする。日々のカルテの内容をその都度入力できれば、保険請求は、点検の必要はあるにしても、レセプトの印刷作業に変わる。これまではレセプトが仕上がっても、算盤を使っての集計作業なども結構大変だったが、その辺りはコンピューターは何の苦もなくやってのける。

尤も、日々の診療時にその都度治療内容を入力しようと決めた時、ちょっとした議論が起こった。公害患者のカルテの入力をどうするかという点だ。

「毎日毎日、再診料一回、吸入一回、注射一回って入力するより、一ヵ月分まとめて吸入二十何回って入力した方が速いんじゃないの」

そう佐々木が言うのは尤もで、多くが日々同じ治療を行っているからそういう考えも出される。そんなあれこれも含めて、コンピューターは仕事に根付いていった。ここまで来れば、確

病院の業務にもう少し余裕があれば、だれもが今の道子のように前向きに受け止めることができただろう。どうして、その余裕を職員に与えないのだろう。コンピューターを順調に稼働させられるまで、診療所や別の部署などから交代で応援を頼むとか、一時的なコンピューター入力のアルバイトを雇うとか、その気になって工夫すれば、方法はあるだろうと思う。

そのほんの少しの譲歩を惜しんで、病院は職員の方に「ほんの少し」と今いる職員で乗り切るための我慢を強いた。今も病院では咲子や亜由美ら医事課の職員は、病院側から見ればほんの少しの我慢、一人の人間としては健康を害するぎりぎりのところで働いている。

なぜなのだろう。清友会は患者一人一人を大切にする医療を目指している。それは患者の人権を尊重するということだろう。実際、多くの場で、その姿勢は受け止められ、感謝も支持もされている。その清友会が、なぜ、職員に関しては一人一人を大切にする姿勢を持たずにいられるのか。

病院の事務長の那須に呼ばれた時、彼は道子に仕事が嫌いなのだろうというようなことを言った。驚いた。理解されていないのは勿論だが、職員として信頼されていないと思った。職員を信頼しようとしない人間に民主的経営の管理者が務まるのか。それでいいのか。それとも信頼されてないのは、「業務命令違反」を繰り返していた道子だけだろうか。

3

本部から病院の医事課に異動してから、学童保育所の夜の活動に参加することは少なくなっていた。会議も、指導員を中心に子どもたちの様子を語り合う教育の父母の会は月の後半にもたれたから、こちらだけは体調の許す限り出席したが、月の前半に行われる運営の父母の会は欠席していた。以前は物資販売の担当だったが、時間も体もたっぷりと使わねばできないそうした仕事は免除してもらっていた。

その運営の父母の会に久しぶりに参加した。勇樹が一年生になる時に加わった学童保育所の運動だったが、あっという間に三年が経って、勇樹は四年生、耕輔が一年生になって新たに入所していた。

「これからは、多分、運営の父母の会にも出られると思います。残業は少なくなったけど、なくなった訳ではないので、前みたいには無理だと思うけど、また一緒に頑張らせてください」

新一年生の親も加えた父母の会でそう言って、道子の体調を心配してくれていた親の会会長の海野をはじめ父母仲間たちから拍手をもらった。何だか進行を急いでいると思ったら、会議の後、今から村岡さんの運営の父母の会復帰を祝う会を行いますと海野が宣言し、道子には突然だったが、缶ビールやささやかな肴が用意されていて、短い時間の飲み会になった。ああ、ここはこういう風だったたと、久しぶりにまた地域での日常が戻ってきたことを思っていた。

には厳しい話し合いもするが、親としては基本的に楽しく自分の子どものことや教育問題を考えられる場であった。

その日、指導員の稲葉がにこにこしながら、最初に報告したことは、耕輔が泣いたということだった。

「ねえ、みなさん、今日、耕輔が泣いたんです。すごいでしょう、やっと泣いたんです」

眼鏡の上にバサバサとかぶさってくる前髪を一々手でかき上げながら、細身の稲葉は本当に嬉しそうにそう言うので、言葉の意味するものとその態度の懸隔にいくらかは戸惑いつつ、父母たちはみな笑顔だ。

窮地に追い詰められ、どうしようもなくなってただ泣く、泣くことで自身の無力を知るところから子どもは成長するのだというのが、最初から聞かされている稲葉の少し変わった信念だった。だから、稲葉は新しく入ってきた一年生十七名について、誰がいつどういう事情で泣いたかを観察し続け、誰かが泣くたびに、父母の会でそれを報告し、分析し、その子の課題を提示した。それについて、また父母たちがあれこれ意見を出して論じ合うのだった。

ところが、入所から四ヵ月が経ったのに、ただ一人泣きそうもないのが耕輔だった。

三年前勇樹が入所してから、道子は学童保育所の運営に深く関わってきた。ある時期までは毎日のように学童保育所に顔を出していたが、そんな時は耕輔も連れて行ったから、耕輔は親集団とも指導員たちとも顔なじみになった。勇樹は四年生になって学校や地域の子ども会関係の活動もあって休みがちではあるがまだ籍を置いていて、子どもたちにとっては今や最上級生だ。耕輔はその弟で、おまけに四月生まれということもあって一年生の中では体は大きい。そんなあれこれが重なって、耕輔には怖いものがなかったようだ。窮地に追い詰められて泣くという状況を、稲葉がいくら策を練っても作り出せそうになかったと言う。

「それが本当にびっくりするようなことで泣いたんです」

稲葉はいかにも嬉しそうだ。

「いいよ、早く言えよ、耕輔は何で泣いた」

しびれを切らした父親の一人が声を上げる。学童保育所ではいつの間にか、親たちは、よその子も自分の子どもと同じように呼び捨てにしている。

「何と食い物なんです。ホットケーキです」

稲葉が瞳を光らせた。

夏休みになったので、通常と違って学童保育所の保育時間は朝から夕方までになった。給食がないので毎日弁当を持たせなければならない。今日、道子は勇樹と耕輔の昼食用にホットケーキを焼いた。小さめのホットケーキを三枚紙に包み、フルーツを小ぶりの容器に入れて添えた。

「耕輔が、弁当を開いたらホットケーキが三枚あった。横にいた美弥子が、あ、ホットケーキ、もらいー、とか言ってぱっと上の一枚を取った。それを見て、反対側にいた沙耶が、私

「ホットケーキ取られて――そんなことで泣いたのか」

父親の一人が訊く。

「そんなことで泣いたんです」

またも嬉しそうに稲葉が答えた。一瞬の間の後にくすくすと誰かが笑い出し、ひそやかに広がっていった。

「耕輔の弱みもわかって、とりあえず、僕の今年度最初の課題はクリアできました。次は二つ目の課題を考えます」

「それはいいけど、ホットケーキはどうなったの」

美弥子の母親が訊く。

「二枚は可哀想だから。美弥子が取ったのを半分ずつして、沙耶の取ったのは耕輔に返せと言いました。それで、美弥子と沙耶は自分の弁当から耕輔にお返しをするようにと。そうしたら、二人とも悪いと思ったのか、ウインナとか茹で卵なんか、たくさん耕輔に回して、耕輔の機嫌はすぐ直りました。回復の早いところがあいつはすごい」

そこで大笑いになった。道子は最後まで苦笑するしかなかった。

4

M診療所での保険請求の残業時間は病院の半分以下になった。日曜出勤もなかった。毎月のように保険請求時に偏頭痛の症状が出て、たいていは嘔吐を伴い点滴をして回復するということを繰り返していた道子だったが、そういうことも起こらなかった。

病院の医事課の仕事は医療事務だけだった。受付、会計とそれに関連する雑務、そして保険請求。だが診療所の事務の仕事は幅広い。看護婦たちと一緒に患者を訪問したり、地域の様々な行事に参加したりする。異動して最初の大きな行事は地域の盆踊りだった。水風船と焼きそばの店を出すのは恒例で当てにされている。盆踊り自体は夜だが準備は昼間だ。五時までは間違いなく仕事で、それ以降は地域活動とでも言えばいいか、そこに時間で線を引く考えはないようだった。

十月は地域の子ども会との共催の運動会があった。その運動会が予定されていた前日の土曜日の朝、耕輔が吐いた。熱も少しだがあるから、風邪気味なのだろう。調子の悪い時、よく吐くのだ。以前、小児科で自家中毒と言われた。尿検査をするとケトン体という物質が出る。中毒と言っても悪いものを食べて当たったというようなことではない。原因は様々だが、風邪や疲れた時、ストレスも引き金になって起こるという。起こしやすい体質もあるらしい。

行ったら、もう元気になって遊んでいた。点滴一本でけろっと治るんだから、お母さんとおんなじだね、と道子がしょっちゅう嘔吐して点滴をしていることを知っている小児科医がそう言った。

その日も耕輔に学校を休ませ、診療所へ連れて行った。病院時代とは違って、仕事を休もうと思えば休めなくもないのだが、三十三部を受け持っている「赤旗」日曜版の配達を残していた。仕事じゃなくて、そっちが理由？　と憲吾に言われたが、大事な理由だ。それに、午後からは運動会の準備が入っている。運動会では地域をいくつかのブロックに分けて、対抗戦でリレーや騎馬戦などの競技を行うが、ブロック対抗の応援合戦もなかなかの見ものだそうで、その応援用の看板を作る作業だった。

耕輔を連れて出勤し、小児科に預けて仕事をした。明美をはじめみんなが気を遣ってくれて、病院の時よりはちょくちょく様子を見に行けた。点滴中はぐっすり眠って、昼前にはすっかり元気になっていた。

午後はその耕輔を連れて、看板描きの現場に提供された町工場に出かけて行った。

「あ、忍者ハットリくん」

工場の駐車場に置かれた、ベニヤ板三枚を接いだ大きな板に模造紙を貼って描かれた図柄を見て、耕輔が大きな声を上げた。青い色が少し塗られた忍者の衣裳を着けた人気のテレビアニメのキャラクターが逆立ちをしている。その横にはそれより一回り小さいこちらは赤い色らしい衣裳の忍者もいる。犬も猫も描かれている。

「お、忍者ハットリくん、知ってるか」

色合いを試していたのだろう、ペンキの刷毛を持って立っていた白髪の男性が笑顔で耕輔に話しかけた。うん、と耕輔が大きな声を出した。

「じゃ、これは誰だ」

小さい方の忍者を刷毛を持った手で指す。

「シンゾウ」

耕輔が大きな声で答える。

「これは?」犬を指す。

「しし丸、それで、こっちは影千代」

訊かれる前に猫のキャラクターの名前まで口にしていた。そうか、良く知ってるなあ、おじさんはそこまで知らなかったなあ、すごいぞと褒められて、耕輔は嬉しそうだ。

その後みんなで色を塗り上げた。耕輔も小さな絵筆を借りて一所懸命手伝った。五時までに何とか仕上げて、看板を工場の中にしまい、診療所へ戻って帰り支度をした。

日曜版は昼休みに大半を配っておいたので、残りの数部を持って、耕輔と一緒に地下鉄の駅まで配りながら歩いた。

最後の一部は駅の近くの五階建てのマンションの五階だ。エレベーターがなくて階段を上っ

指さしながらそう言うと、

「僕が一人で行ってくる」

　耕輔がそう言った。驚いた。が、病気から始まった今日だけれど、看板を描いたり新聞を配ったり、彼にとってはある意味不甲斐ない事態を修正してきた午後の行動で、その締めくくりが一人で五階まで配達するということなのだろうと、頼むことにした。

「じゃあ、お母さん、ここで見てるから。階段一番上まで上って右側だからね」

　うん、と耕輔は新聞を抱えて走り出した。階段を上る様子は、建物から少し離れると良く見える。一度途中で振り返ってこっちに手を振って、また上って行く。五階に着いた。後はポストに新聞を押し込めばいいだけだ、と思ったが、しばらくそのままでいる。どうしたのだろう、と思った時、ドアが開いた。チャイムを押したのだ。耕輔がこちらを指さし、女性が半身をドアの内側に置いたまま、道子に向かって頭を下げた。慌てて道子も倣った。耕輔が新聞を手渡し、手を振って階段を下り始めた。女性はしばらく見守って、それからもう一度道子に会釈をしてドアを閉めた。道子の元に走って戻ってきた耕輔は、朝病人だったとは思えない、元気いっぱいの笑顔だった。

5

M診療所へ異動して三ヵ月と少し経ったある日、病院の瀬川医師がM診療所の内科を担当した。

診療所の常勤医師は内科医の所長と小児科の女医の二人で、小児科は午前の診療のみだが、内科は週三回夜も診療を行っている。所長一人が内科診療のすべてを担う訳ではなくて、病院の医師がいくつか診療単位を受け持っていて、時々彼らの都合で交代することもある。その日、瀬川は学会に参加する医師の代わりにやってきた。彼は年齢も近く、道子は病院で何度か彼の診察を受けたことがあって、その頃から道子の健康状態を心配してくれていた。

診療が終わり、瀬川が診察室から出て来た。挨拶をしなければと、道子は後片づけを中断して、カウンターの中から患者のいなくなった待合室に出た。

「どうですか、こっちは。元気になりましたか。顔色は良いようだけど」

待っていてくれたようで、道子が声をかけるより先に瀬川がそう言った。

「ありがとうございます。こっちに来てから頭痛は起きていません」

「そうですか、それは良かった」

瀬川は笑顔になった。

「自分でも現金だなと思うんですけど。残業時間が半分以下になったし――」

「でも、基本的には、えっと、あなたは医事課に何年いたんだっけ」

「二年と」

指を折って、

「五ヵ月です」

またも、うんうんと頷いて、

「基本的には、元に戻るには、その症状に至る原因を作った期間はかかるからね」

「つまり、治るまでには、二年と五ヵ月かかるということですか」

「完全に治るにはね、勿論その期間無理をしなければ、です。ここは今のところ大丈夫そうかな」

大丈夫ですよ、と後ろから佐々木の大きな声がした。事務長の伊藤が休みでいないので、代わりに瀬川に挨拶をするために出て来たらしい。

「先生、ご苦労様でした。ありがとうございました。大丈夫です、村岡さんはすぐに元気になります。ここは病院と違って楽しくやってますから」

「病院だって、楽しいこともありますよ」

瀬川が小さく笑いながら佐々木に言った。ね、と道子に同意を求めてから、

「でも、あなたがこっちに来て、飯田真紀さんが辞めたら、また一人点滴をする人が出てきたみたいです。原口さんと言ったかな。若い人です」

亜由美だ。まだ二十歳前なのに。

「今度の課長さんがね、また――」

瀬川がちょっと眉をひそめて言った。道子がここM診療所に異動して少し経って、須崎も別の診療所に異動になった。その前の課長の稲村が診療所に異動する時は課長待遇という言葉がついていたのに、ほぼ二年課長職にあった須崎は役職ではないようだった。道子が異動する少し前に起こった突発的な山猫ストとも言えそうな事件とか、道子の「業務命令違反」を抑えられなかったことなどが理由なのだろうと、少し気の毒に思っていた。

その後医事課の課長になったのは、病院のどこかの部署から抜擢された男性で、道子は全く接触したことがない。

「この間、事務室を覗いたら、机の配置が変わっていて、教室のようにみんな同じ方向を向いて、一番後ろに課長さんの机があるのです。あれは良くないなあ。K先生とそう話してるんですが」

Kは精神科の医師だ。

「原口さんはK先生にかかり始めました」

瀬川の言葉に、

「先生、患者の情報を漏らしちゃ駄目です」

冗談のように佐々木が言うと、

玄関の硝子戸を押し開ける音がした。三人揃ってそちらに顔を向けた。

「あのう――」

すうっと入って来たのは痩せぎすの若い女性だ。顔色が悪い。髪の毛もどことなく白っぽく、一重瞼の目が細い。眉もあるかないかのように薄い。初めて見る顔だ。

「こんにちは」

女性が細い声でそう言った。

「ああ、峰さん、こんにちは。つゑさんがどうかしたの？」

佐々木が声をかけた。峰さん――、つゑ――。佐々木の応対で、道子も目の前の女性が、この間の症例検討会で取り上げられた峰つゑの孫娘の恵子だと分かった。

「おばあさんが、お腹が痛いって、先生呼んできてって言うから」

恵子は、初対面の瀬川や道子に少し怯むように半分俯きながら、おずおずと佐々木に向かってそう言った。

「そうか、つゑさん、お腹が痛いのか。困ったなあ」

佐々木が、恵子から瀬川に視線を移しながらそう言う。

「看護婦さん、呼んできましょうか」

峰つゑのカルテを出してそう言うと、佐々木が頷いた。

休憩室から今日の診療介助についていた室田奈美を連れて戻ってくると、瀬川が、行きますよ、と声をかける。

「え、先生、往診？」

道子が思わず声を出した。佐々木が小さく頷く。奈美が慌てて準備を始めた。

瀬川と奈美は恵子と一緒に出て行った。

「瀬川先生で助かった。病院の先生は往診頼みにくい人多いもんなあ」

佐々木が玄関のドアを見ながら呟いた。

休憩室で昼食を摂っていると奈美が帰って来た。

「村岡さん、瀬川先生が呼んでる」

声をかけられて、急いで階下に降りると、瀬川は待合室の椅子に座っていた。佐々木が前に立って、先回の症例検討会のレポートらしい資料を見せながら説明している。

M診療所では毎月全職種で症例検討会を行っている。気になる患者について、病気や治療についてはもちろん勿論、患者の家族関係や生活状態、抱えている問題などを洗い出して全職種でディスカッションをする。

峰つゑに関する報告は奈美がまとめた。だが、つゑよりその孫の恵子に議論は集中した。恵子は両親が離婚して、いや、正式にはどうなっているか分からないのだが、彼女が子どもの頃にそれぞれいなくなって、祖母のつゑに育てられた。やっと二十歳になったところだ。仕事も、以前は働いていたこともあったが今はどこにも行っていない。つゑが転倒して骨折し、歩

摑めていない。

「訪問看護もしているんだね。訪問看護って、保険請求できないんでしょう」

瀬川がレポートを見ながらそう言った。

「できません、だから、行っても金にはなりません。今のところ」

佐々木が澄まして答える。

「でも、そんなこと言ったら、金にならないこと、結構一所懸命やってるよね、僕達」

佐々木が同意を求めるように道子を見る。頷いた。

訪問看護をしても保険で認められていないから保険請求ができない。だが、診療所の看護婦たちは気になる患者の居宅をしょっちゅう訪問している。昔からだ。道子が人事教育課時代、看護学生たちに自慢できた清友会の医療活動の一つでもある。

ただ、政府の医療政策が大きく変わろうとしているこの時期、医療機関への受診を減らす方向と併せて在宅医療に目が向けられ始めている。政府のやることとだ、これまで清友会やほかの民医連の院所がやってきたような地域住民に寄り添った訪問医療や看護と同じ内容が目指されているとは思えないが、訪問看護の診療点数化は現実的な方向になっているようではある。

「彼女は、拒食症ですね」

瀬川が佐々木と道子を見て言った。その言葉はこの間の症例検討会でも看護婦から出た。聞いたことはあっても、実際にそういう人間にあったことはなかったが、先程恵子を目の前にして、道子は納得していた。

「拒食、というのは、どういうことなんですか」

「食べると、誰でも幸せな気持ちになるでしょう。食べることは安心感につながるんです。それを拒否するということは、心の底にある何かと生命の危険をかけて戦っているということなんでしょう」

「心の底の何か――」

「本人はそれを意識できてないと思いますよ。できていれば治療は楽ですけどね」

「空腹感はないんですか」

「脳の摂食中枢が麻痺していますからね。ハンストとは違います」

拒食とハンスト――似て非なるもの。

「どうすれば――」

「さあ。ただ、ここの診療所みたいに、信頼関係を持って結びついていることは大事なんだと思いますよ。彼女を、今のままの彼女を、とにかく受け入れるところから始めないと。信頼関係は大事です」

そうだ。この間の症例検討会でも、まずはそこに結論を置いた。患者はつゑで、つゑの症例検討だったけれど、殆ど恵子の話に終始した。

「さて」

そう言って、腰を上げた。

玄関に出て、

「しかし、やっぱり診療所はいいなあ、異動希望出そうかなあ」

去り際に、呟くように言った瀬川に、

「いいですねえ、所長と二人でここの診療所回してくださいよ」

佐々木が笑顔で応える。

「病院は、何だか、少し、大事なことを忘れている気がするんですよね」

瀬川がそう返すと、

「まあ、でも、経営が厳しい訳だから、稼げるところでは稼がないと」

佐々木は真面目な顔になって、慎重に言葉を発した。

「そうですね、それを言われると、何も言えない訳だ――」

また呟くように言って、瀬川は病院に帰って行った。

6

「村岡さん、電話。人事、じゃなくて総務の、総務って言われてもピンとこないけど、山崎さん」

明美が送話口を手で押さえてそう言いながら、受話器を道子に差し出す。山崎——道子にとって初めての上司。だが病院への異動を拒んだ時、突き放された。あれから二年半、いやもっと経ったと頭の中で月日を数えてから受話器を受け取る。

「代わりました、村岡です」

「久しぶり。元気になったか」

本当に久しぶりの山崎の声が受話器を通して聞こえてくる。そんな風に言うということは、道子が病院勤務で体調を崩したことを知っていて、気にかけてくれていたということだろうか。それで良しとするか、というような気持ちで、はい、ご無沙汰しています、何とかやっていますと応えて、次の言葉を待った。

「実は、高階さんが亡くなった」

不意打ちだった。返事ができなかった。高階鈴子が、死んだ——。

「もしもし、聞いてるか」

はい、と上ずった声が出た。病院の敷地内にあった本部事務所に、女性は鈴子と道子の二人きりだった。鈴子はずっと経理を担当していた。道子が病院に異動になる時、心配して、あれこれ古い職員に相談を持ちかけたりもしてくれた。それで変わるような状況ではなかったが——

——。

「いつですか？」

「肝癌だった。職員健診で見つかったが遅かった。妙に我慢強いのが悪い方に出たんだろうな。それでも、仕事を続けていた。三月末締めの決算があったから。それが終わった後は休んでいたが、ここのところは入院していた。それで、今日――」

職員健診は二月の末だった。発見されてから八ヵ月しか生きられなかったのか。しかも、その半分近くは決算に追われていたのだ。

「全然、知りませんでした」

「うん、あまり知らせてなかった。で、明日お通夜で、明後日、葬式だ。後で知っては、あなたも辛いかと思って」

命を削るようにして働いていたのだ。呆然としている内に、山崎は電話を切った。

受話器を置いて顔を上げると、不審そうにこちらを見ている明美と目が合った。すぐには鈴子の死を口にする気にならなくて、明美の視線を外して窓の外に目を遣った。窓硝子を透かして見る空に秋の雲が一面に浮いている。かすかに風が吹いているようだ。鈴子は、病室の窓からこの雲を見ていただろうかと思っていた。

翌日喪服と数珠を持って出勤し、仕事の後、通夜に出た。遺影の顔も、棺の死に化粧をした顔も、良く知っていた鈴子だった。

地下鉄の駅に向かって歩いていた。後ろから名を呼ばれたような気がした。振り返ると稲村が喪服姿で駆けてくる。

「ああ、追いついた。お通夜に出ていたんだね。高階さんが亡くなったこと、どうして知ったの」

「昨日、山崎さんから電話をもらいました。後から知っては辛いだろうからって」

稲村は二、三度頷いた。

「稲村さんは？」

「古くからの同志だからね、それなりの連絡網がある」

今度は道子が頷く。稲村も結構古い職員だ。清友会の早い時期から鈴子たちと一緒に頑張ってきたのだ。

「時間があるなら付き合わないか」

稲村が顎をしゃくる。視線の先に赤提灯がぶら下がった、いかにも場末の飲み屋という雰囲気の店があった。店の入り口から暗い灯りが舗道にこぼれている。

四人掛けの小さいテーブルが二つと、五、六人も座ればいっぱいのカウンター。そのカウンターの隅に並んで腰かけた。ごめんね、こんな格好で、と喪服を気にして稲村が店主に謝っている。いえいえ、お疲れ様、と大きな前垂れの店主が返した。

ビールをコップに注ぎ合い、軽く打ち合わせた。

それから暫く鈴子の思い出話をした。稲村からは、初めて聞く若い頃の鈴子の武勇伝のような、道子には想像もつかない話も聞けた。

話が途切れたところで、改めてと言うように稲村が口を開いた。

「それにしても今日会えるとはね。病院でのことは、いろいろ聞いてた。気にはしていたけど。診療所に異動になって良かった」

気にかけていてくれたことへの礼を言い、お互いの診療所での様子を話した。稲村が異動した後に就職した真紀が辞めたことや、同じく稲村の知らない若い咲子や亜由美の話もした。亜由美が体を壊しそうであるらしいことも。

「自分一人助かったみたいで申し訳ない思いがしています。でも、あの時の自分はあれしかできなかった」

稲村はうん、うんと頷く。仕方がないんだよ、最後は自分で自分を守らないと。そう言って、その椎茸の焼けたのくれる？　と店主に声をかける。

「稲村さん、一度訊きたいと思っていたんですけど」

周囲に気を配って、道子は小さな声で話しかけた。

「診療所に行って改めて思ってるんですけど、病院と診療所、あまりに条件が違いますよね。稲村さんはそこのところをどう考えてるんですか」

うん、と稲村は頷いたが、何も答えず、店主が渡してくれた焼き椎茸の皿を二人の間に置いて、厚揚げも焼いてもらおうかな、などと店主に告げる。道子は続けた。

「まるで別の経営みたいです。診療所だったら野村友里さんだって飯田真紀さんだって勤め続けられた。私も一人でストライキまがいのことをやることもなかった」

稲村は俯いて椎茸をつつき始めた。

「稲村さんが診療所に異動する時、診療所は地域医療という点で病院と役割が違うと言いましたよね。成程とその時は思いました。でも、自分が実際に異動したら――患者訪問とかいっぱいやってます。ああ、これが地域医療だと思うことはたくさんあります。診療所の役割の大事さも思うし、やりがいも感じます。だけど、体を壊す程の残業はないし――」

「言いたいことは分かります」

顔を上げて道子を遮ってから、稲村はコップの中身を見つめるように視線を落とした。それから低い声を出した。

「管理の方法を今模索しているのだと考えられないかな。清友会は少し前まで小さな組織だった。大勢の人間を動かすことにまだ慣れてなくて試行錯誤をしている、と」

「それはそうでしょうけど、でも疑問に思うことが多過ぎます。例えば須崎さんですけど、私、彼のせいで随分ひどい目に遭ったような気はしています。でも、課長までやった人を簡単にヒラに落とすのってアリですか、びっくりしました。普通の会社だって、そこまであからさまな待遇はしないような気がします、良くは知らないけど」

する。必要なら交代してより良い方向に進むべきだと思ってる」

驚いた。任務分担――。交代――。でも、稲村は課長待遇だ、古い職員は例外かと思いながら言った。

「自主的なサークルみたいですね」

「うん、そういう要素はある」

清友会は仮にも企業体だ。そんなことで組織管理のノウハウが蓄積されるのか。そもそも、それなら、管理部は選挙で選ばれるべきではないのか。

上にいる者はそういう考え方で整理できても、その結果、こき使われた労働者が健康を害したらその人間はそこでおしまいだ。ちょっとまずかったから交代します、で上の者は済んでも、壊れてしまった者はどうすればいい？

「病院ができて、それだけではなかなか難しい面が出てきたのは確かです」

稲村は真面目な顔で話を続けた。

「それで今、試行錯誤の一つとして、医療の中身は当然病院が中心になる訳だけど、そのことと清友会の管理の仕方を一つにしようとしていると言うか、つまり、病院は中央で、病院を清友会の管理部門にすると言うかね。あなたのご主人が管理部門で組合をつくると言っていたけど――そうだ、あなたのご主人のところ、どうなりました？　労働組合、できましたか？」

突然、話題が変わりそうだったが、頷いて、できました、と答えた。

「そうですか、それは良かった」

稲村はほんの少し顔をほころばせて続けた。

「清友会全体の管理を考える時、診療所の所長たちは知っての通り清友会での職員歴も長い医師で、その分頑固で扱いにくい。ほかの職種の職員もまあ似たようなものだ。だから手の届く範囲、つまり病院から始める。病院が動き出せば、何といっても医療においては中央機関なんだから、やがて同じレールを走るようになる――」

稲村は、一語一語確かめるように話した。

「じゃあ、だんだん診療所も厳しくなるということですか。今の病院のやり方で診療所も管理する、そういう方法で差をなくしていくということですか。でも、そしたら、地域医療は――」

峰恵子の血の気のない顔が浮かんだ。稲村の言ったことを突き詰めると、今M診療所が地域に向けている眼を持ち続けられなくなるのではないか。

「そんな風に短絡的に考えては駄目です。地域医療は勿論守らないと、そこの兼ね合いが今一番の課題だと思います」

稲村はそう言って自身で小さく二、三度頷いた。

「とにかく、情勢が厳しい中での模索だということを忘れないこと。普通の企業みたいに儲け主義でやってるんじゃないのは分かるよね。ただ、情勢があまりにも厳しい。潰す訳にはいか

診療所に異動する直前、事務長室に呼ばれた時、恥ずかしいことに眠ってしまったのだけれど、夢うつつに聞いていた那須の話の中でも、医療が目の敵にされていると情勢の厳しさを語っていたのは覚えている。それはその通りだろう。儲け主義ではないというのも重々承知している。けれども、どこかが違う、何かが違う。一所懸命、患者のために、住民のためにと頑張っている職員と管理者との間にズレがある、すれ違っている——と思ってしまう。

厚揚げが焼けた。ビールを追加して、暫く二人とも黙って静かに飲んだ。

「そう言えば、この間ね、珍しい人に会いました」

稲村が少し表情を和らげて道子を見た。

「診療所の患者会でY渓谷へ行ったんです」

Y渓谷は隣県の観光地のひとつだ。ある程度まで車で行くことができて、その先に歩道が整備され、巨岩と滝を中心に四季折々の景観が楽しめる。

「滝を真ん中に置いて両側から張り出すようなもみじがきれいでね、標高が高いからもう紅葉してるんですよ。で、手擦りにもたれるようにして眺めてたんです。そしたら同じような集団がいてね、引率しているらしい人が何か喋っている。滝の音に混じるから最初は気がつかなかったけど、その声がどこかで聞いたことがある——」

思わせぶりな話に黙って頷いた。

「Eさんでした」

「Eさん?」

「以前の専務の――」

驚いた。声を出さずに頷いてゆっくり息を吐いた。

病院の敷地内の本部事務所にいた頃、衝立の向こう側に専務の机があった。ある時期、よく男性幹部たちが集まっていた。まだ元気だった高階鈴子が言う「男どもの権力争い」であったのかどうか、ある日を境に専務の姿が消えた。

「元気でしたよ、とても」

稲村は明るい笑顔になっている。

「友人の経営する小さな会社で総務関係の仕事を一手にやってるそうです。慰安旅行というほどのことではないけれど、会社の人たちと来ているって言ってました。まあ、あの人は有能な正統派だから、どこへ行っても力を発揮できる。何しろ明るかった。まず、それでほっとしました」

「まず?」

道子も稲村のほっとしたという思いを共有した。元気なのだ、良かった、と思った。元専務の心配をするような立場では、勿論ないけれど。

で、まず、というのは何だろう。

「まず、って、何ですか?」

「実はその前にも、会っていたんですよ。まあ。会うと言うか、こっちは全然気がつかなくてEさんから見られていただけなんだけどね」

じらすような口振りだ。こういう時は黙って待つしかない。

「この間、県党の活動者会議があったんだけど、知ってますか」

頷いた。来年春にN市長選、夏には参院選がある。衆院選は任期満了なら再来年だがこちらも気配が濃い。それらに向けて会議が招集された。

「そこに行ったんだけど、Eさんも参加していて、あちらは遠目に僕を見つけていたんだそうです。頑張ってるねって言ってもらいました。Eさんも、って返しましたけど」

得意そうに、と言うのも変だけれど、稲村は満面の笑顔で道子を見る。

「元気なんですね」

「元気なんです」

顔を見合わせて、何となくグラスを持ちあげて小さく打ちつけ合った。良かった、と思っていた。

「うん、それで――」

思い出したように稲村が口を開いた。

「ご主人のところの労働組合は、いつできたの」

ああ、とかすかに笑顔を返す。

憲吾の職場の労働組合ができてからほぼ一年になる。結成の少し前に、正式の、という言い方も妙だが、「分会準備委員会」ができた。それまでの準備会は若い者ばかりの集まりだった。だが、「第二臨調」が動き出し、政府・行政の責任を棚上げにする「小さな政府」、人員削減を意味する「減量経営」や、大企業に税負担を迫らない「増税なき財政再建」などの施策が次々繰り出されてきたその時期、若い者の運動を見ていただけの職場の係長やそれに近い主任クラスが徐々に組合に加入し始めた。

そうした中で準備委員会ができて、三ヵ月後に分会は結成総会を迎えた。間もなく係長になる主任の一人が分会長になった。労働組合づくりに対する道子の気持ちを確認するために道子たちの家を夜中に酔って訪れた亀原は副分会長に、憲吾が書記長になった――そういうことを、最近になって、道子は憲吾から詳しく聞いた。

「ただ、当時の私は病院の残業で、もうフラフラで、夫のところの労働組合どころじゃなかったんです」

丁度その頃病院にコンピューターが導入されたのだった。

「当時だって夫から話を聞いていた筈なんですけど、殆ど頭に残っていませんでした」

自分を鉢かづき姫になぞらえていた頃だ。それでも、憲吾を応援すると言った亀原が副分会長になったことは聞いたという記憶があった。自分は保守だと言った亀原でさえも、自身の仕事の中で、国鉄や電電公社など公共部門の解体や分割等、国と地方の行財政全般の再編とい

中、全国の労働者に向けられた攻撃の一つであったのかもしれないと。ただ、清友会という職場で、そのことにそんなに素早く対応してほしくなかったとは思う。

一人一人の労働者の暮らしに目を向けるのが労働組合運動だ、といつも憲吾は言う。「小指の痛みを全身で」というのが憲吾の組合のスローガンだ。彼なら、経営を守ることを優先して労働者を軽んじるやり方は、いくら人民の宝を守るためであっても認められないと言うだろうなと思っていた。

「そうか、ご主人、すごいですね」

稲村は嬉しそうにそう言うと、

「では、遅ればせながら、ご主人のところの労働組合結成を祝って乾杯しましょう。明るい話もないとね」

そう言って、道子のコップにビールを注ぎ足し、自分のコップにも注いで、

「乾杯」

喪服姿を意識してか、小さい声でそう言って、稲村は喉を鳴らしてビールを飲んだ。

7

老人医療が無料化されたのは、意気軒高だった田中角栄首相が福祉元年と胸を張った

一九七三年だった。勇樹が生まれた年、N市に初めて革新市長が誕生した年でもある。革新運動の担い手たちは元気だった。だが、オイルショック以降、経済は低成長で国の財政事情の悪化を理由に、政府内では成立後数年で老人医療無料化の見直しが議論され始めていたらしい。

道子がM診療所に移って間もなくの八月、老人医療を有料制に逆戻りさせる老人保健法案が通った。政府の出した一部負担案を少々減額——たとえば外来一月五百円を四百円にという程度に——変更したところで自民・公明・民社党の合意が成立し、翌年の二月から施行された。つまり、日本全国で老人の医療費が無料だったのは十年間に過ぎなかったということになる。

八三年の年が明けて二月、月の最初の受診時に四百円を請求しなければならなくなった。患者を前に緊張していたのに、ずっと反対運動をしてきたのを診療所の患者はよく知っていて、通っちゃったんだから仕方ないねと、却って素直に財布を開く。

だが今日、金を受け取るために置いてあるトレーに百円玉を一枚ずつ並べながら、いつまで四百円で済むかねえ、と小さい声で話しかけてくる老人がいた。M診療所の患者の中では際立って静かな人だ。いっぺん払うようになったら、どんどん値上げしていくんだろうなあ。普段喋らないそういう人の言葉は胸に響く。本当ですねえ、そうならないように頑張らないとねえ、と返しても、どこやら口先だけのようで気が引けた。

ちょっと呆れた話を聞いた。共産党の県議T氏の県政報告会での話だと、佐々木が弁当を食べながら教えてくれた。

いたと言うのだ。この議員は、政治的には勿論路線が違うが、Tさんのことを個人的には気に入っているようで、いろいろなことを教えてくれと訊いてくるのだそうだ。Tさんの方もまだ新米議員だということもあり、共産党に好感を持ってもらうためにも知っていることは丁寧に教えてきた。しかし、さすがにこの件に関しては、冗談じゃない、あんたたちが決めたことだろうと返したそうだが、何にも分かっていないようだったと。

八〇年一月に突然発表された社会党と公明党との政権合意――所謂「社公合意」以来、国政でも地方政治でも、「共産党を除く」が合言葉のようになっている。七〇年代に営々と築き上げた、社共共闘、革新統一はじりじりと破壊されていき、共産党は孤立しているかのような報道もされる。道子が病院へ異動したのは社公合意の発表から間もなくの頃で、やがて自身の健康を守るだけが精一杯の日々を過ごすようになるのだが、そんな中、共産党排除を伝えるマスコミの、世論操作とも思える報道に対する焦りのような感情だけは、心の底に重く沈みこんでいた。

N市長選の時にもその思いを強くした。三期目のN市長選は社公合意の翌年だったが、社会・公明・民社党に自民党が乗る形で、元は社会党と共産党が支えた現市長を担いだ。共産党は市民と一緒に、集会を開き、革新市政を守り発展させる署名を集めるなどの運動をして別個に市長と政策協定を結んだ。現市長は当選し結果的にオール与党ということになった。同じ人物だけれど、革新市長と考えていいのだろうか、などと道子は首を傾げていた。

八三年の四月、佐々木や明美らと一緒に統一地方選挙――それぞれ現職のA県議TとN市議Sの再選に取り組んだ。道子にとっては久々の選挙活動だった。仕事を終わった後のわずかな時間と、日曜日は朝から診療所に集まって、電話かけをした。二人とも上位で当選した。

尤も、道子は日曜日に出て行っても、休憩室で親に連れられてきた子どもたちの保育を担当することが多かった。何と言っても、選挙は、古くからの顔見知りの職員の方が強い。診療所でまだまだ道子は新米だった。

寝ているだけの赤ん坊二人と、佐々木の長男の間もなく二歳の男の子を預かった。赤ん坊の一人が泣き出したので、抱き上げてあやしていたら、突然寂しくなったのか、佐々木の息子も大声で泣き出した。一瞬の困惑の後、ここは泣くのが当たり前の赤ん坊より感情が育ち始めた方だろうと、まだ泣き止んでいない赤ん坊を下ろして、一歳児の方を抱きしめた。うん、それ、正解、と、後で赤ん坊の母親の看護婦が言ってくれた。TとSは上位で当選した。

六月には参議院議員選挙があった。それまでの全国区がなくなって比例代表選挙に変わった。ずっと比例代表制こそ、死に票の少ない民主的な選挙制度だと考えてきた。だから日本では無理だろうと思っていたのに、突然実施されるという。驚いていた。

これまでは政策とともに、候補者の個人的な魅力を語って投票を依頼してきたが、今回は政党名を書いて行う初めての選挙だ。この根深い反共風土の日本で「共産党」と書いてもらえる

度というマスコミの予想を裏切って、共産党は四一六万票を獲得した。議席は二議席増えて五議席となった。

秋、田中角栄元首相に対し、ロッキード事件公判で有罪が言い渡された。元首相への実刑判決に国会は紛糾し、解散に至ることになる。「田中判決解散」「ロッキード解散」などと言われた。十二月に衆議院議員選挙となり、選挙で禊を果たすと立候補した田中は大量得票で当選したが、自民党全体は単独過半数に届かず後退した。社公民は増えた。マスコミがこれらの党を「現実路線」と報道するのが歯痒かった。共産党の議席は減った。

Ａ県は、前々回の総選挙で衆議院の二つの議席を獲得していたが、前回一人を落とし、今回そちらは返り咲いて、前回の当選者が落ちた。一進一退、我慢の時代かも、と結果を語り合った。

8

さわから電話があったのはその年も暮れようかという頃だった。

「みんな元気？」

「はい、元気です」

少し心苦しいような気持ちでそう答えた。

さわが山奥の寺の住職と結婚したのは十年前で、当時道子は高校の教師だった。その頃は勿論、清友会に就職してからも病院に移るまでは、毎年春の山桜や紅葉見物も兼ねて何回か家族で訪ねていた。

さわは道子や憲吾に対する時は、夫を御師様の訛りでおっさまと呼んだが、子どもたちにはおじいさんと言った。勇樹や耕輔は何の屈託もなく、おじいちゃんと呼んで甘えたし、彼の方も目を細めて可愛がった。

道子の勤務が厳しくなってからは訪れるのが間遠になっていた。電話だけで安否を確認して終わりというような状況が続いていたが、M診療所に移ってほぼ一年半、道子も元の体調を取り戻しつつあったから、そろそろ訪問を復活させようと、この夏も憲吾と話していた。だが、いったん習慣から落ちてしまうと、目先の用事を優先して、なかなか予定に組み込むのが難しい。結局訪れないままに今年も終わろうとしていた。

「あんたも元気になった？」

ここ三、四年の道子の状況は大雑把にさわに知らせていた。

「はい、心配かけてすみません。元気になりました」

それなのに、という気持ちで、

「なかなか行けなくて――」

またも、すみません、と続けようとする道子の言葉をさわは遮った。

「それで、年が明けたら入院するから」

「付き添うの？」

敬語は吹っ飛んだ。

「うん、病院に泊まり込む。お寺からは通えないし。おっさま一人にしちゃ可哀想だもの。それに、来年からここのお寺は隣の村のおっさまが管理することになったから」

そうか、と思っていた。寺は個人の持ち物ではないのだ。住職がいなくなれば、系列の寺から僧侶が派遣されてくる。ただ、山奥の、檀家と言うより人口そのものが少ない地域なので、隣村の寺の住職が責任者を兼ねるようだった。

「おばあさんは、もうお寺には住めないの」

突然、考えたこともない問題が降りかかってきたような気がした。

「ううん、そんなことはない。私は自分で決めて、病院に泊まり込むだけで、ここにいることもできる。隣村のおっさまもここに住む訳じゃないし」

そう言って、ちょっと言葉を切ってから、

「おっさまが生きてる間はね。死んだらその時どうなるのか、私にはわからない」

小さくそう言い添えた。

年が明けて、さわの夫が入院したという知らせを受けて、日曜日に四人で見舞いに行った。

その辺りで一番大きい病院だということだったが、三階建ての、道子から見れば可愛らしいくらいの病院だった。それでも、清潔で、廊下ですれ違う看護婦たちも愛想よく好感が持てた。何より、周辺の空気がさわやかだ。どうしてこんな空気の綺麗なところに住んでいて肺をやられてしまうのかと、普段喘息など公害患者の多い、空気に色も臭いもついていそうな地域で働いている道子などは思ってしまうのだが、確かに彼はヘビースモーカーのようではあった。

六畳ほどの個室のベッドに老人は横になっていた。以前と違って顔色が悪くやつれて、体までが一枚皮を剥がしたように薄くなった感じだった。当人は子どもたちに向かって笑顔を向けるのだが、勇樹も耕輔も驚いて無言で見つめるばかりだ。それでも、憲吾や道子が話しかけるのに合わせて、気を取り直して、おじいちゃん、大丈夫、苦しい？　と勇樹が声をかければ、早く良くなってねと耕輔も続けて言う。おうおう、ありがとう、頑張って元気になるよ、と彼もかすかな笑みを浮かべながら、痰のからんだような声で応えた。

病院に見舞った後の帰り道、丘陵にある枯草の草原が広がる公園に寄った。風がなくて冬の陽射しが暖かい。誰もいない広場のような草原で、二人はサッカーボールを蹴り合っている。こういう時の為にボールはいつも車に積んでいる。子どもは広い場所さえあればいいのだと、勇樹の保育園時代のクラスメートの父親が言っていたが、本当にそうだと、勇樹と耕輔を見ているとつくづく思う。

「何か、お義母さんのことね、再婚した時点で、自分たちとは別の家庭に入った訳だし、老人の子どもも何人かいるのだし、その人たちが、二人まとめて考えてくれるのではないかって。あの年で結婚するというのは、そういうことのような気が、多分、していた」

子どもたちの走り回る姿を目で追いながら、ここのところ胸の中に揺蕩《たゆた》っている思いを口にした。

うん、と憲吾は頷いた。

「俺もそう思っていたような気がする」

憲吾は静かに息を吐いて、それから言い添えた。

「だけど、どうなるかは分からないけど、今は何も決めつけないで様子を見るしかないと思う。いろいろな場合の心の準備は、しておかなければいけないという気はしているけど」

子どもたちの大きな声がした。耕輔が蹴り損ねたボールが傾斜のある草原を転がり落ちて行くのを二人が騒ぎながら追いかけている。もう一度、生活設計を考え直すことが必要になってくるかもな。憲吾が呟くようにそう言った時、子どもたちの明るい笑い声がひときわ大きく響いてきた。

第六章　星空に

「金あまり」という奇妙な言葉が氾濫している。金がダブついて、企業の財テク資金が膨らみ、株や土地の高騰を招いているのだとか。世界不況だと言いながら妙なことに日本ばかりは「経済大国」なのらしい。米国はレーガンが大統領になって、大軍拡予算を組む一方で、「財政赤字」と「貿易赤字」の「双子の赤字」が深刻、特に貿易赤字は対日本のそれが大きくて、解消のためにプラザ合意で円高ドル安に導かれることになったと報じられている。日本経済にとってはなかなか大変なことらしい。それにしても、金がたくさんあるなら国民がもっと豊かになってもいいのに、どうして労働者の給料が上がらないのか。道子たちが成長してくる時期の高度経済成長時代は、おこぼれなりに労働者に分け前があったように思う。働けば働いた分実入りがあった。その意味では分かりやすかったのだが。過労死がカローシとしてそのままに

1

久しぶりに山崎から電話があった。前は道子がM診療所に移って間もなくの頃で、高階鈴子の逝去を知らせてくれたのだった。今日は何だろうと思ったら、昼休みに会えないかと言う。僕があなたの休み時間に合わせてそっちへ行くから、と。

指定されたのは、地下鉄の駅に近い鮨屋だった。

外へ出ますと断ってその店に向かった。風もなく陽射しも暖かで、この辺りの花見の名所になっている公園の傍を通ると、満開だった花は散って、つややかな若葉が茂り始めている。

見上げる枝葉の隙間から漏れてくる柔らかい陽射しを浴びながら歩いていると、この陽射しが眩しくて耐えられなかったこともあったのだと、不思議な思いに駆られた。こんな風に空を仰ぎ見るなんてあの頃は信じられなかった。もうとっくに鉢かづきではない。M診療所での二年弱の時間は、瀬川医師の言った道子の症状の原因を作った期間にほぼ相当し、道子は元の体を取り戻した。療養の期間でもあったのだ。

鮨屋の暖簾のかかった戸の前で、二、三秒間立ち尽くし、自動ドアではなかったかと硝子を嵌めた格子戸を横に引いた。からりと軽い音がした。らっしゃい、という声を聞きながら、店内に視線を走らせる。左手奥に山崎がこちらを向いて座っていて、小さく手を挙げた。

運ばれてきた鮨に箸をつけながら、訊かれるままに病院でのこと、診療所に移ってからのことなどを話した。人事教育課を出て四年と二ヵ月。病院に異動して以来、初めて山崎と向かい合っている。あの時、あなたを守れそうにないと言ったことに対する、恨みとまでは言わないが、多少ざわつく心もないではない。だが、懐かしさのようなものも湧いてくるのは致し方なかった。

「山崎さんは？　肩書が変わったのは知ってるけど、どんな風でした？」

訊かれるままにあれこれ話してから、そう訊き返した。

「うん、いろいろあった」

相変わらずあまり表情を変えずにそう言って、山崎はゆっくりと話し出した。

道子が病院に異動になった後、本部の人事教育課はなくなり、看護学生研修、新卒の入職者や中途採用者の対応などは病院に移った。山崎は本部の総務課長になった。総務課の仕事は、残りの人事関係の業務と職員の福利厚生的な仕事――社会保険や労働保険、民医連共済や清友会独自の制度などの扱いと、それから病院や診療所の物品の管理も関わっていた。詰まるところ、人と物の管理の元締めだ。それらはそれまでの彼の知識に、少しばかり最近の事情を勉強して加味すればやっていけた。

「ところが高階さんがあんなことになった」

そう言って山崎は、いったん唇を閉じて、道子を見据えた。思わず頷いた。

清友会創設以来経理を担ってきた鈴子が肝癌で亡くなったことを知らせてくれたのは山崎

小さな飲み屋に寄った。いろいろな話をしたが、鈴子の死によってもたらされた心もとなさは拭えなかった。それはそのまま自身の職場である清友会への不安定な気持ちを確認することでもあった。人事教育課がなくなって病院へ移ったこと、病院での仕打ち、やむにやまれず行った、たった一人のストライキ。そして異動。本部を出てから後、鈴子とゆっくり話すことはなかったけど、鈴子はきっと、よく頑張ったねと褒めてくれたに違いないのだ。だが、数少ない頼りがいある味方と思っていた鈴子はもういない——山崎の言葉に、あの時の頼りない感覚を思い出していた。

「経理はどう転んでもなくせない」

山崎に見つめられてまた頷く。

「それからが大変だった。伝手をたどって民商に勤めていた小野寺君に無理を言って来てもらった。だが彼は医療のことが全く分からない、彼から経理を教えてもらい、こっちは医療機関特有の事情をあれこれ説明しながら、一緒に何とか経理の実務を続けた」

人と物に加えて金の管理が山崎の肩にかかってきたということだ。そして、今、その小野寺という道子や山崎と同世代の男性が経理課長、山崎は総務課長も兼ねながらの総務部長になっている。発表があったからそれは道子も知っていた。

「小野寺はコンピューターに強い。それで、随分仕事のやり方も変わった」

本部もコンピューターか。

「総務と経理の両方に実質的にまたがる形で女性の職員が二人いる。知ってるかな」

山崎が、一瞬ぼんやりした道子の顔を覗き込む。

「はい、竹西美加さんともう一人若い人」

「うん、石原理絵という名前だ」

美加の方は知っている。道子より四、五年若いが大学を出てすぐに就職していて職員としては道子より古い。ずっと本部事務所勤務だが、彼女の仕事場は道子が通った病院敷地内の事務所ではなく、最初からの古い事務所だった。二つに分かれていた本部事務所は、病院二期工事が終わった時点で、病院から少し離れた地に元銀行だった割合大きな建物を借りて一つになっていた。

理絵の方は全く知らない。咲子や亜由美と同期のような気もするが、その辺りになると、もう道子のかつての知識の外だ。

「竹西さんは、給与や社会保険などを担当しているが、もうすぐ産休に入る」

頷いた。その話は聞いていた。

「彼女の代わりを誰かがやらないと、給料が出ない。石原さんはそっちの仕事は全然やっていないし、彼女は彼女で担当していることがある。早急に誰かを配置しなければならない。何人か候補が挙がったが、あなたが適当だろうということになった」

え？　と思わず声を上げた。山崎はにこりともしないで道子を見つめた。それからゆっくり

淡々と話す山崎の顔を、道子は黙ったまま、目を見開いて見つめていた。

その日帰宅した憲吾に山崎の言ったことを告げた。

「本部に戻る？」

憲吾が目を見開いて道子を見つめる。

「嘘だろう、あり得ないな、そんなの」

「わざわざ来て、嘘は言わないよ」

「それはそうだろうが――いつ？」

「わからないけど、竹西さんが産休に入る前に仕事を覚えなくてはならないから、そんなに先ではないと思う」

憲吾が、ふ、と鼻先で笑った。

「行き当たりばったりだな。思いつきで人が動かされているんだな」

小さい声だったが、呆れ果てたという言い方だった。

異動が正式に発表になる前に、事務長の伊藤が佐々木と明美、道子を集めて、本当はまだ内緒なんだけれど、今後のことも考えなければならないので、ここだけの話として聞いてほしいと断りつつ、道子が本部に移ることを告げた。

「給料かあ、そりゃあ、出さない訳にはいかないなあ」

佐々木がのんびりと言う。

「で、誰が来るんですか」

明美が訊いた。それが――と伊藤が口ごもる。え、まさか、と道子自身が声を上げてしまった。まさか、誰も来ない？

伊藤がうなだれた。

「村岡さん、竹西さんの産休が明けたら帰ってくる訳じゃないよね」

明美が悲鳴のような声を上げた。

「違う――と、思う」

あの時、道子も一時的な応援なのかと、山崎に訊いた。いや、給与の業務に対応できるのが一人では心もとない。竹西さんが復帰した時どうするかはこれから考えるが、あなたにはそのまま本部で仕事を続けてもらうと彼は答えた。

――では、誰がM診療所に？　いや、それはまだ――。

山崎は「まだ」と言った。誰かはまだ分からないが、M診療所に道子の代わりは来ると思っていた。

「何か、じわっじわっと減らされていくね」

明美が呟くように言った。

ながら、心が疼いた。

「何か、こんな風に自然体で減らされていくのかなあ、その内に病院みたいになるんだろうか」

まあまあ、と事務長の伊藤が穏やかな声で明美を宥《なだ》めたが、

「その自然体という言葉、適切かもしれないね。誰かを解雇するんじゃなくて、いなくなる時補充しない。今、社会全体がそんな風に、矛盾を激化させず、闘わず、自然体で劣化していってるみたいな気がするね」

普段穏やかな伊藤は、やはり穏やかに鋭い指摘をする。

「春闘だけどストはやらないし。ストなし春闘なんて昔は考えられなかったけど」

そう言って、伊藤は少し顎を上げるように宙を睨んだ。

伊藤は以前、隣県の結構大きな企業の労働者で労働組合の役員も経験している。家庭の事情でA県に移住して清友会に就職したが、その少し前からこの国の労働運動は様変わりしつつあった。伊藤は、時々、何かの拍子に昔の労働運動の話に触れる。

「春闘の賃上げ闘争は前年実績にどれだけ上積みするかが課題で、ほかにもいろいろ要求はあったけど、労働者はいつも闘いの姿勢を崩さなかった」

だが、昨今、労働組合は、経済界の動向に敏感に反応して闘う姿勢を見せない。そして、「現実的」な対応をするようになり、伊藤流に言えば、自然体で劣化していっている。

「これが新保守主義なんだろう。清友会もその流れに逆らえないというところかな」

伊藤が表情を変えずに、呟くようにそう言った。

道子が病院の勤務に必死で向き合っている頃、アメリカでは、強いアメリカを立て直すと力強く宣言して立候補した共和党のレーガンが民主党のカーターを退けて大統領に就任した。ベトナム戦争の敗北やオイルショックなども要因となって随分前から米国経済は翳《かげ》りを見せ国民は歯噛みしていた。それはイギリスも同様で、第二次大戦後、かつての大英帝国の栄光は失われ、経済も低迷していた。レーガンより早くから首相の地位にあったサッチャーは、政府部門のあれこれを縮小し、国営企業の民営化を断行した。中曽根康弘は、二人より少し遅れて首相に就任したが、日米は運命共同体と日米同盟強化路線を取り、ソ連に対して日本を不沈空母化すると言明した。彼は、時代を戦後史の大きな転換点と捉え、「戦後政治の総決算」を言い、レーガンやサッチャーに倣って「新保守主義」を取った。そうしたことを、当時の道子は言葉だけ聞きかじってはいたものの、深く考えることができなかった。余裕がなかった。ただただ仕事に向かい、くたびれ果てて家に帰って、新聞すら読まなかった日々。診療所に異動になり、少し落ち着いて、自身が外の世界のことが全く見えなくなっていることに愕然とした。何とかそうした事態から抜け出し、闘う姿勢を取り戻したいと、まだ足掻《あが》いているただなかのような気がする。

伊藤の言うのは、そうした道子のような人間も含めた闘わない人間、闘わない労働組合、闘

「次は僕の退職かな。その時にもし補充がないと、佐々木君と明美ちゃんの二人に野路さんで回すことになるかもしれないね」

明美が眦《まなじり》を上げた。道子も絶句したが、佐々木も驚いた表情を見せ、伊藤は、ごめんごめん、と謝った。

「余分なことを言った、まだまだ退職には間があります。とりあえずは村岡さんの異動までに、一人減った仕事の分担をどうするか、それぞれ考えてみてください」

また穏やかな声を出した。

2

美加が産休に入る三ヵ月前の五月の保険請求明けに本部事務所に出勤した。病院とM診療所の中間に位置していて、最寄りの地下鉄の駅も、病院時代の駅と昨日まで乗り降りしていた駅との間にある。地下から階段を上って鋪道に出ると右手に元銀行の本部の建物が見えた。

清友会に初めて出勤した時は、誰もいないプレハブの病院建築中の現場事務所で山崎が来るのを待った。六年半後の今回は、始業時刻より僅かだが早く事務所に着いたのに、元銀行らしい重い硝子の扉を押し開けると、もう大勢の職員が出勤している。初めて入る事務所だった。長いカウンターの前に立つと同時に何人かの視線を感じた。右手の一番奥に座っていた山崎が立ち上がった。

事務所は大雑把に左右二つに分かれていて、カウンターから見て右半分にスチールの事務机が二脚ずつ入り口に向いて三列に並んでいる。壁に向かって、コンピューターやプリンタなどが置かれている。左側半分には事務机六脚が向かい合わせに一つの島を作っている。その奥に衝立があって、そこにも机があるようだ。右と左の間には、昔人事教育課の机の傍にあったような応接セットが置かれていた。

カウンターを回り込んで山崎の机に近づいた。

「おはようございます」

山崎が、うん、と言うように頷く。

「こっちが」

傍に来ていた小柄な細面の男性を指して、

「小野寺君、経理課長です」

そう言った時、お腹の大きい竹西美加と石原理絵と思しき若い女性がドアから入って来た。

道子の方を見て美加は笑顔で頷き、初対面の理絵は観察するような表情を見せて、カウンターの前を通り過ぎて裏口の方へ向かう。

「一緒にタイムカード押してきて」

山崎が美加たちを顎で示しながらそう言う。バッグからタイムカードを出して、二人を追っ

道子たちが戻ったところで、山崎が左側の島に向かって声を出した。

「今日から総務に配属になった村岡さんです」

その声を待っていたのだろう、島の周囲にいた六人が一斉にこちらを向いた。全員が男性だ。

清友会には創立時から経営を支える地域住民の組織がある。その地域の人たちと院所や職員を繋ぐのが「組織部」の彼らの仕事で、病院と診療所のある地域に一人ずつ配置されている。六人に向かってよろしくお願いしますと頭を下げた時、組織部の奥の衝立の陰から、村岡さん、僕もよろしく、という声がして、こちらに向かって笑顔で近づいて来たのは稲村だった。

「稲村さん、ここにいたんですか」

「ここにいました。ここにいました。広報担当です。よろしくね」

稲村は満面の笑顔だ。病院で最初の上司だった彼とは高階鈴子の通夜の後、小さな居酒屋で飲んだ。その時は診療所勤務だった。半年程前、人事異動の発表があった時、その稲村が「広報課長」になったことを知った。そんな部署はそれまでなかったし、何をするところなのかもわからなかったが、間もなく月一回職員向けの新聞「清友通信」が出るようになった。普通の新聞の半分の大きさで、二つ折り八ページのささやかなものだが、政治・社会情勢から医療や看護、薬や検査などのちょっとした知識、各院所の様々な活動や職員の個別の情報なども載っていて、結構面白く読まれていた。

「広報課は本部事務所にあったんですか」

「所在不明だった？」

はい、と返事をした。組織部の男性たちから笑い声が上がった。

「あそこが広報室、いや、広報コーナーです。課長ですがとりあえず部下はいません」

稲村が衝立を指さして明るくそう言ったので、また笑い声が上がる。道子も一緒に笑いながら、かつて山崎も、道子が就職するまで人事教育課の部下のいない課長だったことを思い出していた。


本部の仕事は様変わりしていた。勿論道子は元々の総務課の仕事は知らない。だが、かつて山崎の指示で理事会宛ての様々な提案書や労務関係の契約書、看護学生向けの学習会用の資料など多くの文書を作成した。それらは基本的に手書きだったが、必要な時は印刷所に回した。

今、本部事務所にはオフィスコンピューターが導入されている。少し慣れると、印刷所に回したような綺麗な文書が造作なく作成できた。かつて出入りしていたのは小さな印刷所だったから、仕事が減っているのだろうなと少し気の毒に思った。

そのコンピューターで様々なソフトを動かして、多くの仕事を機械に委ねるのが総務課と経理課の通常の仕事のやり方のようだった。以前一人で経理を担当していた鈴子が、大きな電卓を数字のボタンに目を遣ることなく猛スピードで叩いていたのを思い出す。あれは職人技だった。健康保険や厚生年金、労働保険などは初めて向き合う仕事だったが、ぼんやりとしか知らなかった仕組みが見えてくるのは面白かった。山崎は給与支給を一番心配していたから、そこはより慎重に美加の説明を聞いた。美加は道子への引継ぎのために仕事を要領よくまとめてくれていた。

それぞれの院所から集まってくる職員一人一人のタイムカードから、残業時間や夜勤回数、遅刻・欠勤などの給与に反映されるものを拾って入力するのが最初の仕事だが、これは時間さえあれば問題ないだろうと、美加が指さす書類棚の部署ごとに輪ゴムでまとめて積み上げられたタイムカードの束を見ながら思っていた。

「身上異動届」をはじめとする様々な書類から給与に反映させるものをチェックする点が大事で、結婚だの出産だの転居だの身辺の異動が、扶養手当など様々な手当等に反映することに気づくかどうか。まして、書類で確認できるものばかりではないから、普段から何かあるたびに、給料に関係しないかと目を光らせること、などと言われると少々身が竦む。

ともかくそんな風に順番に教えられて、給与を出す仕組みは何とか理解した。そつなく実行できるかとなるとまた別問題だったが。

「手取りの総額が確定したら銀行に連絡する。一万円札から一円硬貨までそれぞれ何枚何個必要かも併せて連絡するのね。昔はこの金種を出すのが結構大変だった。今はコンピューターがやってくれるから、これは本当に助かってる」

美加がそう言った。確かに、そういう仕事は、コンピューターは苦もなくやることだろう。

「最後に、給料日にお金を受け取って給料袋に詰める。それで完了」

美加はそう言って微笑んだ後で、

「それでね、金額が確定した時、どうやって銀行に連絡すると思う？」

悪戯っ子のような目つきをする。

「電話？　じゃないの」

頭の中が新しい知識でいっぱいで、とても美加の笑顔に付き合っていられそうにないと思いながらそう言った。

「前はそうだった。今は何と、銀行の指示で電子郵便を使うんだよ。それでここにもファクシミリが入った」

美加は今度は皮肉っぽい笑顔で、山崎の机の横を指さした。半分は彼の脇机を兼ねているようなもう一つの机の上に、変形した箱にいくつかのボタンがついた、そのままでは道子には用途の分からない機械があった。
二、三年前、東京、大阪とこのN市間で電子郵便が開通したと報じられた。名前はファクシミリ。ファックスと略されると聞いた時、教師時代学校で使っていたトーシャファックスもファックスと言っていたことを思い出した。紛らわしいと思うが、あれはもう使われなくなっているのだろうか。その新しい方のファックスこと電子郵便を銀行との連絡に使うのだと美加

た方向で行くんだって感じだよね」

そうした新しい技術がどんどん仕事に絡んでくる社会の状況のようだ。

給与支給日の朝、毎日出入りしている銀行員にもう一人が付き添って現金を運んできた。バレーボールの箱に無造作に押し込んであるのは一万円札の束だ。

「はい、村岡さん、これ一箱でいくらでしょう」

少し親しくなった銀行員のHがバレーボールの箱を笑顔で掲げる。

「うーん、五千万円くらい？」

お、当たってる。すごいね、もう大金の感覚に慣れたね、と褒められたのかどうか、少なくとも普段の生活とは関係のなさそうな言葉が返って来た。その届いた現金を、美加と二人で二階の会議室に運んで、明細表と一緒に給料袋に詰めて仕事は終わりだ。給料袋をそれぞれの部署の責任者に渡すのは、もう道子たちの仕事ではない。

五月に異動して、その月と翌六月と二回、給与支給業務を美加と一緒に行った。七月は給与の前に賞与の支給があった。給与に比べると仕事は単純で、二・三カ月が今回の妥結額だったから、二階の会議室で、いつもより多い額を職員名を押印した袋に詰めた。

「ほら、これ」

医師の分を詰めていた美加が、膨らんだ袋をポンと縦に机の上に置いた。札で分厚くなった袋はすんなりと机の上に佇立している。

「え、立つんだ」

思わず声を上げると、

「立つの。これは＊＊先生だからね。それで、これは研修医の先生だから、どうかな」

先程のよりは薄い袋を立てようとしたが、くにゃりと折れて寝そべった。二人で顔を見合わせて笑う。

「もう少しだね」

そう言うと、

「そう、もう少しでこの先生のも立つようになる。でも、私たちのはどこまで行っても立たない。いつもこの仕事する度に、袋の立つボーナスが欲しいなあって、思うんだよね」

美加はそう言って、眉根を寄せるようにして笑った。

七月の給与が出た後、美加は産休に入った。八月の給与支給業務は一人で格闘して何とか終えることができた。ご苦労さんでしたと満面に笑みを湛えて山崎が労ってくれた。人事教育課時代二年間、彼の下で様々な仕事をしたけれど、こんな笑顔で労われたことはなかった。余程心配だったのだろうと思っていた。

総務課に移って驚いたことの一つに、奨学金制度があった。制度と言っても、それらを対外的に説明するような規定は見ていない。恐らくどこかの時点で理事会で決定されたのだろう、いつの間にかその制度はできていた。看護婦を集めるために、病院の事務長の那須が婦長らと

に充てる奨学金を給付し、代わりに卒後に奨学金を提供した年数を清友会で働くのだ。年季奉公という言葉を思い出した。

看護婦集めを主たる仕事としていた人事教育課はなくなった。けれども、看護婦が不足している事情は変わらないから、かつて山崎が看学連の活動家の学生たちと接触を持って清友会への就職を説得してきたのとは全く違う方法で、看護婦の就職を促す活動は続けられている。成程、そういうことだったかという気持ちが湧かないでもない。

「今はこんな風なんですね」

奨学金という借財を背負って就職してきた若い看護婦たちの名簿を見ていた時、山崎が傍に来たので思わずそう声をかけた。「時代の流れだ。看学連の活動も下火になってきている。仕方がないんだろう」

山崎は昔の無表情で応えた。

社会運動の観点がなければ清友会の仕事は務まらないと、人事教育課の課長だった時、山崎は道子に言った。だから、彼の看護婦獲得――採用活動の対象者は、結果的に看学連の活動家やその周辺の人間だった。看護婦以外の職種でもそれは同じだった。大学その他で自治会やそれに類する活動をしていた人間を採用する。普通の企業と逆ですねと笑った覚えがある。その理念が崩れていると感じたのはいつだったろう。それは時代のせいなのだろうか、それとも、もうそんなこと、どうでも良くなったのだろうか。

美加が女の子を出産した。

「竹西さん、頑張ったなあ」

知らせを受けた時、山崎は珍しく顔をほころばせてそう言った。

「頑張って、女の子が産めるというものでもないと思いますけど」

そんな減らず口を叩くと、

「羨ましいか」

これもまた珍しく、からかうようなことを言う。山崎も少し前に第三子を設けていたが、男の子二人の後の女子だった。美加に連帯感を抱いてしまうのだろう。はいはいと受け流しながら、待望の女の子で本当に良かったと思っていた。

美加が産休が明けて帰ってくる少し前の会議で、美加は復帰したら経理を担当、道子は今まで通りの仕事を続けるようにと言われた。総務部は実質的に一人の増員になる。本部へ異動してくる時、M診療所が一人減になることを嘆いていた明美たちを思い出していた。

3

一年前から、さわの夫が癌であることは聞かされていた。肺癌と聞き、入院先で随分弱った様子のさわの夫を見た時は、長くないのだろうと思った。けれども、何度も危篤に陥りながら持ち直すということを繰り返して、いつの間にか一年が経った。

ある。前妻の娘という人も来ていた。さわが次々出してくる古い布団や襤褸《ぼろ》同然の着物などを、彼女と一緒に畑の真ん中で焼いた。都会ではとてもできないそんなことも、山奥の、人の姿も見えないような畑でなら許されるようだった。

その時、道子よりも一回りくらい年上に見えるその娘という人は、道子に向かって、焚火のような火の加減を見ながら、お義母さんには本当に感謝していますと静かに言った。私たちでは、今のように父の面倒をみることはできなかったと。それを聞きながら、逆に、さわのこれからを彼女らに預けるのは無理なのだと改めて思っていた。

さわは本当に献身的に夫の看護をしたと道子も思う。もう自分に残された仕事は夫の看護だけだとでも言うように、さわは全力をそこに傾けていた。

そして、十二月半ば、さわの夫が逝った。葬儀には憲吾と、憲吾の姉の正子と一緒に道子も参加した。

曹洞宗の葬儀に出るのは初めてだった。ほかの宗派より派手だと言う人があって、派手な葬式ってどんなだろうと思っていたが、更に僧侶のそれだからだろう、確かに賑やかな葬儀であった。きらびやかと言っては憚られるが、美しい袈裟をまとった近隣の寺の僧侶たちが、立ったり座ったり、集団で舞い踊るように動く。勇樹や耕輔の保育園の運動会での遊戯を思い出してしまった。「奠湯」だの「奠茶」だのという普段の葬儀では少なくとも道子は聞いたことのない儀式が続いて、節目ごとに、肩まで上げた両腕を振り下ろしてまるで土下座のようにしゃがみ、また素早く立ち上がる。その動作がなかなか大変そうに思われる年齢の僧侶もいるが、中に一人若い細身の僧がいて、彼の動きは、鳴らされる鉦《かね》と太鼓、それにシンバルのような楽器の音の中で優雅なダンスのように見えた。


葬儀が終わり、帰る段になって、駐車場の隅に停めた車に向かった。さわが送って来た。車の傍に立った三人に向かってさわが口を開いた。

「お疲れさま、本当に、ありがとうね。これで、やっと、一段落」

さわは、まだ疲れが残っているようではあったが、本当に肩の荷を下ろしたとでも言うように、晴れ晴れとした顔でそう言った。三人とも、言葉少なに頷いた。

「それで、これから、どうするの」

正子が、さわにとも、憲吾にともとれるように、二人を見ながら訊く。

これからとは今後のさわの身の振り方のことか、それを、こんな立ち話の状態で出すのかと思っていたが、さわは、うん、と小さく頷いて、

「村の人はここにいてもいいって言うんだけどね」

「ここに、ずっと?」

やはり正子が声を上げた。

「うん、それでもいいって言うんだよ。お寺に新しいおっさまが来る訳じゃないから、ここに

成程、寺の留守番役のようなものだと思った。ただ、[illegible]いだろう。果たして、

「あんただって、もう若くないんだし、いつどうなるか、分からんでしょうが」

正子が悲鳴のような声を出す。

そうなんだよね、とさわは俯いて呟くように言った。それから、ついと顔を上げて、

「とりあえず四十九日まで、もしかするともう少し長く、ここにいて、いろんなことを片づけて」

そこでいったん言葉を切った。さわの視線は正子ではなく、ゆっくり憲吾に、それから道子に向けられた。

「その後、そっちへ帰ってもいいだろうか」

帰る、とさわは言った。そうか、自分たちの家は、さわの帰る場所だったのだ、と思っていた。

憲吾の視線を感じた。さわも正子も道子を見つめている。

「うん、分かった」

明るくそう言って、道子は心の中で、大きくゆっくりと深呼吸をした。

「それならそのつもりで、これからいろいろ——何を準備すればいいか、考えてみる」

そう言うと、さわは静かな笑顔を見せた。

「ありがとう、道子さん」

正子が道子の手を取った。

「憲吾もいいんだね」

憲吾を見返って確認するように言う。

「道子がいいと言ってるのに、俺が嫌だとは言えんだろう」

「そうだねえ、馬鹿だねえ、私」

正子が泣き笑いに似た表情でそう言った。

帰り道、少し休憩しようと、道沿いに見つけた喫茶店に入った。走っている内にすっかり暗くなっている。風もなく、広い駐車場に車を停めて歩き出すと、わ、と正子が声を上げた。空を見ている。道子も見上げた。N市では見られない、満天の、と言いたくなるような星空だ。

「星ってこんなにあるんだね」

正子の言葉に黙って頷いた。ずっと星空を見るのを忘れていた、と思っていた。

年明けからさわを引き取るために家を探し始めた。最初は、親も子も馴染んでいる地域を離れたくないという思いで、五人で住める、今より広い借家を近くで見つけようとしたのだがこれがなかなかない。仕方がない、頑張って、ローンを組んで家を買うかということになった。そうなると、少し離れた新興住宅地域でなければ金銭的に無理、ということは子どもたちは転校だ、ならば、四月から中学生になる勇樹が途中で学校を変わらなくていいように、三月

4

「これいいんじゃないか」

いつものように丁寧にチラシを見ていた憲吾が、視線はテーブルの上のチラシに向けたまま声を上げた。

「マンション？」

憲吾の視線の先には、小高い緑の丘を背景にした白壁の四角い建物の写真を掲げたチラシがある。新築マンションだ。

「七階建てで、いろんなパターンの部屋がある。ワンフロア十戸くらいだけど、七階は二軒で、広いルーフガーデンがある」

写真の建物の、前後左右を空けて白壁が真ん中に集まったような七階部分だけに青い瓦屋根がついていた。

「おばあさんと我々と、子どもたちにも狭くてもそれぞれ部屋をやりたいし、それに居間、そうなると、五DKか四LDKでないと。そうすると、この七階かなあ」

七階だけが条件に合っていた。後は三DKから四DK、二DKというのもあった。いろいろな客層を考えているようだった。

そのマンションを見に行った。写真にあるように周囲が緑に囲まれている。まだあまり開発されていない土地のようだが、国鉄の駅に近い。小さな駅ではあったが、通勤は何とかなるだろうと思った。

いくつかのパターンのモデルルームと七階が見学可能になっていた。まず七階に行った。ルーフガーデンというのは初めてだった。

「これ、夏は暑いんじゃない」

いかにも屋上という感じの、コンクリートのだだっ広い床面を示しながら、案内に立った若い男性に憲吾が訊いた。

「このままだとそうですね。人工芝を敷くとか、部分的にウッドデッキにするとか、工夫は要りますが、とにかくこの広さの庭付き住宅は魅力ですよ。奥様、お庭造りなんかは？　ここが木や花でいっぱいになったら素敵だと思いますよ」

黙って首を振る。そんな余裕はないと思い、でも、さわがやるかも、と思い直す。

「眺めもいいでしょう。邪魔なものが何もないから、星の観測もできますよ」

星か、とちょっと心が動いた。ローンやその返済についての彼の説明も丁寧だった。憲吾も真剣に考えているらしいのが分かる。

それから別の階のモデルルームに行った。

「やっぱり、この部屋では無理だな」

「え、村岡さん？」

後ろから声をかけられた。振り向くと、M診療所の明美が半分口を開けたままこちらに向かって来る。その彼女の後ろから病院の検査技師のTがゆっくり近づいて来た。

結婚するのだと照れたように明美は言った。Tもにこにこ笑っている。知らなかった、おめでとう、と言いながら、憲吾を紹介し、さわを引き取る事情を説明した。

「そうすると、どこ？」

「うん、七階かなあと」

「うわあ、あそこ、いいよね。広い庭があって、子どもも放し飼いにできる」

「放し飼い？」

憲吾も一緒に笑ってしまったが、気持ちは分かった。勇樹や耕輔も小さい頃だったら走り回っただろう。さすがにそんな年齢ではなくなったが。明美たちはこれからなのだ。

「うちは二人の貯金を合わせても七階はちょっと無理だけど、子どもができたら、七階の村岡さんのところで、放し飼いさせてもらおうっと」

「うん、若い保父も二人いるから、いいかもね。保育料、高いぞ」

そんなことを言い合って別れた。その時点ではかなり心が動いていた。

さわに電話をした。決める前に、知らせておくべきだろうと思った。

「マンションなんだけど、なかなかいい所があったのよ」

「マンション？　マンションって、あの四角い高い奴？」

「うん、七階建てなんだけどね、七階は屋上なんだけど、広い庭があって——」

「嫌だよ」

さわは感情のこもらない声で言った。一瞬聞き違えたのかと思った。嫌って——。

さわは電話の向こうで黙ってしまった。仕方なく憲吾に代わった。憲吾は暫く話していた。

いや、それはとか、うん、そりゃあエレベーターだけど、などと言っているのが聞こえた。

「宙に浮いている家は嫌なんだそうだ」

電話を切ってから憲吾が道子に向き直った。

「マンションの部屋は、ふわふわと、宙に浮いていると思ってる」

「おばあさんだって、デパートとか、病院とか行ったことあるじゃない。何で、そんな——」

「まあ、一時的に出かけるのと、そこに住むというのとは違うから」

「宙に浮いているっていうのは？」

「気分的にはそうなんだろう」

確かに今の市営住宅も、高い階に住む友人宅の窓から見た景色は、山に登って下界を見下ろすような感じではある。高所恐怖症の人は住めないいんじゃない？　そう言ったら、慣れよ慣れ、と彼女は何ということもなさそうに応えたけれど。

「おばあさんも、すぐに慣れるような気もするが、最初から無理もさせられない。エレベー

「俺たちはこういう住宅に住んで来たから抵抗はないし、こうした建物ならではの合理性もありがたいんだが――」

憲吾はもう決めているのだと思った。嫌だよと言ったきり黙ってしまったさわを思っていた。

それからまたチラシを見たり、情報誌を繰ったりしながらあちこち回って、やっと何とか条件に合う戸建てを見つけることができた。N市のはずれで市営の地下鉄はそこまでは走っていない。朝夕の通勤時は満員になる私鉄を使って地下鉄に乗り換えられるところまで行くしかない。憲吾も道子も通勤時間がかなり増えるのを覚悟しなければならなかった。もし、病院みたいな条件のところへまた異動になったら、今度は勤め続けられないなと憲吾が言った。

5

三月の末に引っ越した。子どもたちの入学や転校手続きも済ませた。耕輔は新しい地域の学童保育所にも入所することになった。四月から四年生だから、どうあっても学童保育所が必要ということではなかったが、入所した方が早く友達を作れるだろうということでそうなった。

憲吾と手分けして役所や学校などに手続きに行った。学童保育所には道子が行った。子どもたちがまだ学校に行っている昼前、教えられた場所を訪ねた。これまでの学童保育所より、建物も大きく、庭も広かった。陽当たりのいい縁側のような場所で、一年生から耕輔を見てくれたこれまでの指導員の稲葉よりは年齢が少し高いだろうと思われる指導員が対応してくれた。

「ずっと三学年上の兄の後を追っかけて育ってきたような子なんです」

耕輔はどんな子どもかとその指導員に訊かれて、道子はそう告げた。

耕輔にとって勇樹は絶対的な目標であるように道子には見えていた。三学年違うのだ。どんなに頑張っても勇樹は耕輔の先を行く。

「どこに行っても、少し先にお兄ちゃんがいたんです。そうでない世界で生きるのは、今度が初めてだと思いますので、きちんとやれるか、ちょっと心配しています」

それは正直な気持ちだった。勇樹はいつも自分で世界を切り拓くしかなかったけれど、耕輔は勇樹の後をついて行けばよかったのだ。初めて勇樹のいない場で生きる時、耕輔は縮こまるのか、逆に自由に羽を伸ばすのか、道子は見当がつかなかった。

指導員の彼は、ちょっと眉根を寄せるようにして頷いた。

「僕も気をつけて見ていようと思います。そうですね、新四年生の中心になってる二人組がいます。彼らに、えっと」

今道子が記入した書類に目を落として、耕輔の名前を確認してから、

「耕輔君のことをよく頼んでおきます。気のいい奴らですから、大丈夫です」

そう言って気持ちの良い笑顔を見せた。ありがとうございますと頭を下げた。そんなあれこ

なった勇樹も、小学校と学童保育所の二つとも変わった耕輔も元気だった。学童保育所の申し込みの際、勇樹の後ばかり追いかけて来たと告げていただけに、指導員からは、気の弱い子どもかと思ったらすぐに馴染んで元気いっぱいです。お母さん、自分の子どものどこを見てるんですかと叱られる始末だった。彼が気を遣って面倒見るように頼んでくれた四年生の二人組ともすぐに仲良くなって、三人組と言われるようになった。

通勤は不便になったし、買い物をする店も、以前は歩いて行ける範囲に大型スーパーと昔ながらの市場が共存していたのに、新しい土地では車がないと生活できないような状態だったが、それにも慣れた。四人で囲む食卓は、子どもたちが毎日の新しい生活を競い合って親に報告する場で賑やかだった。さわが来ても、そこに一人家族が増えるだけの筈だ。

陽射しや風に秋の気配を感じ始めた頃、明美が結婚した。検査技師のTと結婚することは以前にも聞いていたし、M診療所の看護婦がお祝いの品を送る際の仲間に入るようにと声をかけてくれてもいたから、明美とその夫になったTから、道子の元に回ってきた身上異動届――結婚の届に、素直な祝福の気持ちで目を通した。そして、あら、と思ったのだ。人事台帳への登録をはじめ、結婚による様々な変更事項を処理しながら、二人の住所が例の七階建てのマンションではないことがちょっと気になっていた。

午後の多分のんびりしているだろう時間に、診療所に電話した。

「改めておめでとう。きょう午前中に、身上異動届、着いたから」

「ありがとう」

明美は明るく応じた。

結婚式や新婚家庭の様子などを訊いた後で、ついでと言うように、住まいに触れた。

「住所、あの時のマンションじゃないよね。もっといい所が見つかったの？」

それがさあ、と明美は唇を尖らせているのが目に浮かぶような口ぶりで話し出した。

「聞いてよ。迷っている内に、値段が上がって買えなくなったの」

「え、そんなことあり？」

驚いて大きな声を出してしまった。

急いで買うようなものでもない、慎重にという思いもあって、ほかのところをいろいろ見て回って、やっぱりあそこと思って行ったら値段が上がっていた。驚いたが、新しい物件を見るたびにどんどん価格が高くなっているような気がしていた。どうやらそういう流れだ、とんでもない時期にぶつかってしまったんだと、家を買うこと自体を諦めたと言う。

「地価が上がってるんだって。村岡さんは買えたんだよね、早く決断して正解だったね。ぐずぐずしてて損した気分」

明美は鬱憤を吐き出すように一気に喋った。

「確かに、うちは子どもの転校の時期があったから、めちゃくちゃ急いだからね」

なんて、確かに詐欺に遭ったようなものだ、と思っていた

「子どもに助けられたね。でも、村岡さんも結局あそこじゃないんだよね」

「うん、うちはまた別の事情でね」

「それこそ、もっといい所あったの」

「というか、おばあさんがマンション嫌がったの。やっぱり地面に建ってる家がいいって」

ははは、と明美は声に出して笑ってから、マンションだって地面に建ってるけど、と言って、また電話の向こうで控えめに笑った。あんなにけらけらと笑っていたのに、結婚したらそんなところが少し変わったみたいだと思っていた。

少し前、東京から始まった地価上昇が地方にも波及して住宅の価格を押し上げていた。子どもの頃、道子の生まれ育った田舎では、誰もが他人の家の敷地を平気で横切って歩いていた。子どもの道子は、田や畑は別にして、住宅の建つ土地は全ての人に平等に開かれた、殆ど川の水や空気にも等しいもののように思っていた。

けれども、今の日本では土地はそんな幸せな共有物ではなさそうだ。規制緩和で都市開発を促進するような方向性や、「首都改造計画」というような文書も政府から出されていて、政府の方針が結果的に東京の地価を急暴騰させているのだと、明美の話を世間話風に美加に喋っていたら、横で聞いていた山崎がそう反応した。

政権によって民活が唱えられ、企業が東京に集中し、外資系企業も増加しているとか。国有地などの払い下げも行われて、都市開発が推奨され、市街地計画やら何やら「地上げ屋」と

呼ばれている人たちを介して多くの土地が買い上げられている。土地は値上がりするものだという観念が根づいて、土地やマンションを投機的に買う人も増えて、地価はますます高騰しているらしい。

その意味では、明美の言うように、道子たちは、偶然だったが、滑り込みセーフというところで、今度の家を手に入れられたのかもしれない。

6

さわは夫の一周忌を済ませてからこちらに来ることになり、引っ越しは十二月半ばと決まった。一月が誕生日だから、さわは七十歳を前にして移ってくることになるが、その年齢から考えても、夫を介護していた状態や葬儀の際のさわの振る舞いなどを見ていても、今度のことは、老人を引き取るのではなく、姑と再び家族になるということだと道子は思っていた。

さわは引っ越し業者の四トントラックで移って来た。トラック自体が業者のものとしては小さかったが、更にさわの荷物は荷台に半分もなかった。

一階は玄関を挟んで両脇にリビングと八畳の和室がある。その八畳間をさわの部屋に充てた。二間の押し入れがついていて、多くない荷物は簡単に片付いた。押し入れを開けると、上の段も下の段も、蒲団や衣裳ケース、その他の収納用の箱や細々した物などが平積みという体で置かれて上部がたっぷりと空いている。

昨日までこの部屋を夫婦で使っていた。さわに明け渡すために、押し入れに詰め込んでいたものをとりあえず二階に運んだのだが、もし余裕があったら押し入れの一部を借りることにしようと憲吾と話していた。出し入れを頻繁にするものでなければ問題ないだろうと、さわに交渉しようと思っていた。それでそうした。

「それは困るよ」

さわはきっぱりと言った。

「あのね、二階は三部屋あるけど、押し入れ少ないの。半間分くらいでいいから使わせてもらえないかな」

「だって、見てよ、いっぱいじゃない。やっと収まったところだよ」

いっぱい――。そうか、これは、いっぱいの状態なのか、と思いながら荷物が平たく並んだ押し入れを見ていた。さわが十年間住んでいた山奥の寺で押し入れというものを見なかったような気がする。部屋はたくさんあって、北側の陽の射さない八畳三室に無雑作に柳行李やブリキの衣裳ケースなどが海の中の島のように置かれていた。それが収納なのだ、物は積むものではないのだ。

二階は六畳三室。押し入れは各部屋一間。南側の板間二部屋を転居時に子どもたちに与えたから、夫婦は北側の和室を使うしかない。それぞれに自分の部屋を自分なりに作っている勇樹と耕輔に、押し入れの半分は親が使うことを納得させ、それでも片付かないものは、道子と憲吾の部屋に段ボール箱を壁に沿って積み上げた。憲吾の机は一階の居間の隅に運び、道子の机は耕輔の部屋に居候させた。

「おばあさんが一人で八畳で、俺たちは二人で物置みたいな六畳か」

　憲吾がうんざりしたようにそう言う。

「夜に地震があったら、これが、寝ている俺たちの上に崩れ落ちるな」

　随分不満そうなのだが、だからと言ってさわを説得してくれる訳でもない。

　それより道子には気になっていることがある。

「おばあさんだけど、突然老人になったみたいに思わない？　痩せたし」

　うん、と憲吾は頷いた。

「あの貧乏ゆすりは気になるな」

　さわは驚くくらいに痩せていた。自分一人になったらろくに食べなかったのかもしれない。そして、さわの足先が常に動いている。椅子に座ると途端に片足が床を打ち始める。いつまでも止まない。

　さわは痩せたせいか、一年前とすっかり容貌が変わっていた。そして笑わない。喋らない。話しかければ返事はするが、心の動きが見えない受け応えだ。さっき、押し入れを貸さないと言ったのが、唯一はっきりした意思の表明で、それ以外の会話は何とも頼りない。

「ずっと一人でいたから、人との接触の仕方を忘れたんじゃないか」

「いい加減なことを」

　そう言ったが、当たっているかもしれないと思った。

夕飯の時、いつものように耕輔がその日あったことを話し始めた。今日は近々行われる野球のクラス対抗試合のポジションの決め方に不満があるようだった。

「ジャンケンで決めるって言うんだよ。そんなんじゃ勝てないよ」

耕輔は唇を尖らせる。

「遊びなんだから負けたっていいじゃない」

道子がそう言うと、遊びじゃないよ、授業だよ、とむくれる。

「うん、勝負は厳しく争わないと。ジャンケンはおかしい」

勇樹が耕輔に加勢する。

「しかし、授業ならなおさら、みんなが参加しないとな。途中で交代するとか、方法はあるんじゃないか」

憲吾が口を挟む。

いつもそんな風に、耕輔が学校や学童保育所での出来事を話題にして、それに対して、それはおかしい、こうあるべきだ、でも、こうも言えるなどと、意見を述べ合っていた。四人の食卓はいつも賑やかだった。

「おばあちゃんは、どう思う？」

だから、耕輔がさわに向かって笑顔でそう訊ねたのは、自然な流れだった。そして四人は示し合わせたようにさわに視線を投げた。さわは下を向いたまま黙って口に入れたものをゆっくりと咀嚼していた。一瞬の静寂があった。耕輔の笑顔が僅かに引きつった。

「おばあさん」

憲吾が苛立ったような声を出した。

「耕輔に、返事をしろよ」

さわは顔を上げて、きょとんとした表情で憲吾を見つめる。

「返事？」

「聞いてなかったのか」

さわは黙って周囲を見渡した。

「今ね、耕輔たちのクラスで野球の試合をするんだけど、ピッチャーとかキャッチャーとかのね、選手の持ち場をジャンケンで決めることになって耕輔は不満なの、それで、みんな意見を言ったんだけど、おばあさんはどう思うって？」

道子が説明した。説明しながら空しさを感じていた。さわはぼんやりと道子を見つめ、暫く黙ったままだったが、

「そんな難しいことは分からないよ」

そう言うと、また下を向いた。もう誰も声を出さなかった。とんとん、とんとんと、さわの足が立てる音だけがテーブルの下で響いていた。

だんだんと子どもたちは夕食の席で喋らなくなった。五人揃っていても食卓は静かだった。

さわが立てる音は、いつも道子の耳に貼りついていた。憲吾に叱られても、さわは

を止めることができないのだった。どんどんと、時にはどんどんどんと、音が大きくなる時は、さわの気持ちが不安定な時だと直にわかった。

そしていつも道子の後をついて歩いた。道子が、ただいま、と玄関を入った瞬間からさわは道子の後に従う。ずっと後ろにいる。流しに向かっていてもコンロを使っていても、すぐ後ろにただ立っている。一度、包丁を持ったまま振り向いた時、すぐ傍にさわがいてその腹部に刃先が触れそうになったことがあった。肝を冷やしたが、さわの方も驚いたようで、それからは少し距離を置くようにはなった。それでもいつも傍にいた。

「頭がおかしくなりそう。山奥で一人暮らしを一年続けたのが、多分、良くなかった」

憲吾が帰ると、道子はさわの状態を――毎日同じことなのだが――それでもどうしても言わずにいられなくて話し、

「老人性鬱とかいう奴なんだろう、時間をかけるしかない」

憲吾もまた、同じ答えを返すしかないようだった。

7

例の何だっけ、うん、「古典文学と医療」だ。なかなか面白いねとあちこちで言ってもらえる。もう一年、稲村の作っている清友会通信にコラムを書いている。きっかけは、一年前の些細なお喋りからだ。

総務部と組織部の中間に置かれているソファに座って、美加と千絵の三人で弁当を食べていた時、稲村が横を通り過ぎた。

「稲村さん、今日は外食？　お弁当は？」

理絵が声をかけた。稲村は弁当を持ってきて、三人の席に加わることが多い。

「うちの奥さま、風邪を引いちゃって、弁当作ってもらえないんです。やっぱり昨日、ニンニクを食べさせれば良かった」

ニンニク？　三人が揃って声を上げた。

「風邪に効くんですよ。知らない？」

まあ、効きそうではあるけど、と美加が呟いた。源氏にもそういう話ありますねと、つい声を出してしまった。

「源氏って、何ですか」

稲村が訊く。仕方がないので、かいつまんで話した。「源氏物語」に、学者の娘が風邪を引いてニンニクを食べたところへ男が久しぶりにやって来た——当時は通い婚ですからね——のだけど、男は臭いにたまらず退散する。女は愛があったら耐えられる筈なのにと恨み言を言う。そこは歌の贈答でちょっとコミカルに終わります。学者の娘を女らしくない可愛くない女として描いていてちょっと引っかかるけど、それはそれとして、あの時代も風邪にはニンニクだった、稲村さんと一緒ですね。というところで、はい、古典の授業、終わり。

国語の先生だったんでしたね」

「そうですね、随分前の話ですけど」

「たとえば、今みたいな話――医療と文学というようなことで、清友会通信に何か短いもの書けませんか」

その時は驚いて稲村を見つめ返してしまった。稲村は、外に行くのを忘れたように、ソファに座り込んだ。

「僕はね、できるだけ職員の個性を伸ばすべきだと思っているんです」

三人の顔を見ながら言う。

「みんな頑張ってるんです、頑張り方はそれぞれ違う、違って当たり前なんです」

真面目な顔のまま、稲村は道子に向き直った。

――前に清友会の管理の仕方や働き方について話しましたよね。僕は、それぞれが与えられたところで、自分の力を存分に清友会のために使うのが一番いいと思っています。僕は今職員向けの新聞を作っている。その条件を、みんなが自分らしさを発揮できることに使いたい。だから、あなたには文学と医療を繋げて書いてもらえればと、今思ったんです。手始めはさっきの源氏物語の話でいい。その後は毎月連載で――。

そんなことから始まった。一回目は三人に適当に解説した「源氏物語」の一節を、次からは「古事記」や「今昔物語」などから医療に関連する場面を探して短い文章を書いてきた。反応は悪くない。良かったら参考にしてくださいと、昔の医療について書いた本を貸してくれる医師もいた。もっともこちらは古い時代ではあるものの、純然たる医学書で道子の手には負えなかったが。ともかく連載は今も続いている。

「ねえ、ファミコン、買って——くれないよね」

耕輔が上目遣いにそう言った日のことは覚えている。転居して一年が経って耕輔は五年生になっていた。一年間で学童保育所を退所して部活の野球部に力を入れていたが、練習のない時はクラスの子どもたちと遊ぶことが増えた。そして、今この地域の子どもたちはファミコンのゲームに熱中しているらしい。ファミコンは二、三年前に売り出された家庭用ゲーム機で前の地域では話題にもならなかったのに、移ってきたらこちらでは多くの子どもが持っていると言う。一台一万数千円する。

「駄目、ああいうものは買いません」

即座に言った。そうだよね、うちはそうだよね、とその時耕輔は同じ言葉を二度口にして、それ以上何も言わなかった。

職場の組織部の若いY君から手持ちのパーソナルコンピューターを買ってくれないかと言われた。パーソナルコンピューターって何？　まさに個人用コンピューター。新しいものを買いたいので、今のを誰かに譲りたいとY君は言う。一万円でいいけど、息子さん、中学生でしょ、興味ないかなあ、買ってくれないかなあ？

まさか買うとは思わなかったのに、やってみようかなと耕輔が言い出して、王で買った。仕事で使っているのとは違って、キーボードを厚くしたような箱型の機械で、縦長い小さな画面がついていた。説明書があったけれど、ぱらぱらとめくってもよく分からなかった。果たして勇樹もすぐに放り出した。何の知識もないのだから、気分転換にちょっと触ると言うようなものではなかったようで——そんなことは最初から分かっていたのに——結局、暫く放置してあったそれを、耕輔が触っていい？と言い出したのは夏休みに入る少し前のことだった。いいよ、と勇樹は答えた。

小学校の図書館に、コンピューターを動かすベーシックというプログラム言語を解説した絵本があると言う。

「絵本？　絵本でベーシック？」

驚いたが、耕輔が借りてきたのは分厚い表紙の大判の本で、第一巻の最初のページでは猿と兎が「0」と「1」のカードを持ってぴょんぴょん跳ねていた。間違いなく絵本だった。三巻辺りまでは道子にも理解できた。その先が突然難しくなった。

「明日、モリタンに訊いてみる」

耕輔の担任の守山は若い男性教諭で、Y君同様コンピューターに嵌まっているらしい。子どもたちはモリタンと呼んで遊び仲間のように扱っている。

守山のアドバイスを受けながら耕輔は十巻を読み終え、勇樹のコンピューターでゲームを作った。悪魔大王にさらわれた猫のお姫様を仔猫が救うというたわいないゲーム。画面が小さくお姫様も仔猫も見分けがつかないくらい粗い画像だが、とにかく完成して、彼はそれを夏休みの自由研究として学校に提出した。

「すげーな、お前」

食卓で報告を聞いた後、勇樹がそう言うと、耕輔は、うん、と笑顔で頷きながら、

「ねえ、お母さんたちは、どう？」

道子と憲吾に向かって訊く。

「すごいと思うよ」

道子がそう言うと憲吾も頷いた。中学生の勇樹が少し心を動かしたけれどやめてしまったことを、担任のアドバイスがあったにせよ、五年生の耕輔がやり遂げたのは、今の時代に素直に馴染んでいるからのような気がした。何しろ勇樹より更に三年若い。耕輔にはコンピューターに抵抗感など微塵もないのだろう。

「じゃあ、お願いがある」

耕輔が真面目な顔になった。

「ファミコン、買ってほしい」

絶句した。

ベーシックを学んでコンピューターを動かした。だから、Y君が最新のものを買ったように、もっといいコンピューターがほしいと言うのならわかる。だが、ファミコンだ、次元が違うような気がした。驚いたのは、憲吾も同じらしく、暫く二人とも口が利けなかった。

ら聞いた

耕輔がファミコンをほしがったのは半年前だ。クラスの友達と遊ぶ時はまずファミコンで、大勢で遊べるのだから一台あればいいようなものだが、彼らは順番に持っている子の家を渡り歩いた。ゲームが始まると耕輔は強かった。ある日、機械と場所を提供していた友人を完膚なきまでにやっつけた。そしてその子に、ファミコンを持っていないのなら仲間に入るなと言われた。

それ以来、耕輔はファミコンをやっていない。勇樹のコンピューターを触り始めたのはその時からで、ファミコンの代わりにという気持ちがあった。ゲーム作りは楽しかった。コンピューターは面白い。だが、それはファミコンでゲームをやる面白さとは全く別のものだということもよく分かった。やっぱりファミコンはすごい。そしてやっぱりクラスのみんなと遊びたい。

「だから、ファミコン、買ってほしい」

「だけど、もう来るなと言われたんだろう、また仲間に入れるのか」

憲吾の心配は尤もだ。いじめだったのではと案じる気持ちが道子にもある。

「多分、大丈夫だと思う」

入れてやらないと言った子が、いつも申し訳なさそうにしているのだと言う。ほかの子どもたちも、ファミコンのないところでは普通に接している。

耕輔にファミコンを買った。いじめかも、そうではなかったかもしれないけれど、彼の苦しさに気づかなかった親としてのお詫びの気持ちが強い。けれども、こうした金のかかるおもちゃのせいで子ども集団が壊れるという事態が、もしかするとどこかで起こっているのかもしれない。

「もし、ファミコンを持ってない子がやりたそうだったら、一緒に遊べるよう、みんなに話せる？」

嬉しそうに買ってきた包みを解いている耕輔に向かってそう言ってみた。彼は手を止めて少し考えてから、

「その子がやりたいって言ったら、入れてあげようってみんなに言う」

真面目な顔でそう言った。

ただ、そうした屈託とは別に、ファミコン購入は思わぬ効果を生んだ。機械をテレビにつないで遊ぶのだと言うから、うちに来た時は居間を使うのだろうと思っていたが、耕輔は居間ではなくさわの部屋に入り込んだ。物の少ない八畳のさわの部屋は、ソファや憲吾の机の置いてある居間より広く使えるという単にそういうことだったかもしれないのだが、ある日道子が仕事から早めに帰ったら、さわの部屋で男の子ばかり五、六人がテレビの前で騒いでいて驚いた。しかも、彼らの傍にはお菓子や缶ジュースまで置いてある。さわが買ってくるようにと金を与えたのだと後で聞いた。

見ている限り子どもたちの前でさわは足の音を立てなかった。時々は笑い声の中にさわの声

ファミコンのゲームやその仲間たちについて話す時、さわは笑顔で相槌を打ったりもするようになった。

8

昼休み、美加と喫茶店で向かい合っていた時、店に入って来た病院の薬局事務の比嘉久美子が、二人を見つけて、訊きたいことがあると近寄って来た。

「Jさんはご主人の叔父さんが亡くなった時二日間忌引き休暇を取ったのに、この間うちの旦那の伯母さんが死んで、お葬式に行こうと思って申請したら、忌引きはないって言われたんだけど、どうして？」

横に立ったまま、見下ろすように話す。

「ある――筈だけど」

美加と顔を見合わせながら答えた。

就業規則の忌引休暇の項には「伯父、伯母、叔父、叔母」は二日間とある。その規定を、実の関係でも配偶者のそれでも適用することにしていると最初に教えられた。

「でも、貰えなかった」

「申請書、出したの？」

美加が訊く。

「ううん、申請したって無駄だからって、書類も渡してくれない」

久美子は眉根を寄せて、道子と美加を交互に見つめた。

Jは診療所の職員で、先々月だったか配偶者の叔父が死去した際に忌引休暇をとっている。

「確かに変だね。でも、申し訳ないけど、私たち、あなたから直接申請書を受け取ることはできないの。でも、帰って部長に報告します」

美加がそう言う。道子も久美子を見つめて深く頷くことしかできなかった。

今のね——と、久美子が立ち去ってから、美加が低い声を出す。病院では、実のオジ・オバにはあるけど配偶者のオジ・オバには忌引休暇はない、って説明してるみたいなのね。

「管理部が勘違いしてるってこと？　解釈の違い？」

驚いてそう言うと、

「——か、どうか」

美加は言葉を濁した。

事務所に帰って山崎にそのことを告げた。

「本当なんですか、いくら病院と診療所が違うって言ったって、就業規則に関する説明まで違っては——」

山崎は唇を引き結んで道子を見つめた。それからゆっくり口を開いた。

「実は、そういう話をいくつか聞いている」

山崎は、いつものように表情を変えずにそう言った後、暫く宙を睨んでいたが、実は考えていることがある。少し待っててくれ、いずれあなたにも協力を頼むことになる、と道子を見据えて言った。

山崎から就業規則を全職員分増し刷りしようと思うと聞かされたのは、その月の給与支給が終わった時だった。

道子の人事教育課時代は新入職員全員に就業規則を配布した。中途採用者も初日の対応は道子の仕事だったが、賃金体系や福利厚生などと一緒に就業規則について説明し規則を手渡した。だから当時の職員はみな就業規則を持っている筈だ。

だが、今、新入職員教育は全て病院で行われていて、新しい職員は就業規則を渡されていないと山崎は言う。

——解釈の問題はあるにしても、とにかく全員が就業規則を手にしないことには話にならない。大分前に手持ちがなくなってから作ってなくて、新しい職員の手には渡っていない。渡すべきだ——。

就業規則と、その他のいくつかの福利厚生や労働条件に関する規定を全職員分印刷しようと思うと山崎は言った。その仕事をあなたに頼みたい。できるだけ短期間に仕上げたいから、ほかの仕事を後回しにしてでもこれに集中してほしい。

その日から道子は毎日、導入されて間もないワープロの前に座り、就業規則をはじめとする「規定集」の版下を作った。でき上がると、組織部の印刷機を借りてそれらを印刷した。全職員分は相当な量だったが、刷り上がったB４用紙の束を毎日二階の会議室に運んでは机に積み上げた。何日かかけて印刷は終わった。後は折ってページ順に綴じて、Ｂ５サイズの冊子――それなりに厚みのある規定集に仕上げる。山になった印刷物を前に一息ついて、もう少しだと思いながら帰宅した。

あくる日出勤してすぐに二階に向かった。後少し、と思うとどこやら心が弾んでいた。

二階の会議室のドアを開けて、一歩踏み込んで目を瞠った。机の上に何もない。昨日まで少しずつ増えて積み上がっていた印刷物がどこにもなかった。ゆっくり机の周りを歩く。本棚の前に立つ。周囲を見回す。机の下を覗き、窓際に放り出された段ボール箱なども持ち上げてみる。ないものはないのだった。まだ冷え切ったままの部屋の硝子窓から、冬の朝の冷たい陽射しが何も置かれていない机を照射していた。

階下に降りると山崎が待っていた。

「山崎さん――」

山崎は黙って頷いた。

「印刷した規定が――ありません」

また黙って頷く。山崎を問い詰めることではないのだ、きっと。そんな気がした。

今度は何が起こったのだろう――。

それ以上何も言わず、何も聞かされず、通常の仕事に戻った。心の中を得体のしれないものがとぐろを巻いている。今はそれを宥《なだ》めて、とにかくいつもの仕事をミスなくこなそうと思った。幸いなことにというのも妙だが、規定集を作るために後回しにした仕事が山積みになっていた。それらを片端から片づけることにした。何も考えず、ひたすらそこに心を砕くよう努めた。


「村岡さん、ちょっと二階に来てくれるか」

山崎に呼ばれたのは、印刷物が消えて三日目の夕方だった。

「村岡さん」

会議室で山崎に向き合うと、彼は真正面から道子を見据えた。

「本当に、申し訳ない。僕は謝るしかない」

頭を下げる。そんな山崎を見るのは初めてだ。驚いていると山崎が顔を上げた。

「異動だそうだ。F診療所」

低い声で言った。声が出なかった。

「あなたは僕の指示に従っただけだ。それなら僕を異動させればいい。だが、またあなただ。手足を切る。いつものやり方だ」

山崎の顔を見つめたまま、小さく息を吐いた。何を言えばいいのか分からない。

「本当に、済まない」

山崎がもう一度深々と頭を下げた。

「村岡さん、異動だって？」

稲村が手招きして、小さい声で言う。

「そうなんです、それで『古典文学と医療』ですけど——」

異動を機に終わるのも区切りではあるけれど、どうしよう、と言おうとした。

稲村は笑みを浮かべてかぶりを振った。

「実はね、僕も異動なんです」

「え、何で？　どこへ行くんですか」

「今、老人施設の検討が始まってるでしょ。そこに専念することになりました」

四年前から施行されている老人保健法は、窓口負担だけでなく様々に老人医療を切り捨てる法律だが、更に昨年改定案が示されて、老人保健施設という病院と老人ホームの中間的な施設が提案された。病床削減を狙って老人を病院から追い出すその受け皿の要素もあるから、そんな医療改悪政策に加担するような施設は清友会として作るべきでないという声もある。が、法律の範囲で少しでも良い医療・看護を追求すべきだという構えで、清友会でも老人保健施設を検討し始めている。その中心に稲村が抜擢されたようだった。

「じゃあ、清友会通信はどうなるんですか」

「廃刊です」

稲村は屈託のない笑顔でそう言った。

9

F診療所は、道子たちの住まいとは市の中心部を挟んで反対側、田園の広がる、農家と新興住宅群が混在している地域にある。

「は？　異動？　また？」

台所のテーブルに座ったまま、帰宅した憲吾を迎えて、異動の内示があったことを告げると、彼はさすがに驚いて、前回M診療所から本部に移った時のような嫌味も言わずに、道子を見つめた。

「真面目に仕事してるんだよな」

それこそ真面目な顔で問う。苦笑した。

「今までより大変になる？　だとすると、ちょっと困るなあ」

道子の向かい側に椅子を引いて座る。

「困るって？」

「仕事は大変になる？」

憲吾は自分が困ると言った事情を説明せずに、道子に訊く。

「そんなに大変ではないと思う。保険請求もM診療所程度だと思うし、ただ、ちょっと遠いから通勤に時間がかかりそう」

「どこなの」

「F町、N市の向こう側のはずれ」

ああ、と声を出してから、

「そこなら、車という手もあるな」

そう言う。確かに私鉄と地下鉄とバスを乗り継ぐより、車の方が便利かもしれない。

「そうだね、ちょっと道を調べてみる」

残業がある時や夜の診療に着く時などは、帰りは車の方が楽だろうと思った時、

「大丈夫か、平気なのか」

憲吾が道子を見つめる。異動についてこんなことを言ったのは初めてだった。

「山崎さんが、自分のせいだって、謝った」

「そうなのか」

さあ、とかすかな笑みを返す。

「また、それはゆっくり。それより、そっちの、困ると言うのは、何?」

うん、と憲吾が道子を見つめた。

「階級的ナショナルセンターの話は知ってるよな」

頷いた。

「全民労協ってわかるな」

またも頷く。八二年十二月に発足した右翼的再編による労戦統一組織。総評の内の多くの民間単産が加盟した。戦後日本の労働運動を築いてきた総評は解体寸前だ。

―民間先行で成立した全民労協の、次の標的は官公労だ。うちの組合は去年の大会で、統一労組懇の強化と左派大結集による真のナショナルセンターの確立をめざすという方針を決めた」

憲吾の怖いような真面目な顔つきに、道子も神妙に頷く。

「しかし、そのことを幹部ばかりが承知していても運動にならない。一般組合員の理解が大事だ。それで、大学習運動を始めることになった。全国で学習会を実施することになって、少し前に講師団が結成された」

「もしかして、講師？」

今度は憲吾が頷いた。

憲吾は分会を作って以来活発に組合活動を続け、いつか県支部全体の担い手の一人になっている。ここのところはよく東京の本部に出かけていた。学習会と言っていたが講師の養成のようなことだったのだろう。

「国鉄も電電公社も民営化の方向だ。日本が大きく変えられようとしている。労働者も組合も正念場だ」

呟くようにそう言うと、

「講師は交代で全国に派遣される。土曜の午後や日曜祝日を使うから、暫く――多分一年くらいは――まともな休日がなくなるかもしれない」

日本の労働運動の先行きを決するとも言える時期なのだ。そんな時に、かつての道子の病院時代のような負担を押し付けられては困る、と思うのは分かる。

「あ、お父さん、お帰り」

風呂から出た勇樹が、上半身裸の肩にバスタオルをかけて台所に入って来た。

「ちょっと、冬なんだからそんな恰好やめなさい。風邪ひくよ」

そう言う道子の声など無視するように、憲吾が勇樹に向かって、話があるから耕輔も呼んで来るようにと真面目な顔で言った。パジャマに袖を通しながら、勇樹が二階に耕輔を呼びに行った。

勇樹と耕輔を前にして、憲吾が話し出した。二人とも少し緊張している。

「お母さんがまた診療所に行くことになった。夜勤も残業もある」

「M診療所？」

何度か行ったことのある耕輔が即座に反応する。ううん、別の診療所、Mよりちょっと遠いと言うと、ふうんと耕輔は素直に口を噤んだ。

「実はお父さんも忙しくなる。お父さんが頑張ってる労働組合の運動は、今が大事な時期で、お父さんはこれから日曜日や祝日に全国あちこち行かなくてはならない」

「何しに行くの」

勇樹が訊いた。学習会の講師、と憲吾が答えると、へえ、と驚きながら、で？　と先を促す。

「勇樹は今度受験生だ。耕輔も六年生になって、いろいろ大変になると思うから、お父さんやお母さんがそんな風で大丈夫か、君たちの気持ちを聞きたいと思って一瞬の間があって、何だ、そんなことか、と勇樹が息を吐きながら声を出した。耕輔も真面目な顔で続く。

「お父さん、いなくても大丈夫だよ。お母さんいないと、ちょっと困るけど、ごはんとか考えてくれたら、少しくらい仕事で遅くなったって大丈夫だから。おばあちゃんのことだって、ちゃんと面倒みるよ」

生意気な台詞に苦笑しかけたが、うん、おばあちゃんはお前に任せると勇樹が応じたので、憲吾と顔を見合わせて、本気で笑ってしまった。子どもたちはもう大きいのだ。ほっとしていた。


真紀の夢を見た。病院で体を壊して退職した真紀。夢の中で道子は病院の受付に座っていた。真紀がそこに現れた。就職したばかりの頃の溌剌とした笑みを浮かべて。

「やっと来たのね。待ってたのにずっと何も言って来ないのだもの。元気なの？　仕事はしてるの？　貯金、まだ残ってる？」

夢にしてはまともなことを喋っていた。夢の中の真紀はにこにこと笑って何も答えず、白いカードのようなものを渡す。そして、楽しそうに、踊るように、みんなの間を――いつの間にか大勢の人間が真紀の周囲にいる――カードを配りながら縫い歩く。

夢の中では、そのカードさえ持っていれば真紀を見失うことはないと安心していたようなのだが、目覚めてみれば、当然のことながらそんなカードは残っていない。

目覚めて暫くぼんやりしていた。

真紀は音信不通だ。退職して一度だけ短い手紙が来たけれど、住所は書いてなかった。病院時代のことを忘れたいのだろうと思った。彼女が真剣に生きているならとやかく言うことではない、忘れた方がいいのかもしれない。

だが、道子にとって真紀は証人だった。数年前の病院のあの狂おしい時期の。真紀が夢に現れたのは、あの凄まじさは思い過ごしなんかではなかったと言っているのだろうか。

10

道子の関わっていた仕事は元々美加のやっていたものだから、その意味では引継ぎは簡単だった。一週間後、発表と殆ど同時に道子はF診療所に異動した。

「何だか異動ばっかりで、どこに行っても、あんたは要らないと言われているみたいな気もしますが、これでも仕事は真面目にやる方です。よろしくお願いします」

一日目の挨拶で、そんな僻みっぽいことをつい言ってしまったが、迎え入れる方が声を上げて笑ってくれたのが嬉しかった。仕事はM診療所の時と基本的に同じで、道子はすぐに職場に馴染むことができた。

F診療所に異動して一ヵ月半、その日道子は夜の診療担当で午後に出勤し、五時からの受付に着くために四時から休憩に入った。休憩室で弁当を開いたところへ婦長の桜木夏子が入ってき来た。

「夜診は村岡さんか、よろしくね」

そう言いながら横に座る。大きな布のバッグから菓子パンと缶ジュースを出した。菓子パンの袋を裏返して、

「わあ、しまった。これ一個で六百キロカロリーもある」

「それを二個も食べるんだ。それと、そのジュースもカロリー高そう」

「うーん、まずいなあ」

「栄養指導している看護婦とは思えないね」

何も言えない、と言いながら、夏子はパンの袋を破り、大きな口を開けて食べ始めた。あっという間に二個とも食べてしまうと、ジュースも飲んで、パンの袋をくしゃくしゃと丸めてバッグに突っ込み、

「私、ちょっとやることあるから行くけど、村岡さん、山崎さんのこと知ってる？」

立ち上がりながら、そう言う。

「退職のこと？」

夏子を見上げる。山崎が先月の末日付で退職したことは噂として伝わって来た。

「退職は誰でも知ってる。そうじゃなくて」

夏子は周囲を見回して、声を潜める。

「山崎さん、O勤医協に就職したんだよ」

え、と声を出した。

Oは A県西部地域の名称で、そこにも民医連の医療機関がある。O勤医協の専務の関沢には人事教育課時代何度か会った。一緒に県連の研修合宿に参加したこともある。温厚で明るい。カラオケがお気に入りで実際うまい。だが、面白い人ですねと道子が山崎に言った時、あれで政治手腕はすごいんだぞと、山崎は小さい声で道子に告げた。

「Oに行ったことは、別に秘密でも何でもないと思うんだけど、どうせわかることだし。でも、何かひそひそと伝わって来た」

そう言って、じゃあ後で、と夏子は出て行った。

ぼんやりしていたら電話が鳴った。数回鳴っても誰も取らない。やれやれ休憩中なのにと思いながら受話器を取った。

「お待たせしました、F診療所です」

一瞬の間があった。それから、

「村岡さん?」

山崎の声が道子の耳に響いた。驚いている道子に山崎は、元気か、とまず訊く。はい、何とか、と答えてから、山崎さん、O勤医協に行ったんですねと言った。うん、関沢さんに拾ってもらった。そう言って、そのことなんだが、今周りに誰かいるか?と訊く。いいえ、私一人です。そうか。そう言うと、ほんの暫く黙ってから、

「村岡さん、Oに来ないか」

「え？」

「関沢さんにあなたのことを伝えた。喜んで採用すると言ってくれた」

山崎の声が耳の中で響く。

「情勢は厳しいけど、安易に職員に皺寄せをするべきではない、もっと民医連らしい方法を探るべきだとずっと思ってきた。清友会ではできなかったが、Oでもう一度挑戦したいと思っている。一緒にやらないか」

それに、と山崎は口ごもりながら続けた。

「あなたも、この先どうなるか――」

暫く口が利けなかった。確かにOでなら、悩んできた民医連らしい働き方について考えることができるかもしれない。

だが――。

道子の脳裏に真紀の顔が浮かぶ。そして、そのほかのたくさんの傷ついた人たち。

「ありがとうございます。でも、私はここで、私らしく働き続けます」

清友会の行末を見定めなければ。

「大丈夫、私、意外と強いみたい。自分でも驚いてるけど」

山崎は暫く黙っていた。それから、そうか、と息を吐くように言った。わかった、あなたらしく頑張れ。僕も頑張る。またどこかで会えるだろう――。

診療が終わった。患者がいなくなり、バタバタと職員が帰り、あとを点検して、夏子と一緒に裏口を締めて外へ出た。

「珍しく星が見える」

夏子が夜空を見上げて声を上げげた。つられて道子も空を見た。この辺りは公害患者の多い地域ほどではないけれど、星空がきれいに見えるとは言い難い。だが、本当に珍しく、今夜は星が瞬いている。

「今の時期って、スピカが見えるんだよね」

夏子が言う。

「うん、あの白っぽいのがおとめ座のスピカ。それでえーっと、左少し上の赤い星がうしかい座のアルクトゥルス」

へえ、良く知ってるんだねと驚く夏子の声を聞きながら、大学を卒業して一年目の春、一緒に空を仰いで同僚の奈美子に教えられたことを思い出していた。アルクトゥルスとスピカは夫婦星。そして、アルクトゥルスは少しずつスピカに近づいているのだと奈美子は言った。もっとも、傍に行くのは五、六万年も後のことだそうだけれど。

でも今日もアルクトゥルスは少しずつ歩みを続けているのだ。止まってはいない。憲吾が言った通り、これからいろいろ、ますます厳しくなるのだろうけれど、私も歩く。ゆっくりと。

「さあ、じゃあ、帰るか」

自転車のスタンドを外しながら、夏子が言う。うん、と返事をして、道子も車のドアを開ける。

「おやすみ、また明日」

「うん、また明日」

自転車で漕ぎ出していく夏子に手を振って車に乗り込んで、さて、と声に出してからキーを使ってセルを回す。音を立ててエンジンが始動した。

あとがき

誰しも、人生の節目節目に来し方を振り返るということがあるだろうと思う。小説を書く者にとっては、書こうと思う事柄に向き合っている時がまさにその節目なのではないか。いや、逆だろうか。来し方を振り返って人生の節目を感じた時、小説を書こうと思う気持ちが募るのかもしれない。

かつて『雪解け道』という作品を書いた。六〇年代末から七〇年にかけての、大学で暴力が大手をふり、学生たちの日常の中に「革命」という言葉が氾濫していた時代。私はその雰囲気の多くに馴染めないまま大学を卒業し、一体あれは何だったのかとの疑問を持ち続けて、やっとその問いに、小説を描くという方法で挑んだ。それが『雪解け道』になった。

今回の『星と風のこよみ』は言わばその続きだ。大学を卒業したら、社会は大学とはおよそ遠く、思いだけではテコでも動かない、瑣末で煩雑で現実的な様相を帯びていた。大学では「観念」に翻弄されたが、今度は現実の厳しさに振り回されることになった。なぜ、こんなことがと思うことも多々起こった。結婚し、子どもを育て、姑とも暮らしながら仕事をしていた身では、立ち止まってゆっくり考えることもかなわなかったが、何が起こっているのか、いま自分はどういう時代と社会の中で生きているのかということは、いつかきちんと整理して考えなければと思っていた。今回の作品で、その自分の思いに、少しは答えを出せたかもしれないと思っている。

※上梓するにあたって、連載中、やや急いでしまった後半部を少し加筆修正し、章立ても変更しました。

二〇二三年六月七日

著者

『民主文学』二〇二一年七月号～二〇二二年九月号

青木陽子（あおき　ようこ）
1948年三重県四日市市生まれ。金沢大学卒業
日本民主主義文学会副会長
名古屋市緑区在住

著書に『斑雪』（東銀座出版社）
『日曜日の空』（新日本出版社）
『雪解け道』（新日本出版社）
『捕虜収容所』（光陽出版社）

民主文学館

星と風のこよみ
2023年8月31日　初版発行

著者／青木陽子
編集・発行／日本民主主義文学会
〒170-0005　東京都豊島区南大塚2-29-9　サンレックス202
TEL 03(5940)6335
発売／光陽出版社
〒162-0811　東京都新宿区築地町8
TEL 03(3268)7899
印刷・製本／株式会社光陽メディア

ISBN978-4-87662-643-4 C0093
